plaisir
d'amour

Linda Mignani

TOUCH OF FEATHERS

plaisir
d'amour

Linda Mignani
TOUCH OF FEATHERS
Erotischer Roman
© 2017 Plaisir d'Amour Verlag, Lindenfels
info@plaisirdamourbooks.com
www.plaisirdamour.de
© Covergestaltung: Sabrina Dahlenburg
(www.art-for-your-book.weebly.com)
ISBN Taschenbuch: 978-3-86495-245-6
ISBN eBook: 978-3-86495-246-3

Prolog

Moira McGallagher zerzauste sich die Haare, ehe sie Spray auf die wilde Pracht sprühte und anschließend ihrem Spiegelbild zulächelte. Sie fühlte sich großartig und jeder Zentimeter ihres Körpers schien zu schwingen, bis sie das unglaubliche Glücksgefühl überall kribbelnd und belebend spürte. Ihr Brustkorb war einfach zu klein, um den wummernden Herzschlag zu zähmen. Aber das wollte Moira auch überhaupt nicht, da dieses Wochenende endlich Party angesagt war. Sie hatte schließlich jeden Grund zu feiern, denn sie hatte die Abschlussprüfung zur Steuergehilfin mit Bravour bestanden und sich vorher mächtig reingekniet, obwohl sie nach wie vor unsicher war, ob sie die geeignete Berufswahl getroffen hatte. Doch wenn sie sich für etwas entschied, dann ganz oder gar nicht. Und so würde sie es auch mit dem heutigen Abend halten, bei dem sie zu allem bereit war. Sie wollte endlich einmal einen One-Night-Stand erleben, den sie nie mehr vergessen würde, richtig guten Sex ohne Wenn und Aber.

Moira zog ihre Lippen mit dem knallroten Lippenstift nach, der sehr gut zu ihrem blassen Teint und den dunklen Haaren passte. Sie mochte die neue Tönung. *Schneewittchen lässt grüßen.*

Jedoch würde sie sich nicht mit dem langweiligen Prinzen abgeben, der sie mit einem Kuss wiederbelebte, sondern sie wollte gleich den Apfel der Sünde verschlingen. Bald würde sie im Trott gefangen sein und man war nur einmal jung. An ihrer Mum konnte sie all die verpassten Chancen sehen, denn die Ehe von ihren Eltern war ein „Nebeneinanderherleben" ohne Höhen und Tiefen. Es war nicht so, dass ihre Eltern überhaupt nicht miteinander harmonierten, sie waren ziemlich glücklich, doch das Prickeln war nie gewaltig gewesen. Das Besondere fehlte bis zum heutigen Tag. Ihre Mum war nur mit ihrem Dad zusammen gewesen und hatte nie über die Stränge geschlagen. Moira wusste, dass ihre Mutter es seit vielen Jahren bitter bereute, dass sie sich nicht vor ihrer Heirat ausgetobt hatte. Wahrscheinlich traf das ebenso auf ihren Dad zu. Das würde Moira nicht passieren. Bevor sie ihren feurigen Prinzen fand, würde sie zuerst mit dem Teufel tanzen und es im Bett richtig krachen lassen. Wenigstens heute Nacht. Ihre bisherigen Erfahrungen waren nicht so berauschend gewesen und verdienten lediglich die Einstufungen von: *Oh Gott, war das scheiße*, bis: *ganz nett*.

Vielleicht lag es auch an ihr, dass sie sich nicht gehen lassen konnte, doch heute Abend sollte das anders werden. Sie würde einfach so viel Alkohol trinken, bis sie zumindest die Hälfte ihrer Hemmungen verlor. Falls sie nachher nicht zum Zug kam, konnte es keinesfalls an ihrem Outfit liegen. Das kurze schwarze Kleid mit dem Wasserfallausschnitt betonte ihren Körper, der mit genügend Rundungen versehen war, um Blicke auf sich zu ziehen. Der Lippenstift war fast ein wenig zu knallig, allerdings wollte sie auffallen und würde es auch.

Das Klingeln an der Tür ihrer winzigen Wohnung kündigte Stacy an. Moira hastete zur Tür, zog sich noch die Lederjacke aus dem Second-Hand-Laden über und schnappte sich ihre Tasche. Sie hatte Stacy, die ihre Wegbegleiterin war, von Anfang an gemocht, seitdem Moira die Nase in das erste Fachbuch für Steuerangelegenheiten gesteckt hatte. Sie hatten sich zur Seite gestanden, sich gegenseitig ermuntert, nicht aufzugeben, wenn der Prüfungsstoff zu viel wurde und man mit Schrecken vor dem Wissensberg stand, den man sich aneignen musste. Gemeinsam hatten sie ihn Meter für Meter abgetragen. Auch Stacy hatte bestanden.

Moira riss die Tür auf, und nur die Highheels hinderten sie daran, die beiden Stufen runterzuspringen. Stacy grinste sie an. Sie fielen sich um den Hals, als hätten sie sich nicht erst vor zwei Stunden voneinander verabschiedet. Sie waren beste Freundinnen und würden es immer bleiben. Moira glaubte ihrer Mum nicht, die sie gewarnt hatte, dass Freundschaften selten die Jahre überstanden. Sie musste sich irren, denn mit Stacy verband Moira eine Seelenverwandtschaft. Irgendwann würden sie alt und grau in einer Wohngemeinschaft leben, nachdem ihre Gatten gestorben waren.

„Du siehst toll aus", sagte Moira.

Stacy überragte sie um elf Zentimeter und hatte die schönsten Beine, die Moira jemals gesehen hatte. Sie waren nicht nur endlos, sondern auch makellos. Die flippige Kurzhaarfrisur unterstrich Stacys Wangenknochen und zurzeit hatte sie die Haare platinblond gefärbt. Sie trug einen roséfarbenen Lippenstift, der perfekt zu der taillierten Bluse passte. Ihr weißer Spitzen-BH lugte hervor und der Ledermini gehörte eigentlich verboten. Jedoch nicht heute. Sie hakten einander unter und liefen Richtung U-Bahn-Station, wobei sie sich gegenseitig Halt wegen der hohen Schuhe gaben. Die Bahn würde sie von Harrow nach London City bringen. Moira fasste nach dem silbernen Kreuz, das an einer filigranen Kette um ihren Hals hing. Ihre Mum hatte sie ihr vor zwei Monaten zum achtzehnten Geburtstag geschenkt. Sie war sehr gläubig, doch Moira teilte diese kritiklose Verehrung nicht. Aber das Schmuckstück liebte sie, und sie hatte das Gefühl, dass ihre Mum über sie wachte, obwohl diese bestimmt entsetzt wäre, wenn sie wüsste, was ihre Tochter vorhatte.

„Ich bin gespannt, ob du es wirklich durchziehst, Moira McGallagher." Stacy blieb stehen, drehte sich ihr zu und wackelte mit den perfekt gezupften Augenbrauen. „Und falls du es nicht tust, ist es nicht schlimm. Dann hast du nicht das richtige Opfer gefunden, um eine zügellose Nacht zu verbringen. Du kannst es dir leisten, wählerisch zu sein."

Stacy war keine, die mit jedem ins Bett hüpfte, aber im Gegensatz zu Moira hatte sie mehr Erfahrung mit One-Night-Stands. Die U-Bahn hielt gerade an und sie stiegen ein. Sie zogen auf der Stelle die Aufmerksamkeit von ein paar Typen auf sich, an denen Moira allerdings kein Interesse hatte. Sie waren zu jung. Wenn sie schon mit einem Kerl impulsiven Sex hatte, dann mit einem, der etwas älter war. Ende zwanzig wäre perfekt. Die Jungs waren höchstens Anfang zwanzig, und die hatten es wirklich nicht drauf, wie sie aus eigener Erfahrung wusste.

„Weißt du eigentlich sofort nach dem ersten Augenkontakt, dass du mit dem Typen Sex haben wirst?", flüsterte Moira.

Die Freundin nickte. „Da ist so eine besondere Stimmung, ein Prickeln, als würdest du in Champagner baden. Außerdem sind Männer einfach gestrickt. Wenn du es darauf anlegst, kannst du mit jedem im Bett landen, der Interesse an dir zeigt. Doch das ist längst keine Garantie, dass es gut wird."

„Du hast also schon Enttäuschungen erlebt?"

Stacy verzog den Mund und nickte. „Rein, raus, schlaff die Maus. Oder eher: Abgespritzt und ins Koma geblitzt."

Vielleicht sollte Moira sich doch nur auf ein paar Drinks einlassen.

„Allerdings gab es da auch den Schotten." Stacy leckte sich mit der Zungenspitze über die Unterlippe, während ihre Augen in nackter Gier glänzten.

„Du warst mit einem Schotten im Bett? Davon hast du mir noch nie erzählt."

Moira liebte Romane mit Highlandern, die ihre weibliche hilflose Beute über die Schulter warfen, um sich mit ihr zu vergnügen. Romantische Vergewaltigungsfantasien, bei der die Frau eben nicht vergewaltigt wurde, sondern mit unerbittlicher Hand und höchster Expertise in die Verzückung gezwungen wurde. Sie hatte noch nie jemandem von ihren Träumen erzählt, denn es waren schließlich nur erotische peinliche Wunschgebilde, die sie nass zwischen den Schenkeln machten, sodass sie bei einem Solospiel stets einen Orgasmus erreichte.

Sie saßen allein auf dem Sitz, dennoch blickte Stacy sich verschwörerisch um, ehe sie weiterredete. „Das war auch etwas ganz … Verbotenes."

„Verbotenes? Er war doch nicht etwa verheiratet!"

„Selbstverständlich nicht. Er war nur sechs Jahre älter als ich, und ich würde nie mit einem Kerl ins Bett steigen, der vergeben ist."

Empört traf Stacy Moiras Blick.

„Sorry. Natürlich würdest du das nicht. Aber du musst zugeben, dass du meine Neugierde mit Absicht schürst, sodass ich fast platze."

„Er hat mich geschlagen!"

„Was?", fragte Moira lauter als beabsichtigt, sodass die gaffenden Typen noch mehr gafften.

„Nicht so, wie du denkst. Der Schmerz war erotisch."

Moira schluckte mehrere Male, ehe sie ihre Stimme wiederfand. Sie unterdrückte das alberne Kichern, denn damit hatte sie wirklich nicht gerechnet. Stacy war so selbstbewusst und sagte meistens, was sie dachte. Nie hätte Moira geglaubt, dass die Freundin die gleichen Fantasien wie sie hegen könnte.

„Du hast ihm erlaubt, dich übers Knie zu legen?" Was für ein wahr gewordener Traum!

Stacy brach in ein Lachen aus und hielt sich den Bauch. „Du scheinst auch nicht abgeneigt zu sein. Wenn ich geahnt hätte, dass du insgeheim ein perverses kleines Flittchen bist, hätte ich dir längst von Douglas erzählt. Leider war es nur eine einmalige Sache. Aber ich schwöre dir, dass ich noch nie so oft und hart gekommen bin wie in dieser Nacht. Hey, wir müssen raus." Stacy sprang auf und eilte zum Ausgang. Beinahe hätten sie ihre Station verpasst.

Moira hätte das Thema gern vertieft, doch sie wollte nicht respektlos erscheinen, weil Stacy nach dem Aussteigen von ihrer drei Jahre jüngeren Schwester

Trish erzählte, die schon wieder ohne Erlaubnis Stacys Klamotten angezogen hatte. Man könnte meinen, dass die beiden die größten Feindinnen wären. Überhaupt schienen Geschwister die grausigste Plage zu sein, die jemals auf der Erde gewütet hatte. Moira hätte zu gern eine Schwester oder einen Bruder, aber wenn sie sich die Klagen anhörte, war es vielleicht besser, dass sie ein Einzelkind war.

„Du übertreibst. So schlimm ist Trish gar nicht." Moira mochte die flippige Trish, die so war, wie sie immer gerne gewesen wäre. Sie lebte nur im Hier und Jetzt, wobei sie sich erfolgreich dagegen wehrte, bereits in der Gegenwart ihre gesamte Zukunft zu verplanen. Irgendwie erschien dieses Vorgehen weitaus erfüllender, als sich über alles zu sorgen.

„Das sagst du nur, weil du nicht ständig um sie bist. Sie liegt Mum und Dad auf der Tasche, und wenn sie so weitermacht, wird nie etwas Vernünftiges aus ihr."

„Das ist lediglich eine rebellische Phase. In ein paar Jahren hat sie sich ausgetobt, zwei Kinder und ein Einfamilienhaus mit einem bunt angestrichenen Zaun."

Stacy stieß ein hämisches Lachen aus. „Das mit dem bunten Zaun glaube ich, aber der Rest ist mehr als zweifelhaft." Stacy beschleunigte ihre Schritte, sodass Moira kaum mitkam. Aber sie verstand die Eile. Bahnstationen waren unheimlich, und die mit Graffiti besprühten Wände, die wahrlich keine Kunstwerke darstellten, sowie der herumliegende Müll und die ein oder andere finstere Gestalt unterstrichen diesen Eindruck. Da nutzten auch die Überwachungskameras nichts.

Erleichtert atmete Moira auf, sobald sie in der City standen. Die Absätze ihrer Schuhe klackten auf den Steinen, und sie waren umgeben von Menschen, die allesamt in Partylaune waren, genau richtig für einen Freitagabend. Sie steuerten das *Silver Rose* an. Der Laden war angesagt, die Musik nicht zu laut, und falls man dort allein blieb, musste man sich schon sehr dumm anstellen. Moira brach beinahe in ein hysterisches Lachen aus, weil sie sich ein Basiscamp ausgesucht hatten, damit sie den Mount Everest oder vielmehr den Mount Sexerest besteigen konnten. Ihr blieb nur zu hoffen, dass sie eine gute Wahl treffen würde, um den Gipfel vielleicht mehrere Male zu erreichen. Oder sie stürzte vorher ab, landete am Fuße des Berges mit einem angeknacksten Selbstbewusstsein, ohne nur einen Atemzug Höhenluft zu schnuppern. Alles war möglich.

„Bereit?", fragte Stacy vor der Tür.

„Wenn nicht heute, wann dann?" Allerdings fühlte Moira sich längst nicht so mutig, wie sie sich anhörte. Doch ein paar Drinks sollten ihre Unsicherheit schnell in den Griff bekommen. Die Türsteher ließen sie unbehelligt passieren und das beruhigte Moira. An ihren Outfits gab es demnach nichts auszusetzen. Stacy warf dem rechts stehenden noch einen schmachtenden Blick zu. Sie hatte ein Faible für Bad Boys und der große Dunkelhaarige passte genau in ihr Beuteschema. Allerdings interessierte sich Gecko nicht für Stacy, egal, was diese tat, um seine Aufmerksamkeit zu erregen. Niemand kannte seinen richtigen Namen, und auch das steigerte Stacys Interesse an ihm. Doch alle Bemühungen waren vergeblich, von den klimpernden Wimpern bis zu ihrem wackelnden Po. Wahrscheinlich könnte sie sogar nackt vor ihm knien und er würde sich nicht auf sie einlassen. Moira vermutete, dass sie ihm zu jung war. Oder er war schwul. Wer wusste das schon. Ihn umgab auf jeden Fall eine Aura des Geheimnisvollen.

Kaum waren sie im Inneren des großzügigen Lokals, war das Stimmengewirr wie eine Lebensform, die sich überall auf einem niederließ. Das Licht war gerade hell genug, um alles zu erkennen, und setzte das groovige Interieur perfekt in Szene. Es gab unzählige Nischen, in denen man sich auf bequeme, abgerundete, gepolsterte Bänke zurückziehen konnte. Die Bar war rechteckig angeordnet und es waren noch einige Plätze frei. Sie nahmen an einer der kurzen Seiten auf den Barhockern Platz. Ein hübscher Kellner nahm nach wenigen Minuten ihre Bestellungen auf. Innerlich zuckte Moira bei den Preisen für die Margaritas zusammen, allerdings war heute ein besonderer Tag und sie hatte etwas zurückgelegt. Man sagte, dass Geld nicht wichtig sei, aber dem konnte sie nicht zustimmen. So ein Spruch konnte nur von Menschen kommen, die nicht jeden Penny zehnmal herumdrehen mussten, ehe sie ihn ausgaben. Moira träumte zwar nicht von Reichtümern, jedoch von einem Gehalt, das es ihr erlaubte, sich realistische Wünsche zu erfüllen. Auch würde sie gerne London den Rücken zukehren, denn selbst die Mieten in den Vororten waren grauenvoll hoch. Doch jetzt war die Hauptstadt von England genau richtig, um sich auszutoben, ihre Karriere in Angriff zu nehmen und unbeschwert die Weichen für eine großartige Zukunft zu stellen.

Der blonde Kellner mit den strahlend blauen Augen hieß Mike und er platzierte gleich vier Margaritas vor ihnen. „Von den Jungs gegenüber", sagte er.

Moira rechnete mit jemandem in ihrem Alter, doch die vier Jungs stellten sich als Anfang bis Mitte dreißig heraus und passten genau in ihre Vorstellung von einem Fick für eine Nacht. Sie waren bestimmt erfahren und somit war ihr der Gipfel sicher.

„Die sehen heiß aus", murmelte Stacy und nahm sich eines der Gläser. Moira tat es ihr gleich und sie prosteten den potenziellen One-Night-Stands zu. Der mit den kürzesten Haaren setzte sich in Bewegung und gesellte sich zu ihnen. Er war offensichtlich der Kundschafter für die anderen.

Moira nahm einen großen Schluck und ihr wurde auf der Stelle warm.

„Hey, ich bin Jason und das sind Hank, Connor und Kurt." Er zeigte auf die Männer. Sein Akzent enttarnte ihn auf der Stelle als Amerikaner. Moira wusste bereits jetzt, dass Stacy Connor wollte, der mit seinen scharf geschnittenen Zügen und dem Bartschatten ihrem bevorzugten Ideal entsprach. „Wollt ihr zu uns rüberkommen? Hinter uns ist noch ein Nischentisch frei."

„Gern", sagte Stacy, ehe Moira verneinen konnte. Sie spürte einen Hauch von Unsicherheit, doch der verging, als die Männer sich höflich vorstellten und sie anlächelten. Misstrauen war nicht angebracht, und es geschah nur das, was sie auch wollte.

„Was macht ihr hier, so fern von der Heimat?", fragte Moira, sobald sie sich hingesetzt hatten.

„Wir sind Pharmavertreter und waren auf einer Tagung, an die wir ein paar Tage Urlaub drangehängt haben. Morgen müssen wir wieder nach Hause." Kurt sah Moira dabei in die Augen, und sie spürte ein nervöses Flattern im Magen, weil er wusste, dass sie seine Beute war, oder er ihre.

Ihre anfängliche Nervosität machte einer belebenden Aufregung Platz, die sie irgendwie mehr berauschte als der Drink. Stacy saß gegenüber von ihr, genau wie Kurt und Hank. Die Männer tranken Guinness.

„Ihr seht aus, als wolltet ihr etwas feiern", sagte Hank, der sie mit der gleichen Intensität betrachtete wie Kurt.

„Das stimmt. Wir haben unsere Prüfung bestanden und können jetzt auf die Welt der Steuern losgelassen werden."

„Ihr seid Steuerprüferinnen? Dazu seht ihr viel zu nett aus." Connor hatte einen dermaßen starken Akzent, dass Moira sich konzentrieren musste, um ihn zu verstehen. „Aber auch verflucht sexy."

Stacy kicherte und strich sich durchs Haar. „Heute wollen wir nur Spaß haben."

„Dabei sind wir euch gern behilflich", sagte Kurt und winkte die Kellnerin zu sich heran. „Bleibt ihr bei Margaritas? Eure Drinks gehen auf uns."

Das Schicksal meinte es gut mit ihnen. Moira trank das zweite Glas leer und dankte stumm der Glücksgöttin. Wenn dieser Abend ein Vorbote für die Zukunft war, dann konnte sie nur brillant werden.

„Wo kommt ihr her?", fragte Moira.

„Aus Philly. Auf jeden Fall im Moment", antwortete Kurt. Er lehnte sich zurück und betrachtete sie beinahe amüsiert. „Seid ihr heute ohne eure Freunde unterwegs?"

Stacy schüttelte den Kopf. „Nope, wir sind single und …" Sie trank einen Schluck. Ihre Wangen waren gerötet. Moira ahnte, dass es bei ihr genauso war. Sie hatten zu schnell zu viel getrunken. Auch wenn Stacy immer so tat, als wäre sie absolut selbstsicher, wusste Moira es besser. Die Freundin wirkte nur bei einem oberflächlichen Blick wie eine Femme fatale. „… zu jeder Schandtat bereit."

Moira konnte nichts dagegen tun, dass sie genauso albern kicherte wie Stacy, doch das schien die Amerikaner nicht zu stören. Ganz im Gegenteil.

Eine Stunde später fragte Connor sie, ob sie nicht in ihr Hotel gehen sollten, um in der Lobby noch etwas zu trinken. „Dort ist es ruhiger und wir können uns besser kennenlernen. Wir geben euch Geld fürs Taxi, sodass ihr nachher sicher nach Hause kommt, sofern ihr das wollt."

Oh!

„Welche Zimmernummer hast du?" Stacy drehte sich ihm zu und er räusperte sich.

„Die verrate ich dir noch nicht. Aber das Bett wird dir gefallen." Er fasste nach Stacys Hand, beugte sich über den Tisch und küsste sie leicht auf die Lippen. Ein Junge in ihrem Alter hätte sich nicht so zurückgehalten. Ältere Männer waren definitiv als Beute besser geeignet. Moira dachte an die Kondome, die sie eingesteckt hatte. Ob zwanzig Stück übertrieben waren? Ein Prusten wollte unbedingt aus ihrer Kehle perlen.

Man muss immer auf alles vorbereitet sein. Das war der Lieblingsspruch ihrer Mum, obwohl Moira nicht glaubte, dass sie dabei das Paarungsverhalten ihrer Tochter im Sinn hatte, sondern vielmehr Blasenpflaster, Tampons, Nähzeug oder eine Ersatz-strumpfhose.

Ob Kurt sie mit auf sein Zimmer nehmen würde? Er hatte zwar die ganze Zeit mit ihr geflirtet, aber möglicherweise machte er kurz vor Schluss einen Rückzieher. Sobald sie aufgestanden waren und sich ihre Jacken übergezogen hatten, legte er den Arm um Moiras Schultern. Stacy, Hank und Connor nahmen ein Taxi und Moira, Kurt und Jason das andere. Auf dem Rücksitz küsste Kurt Moira, lange und ohne jegliche Hast. In dem Augenblick, als er seine Lippen von ihren löste, spürte sie, dass sie mehr als nur ein wenig erregt war. Sie war noch nie auf eine derart gekonnte Weise geküsst worden. Wenn er im Bett genauso gut war, würde ihr One-Night-Stand sie nicht nur auf den Mount Everest führen, sondern gleich auf die Seven Summits.

Eine halbe Stunde später machten sie es sich in der plüschigen und ruhigen Bar des Hotels gemütlich. Connor und Stacy verschwanden nach einiger Zeit auf sein Zimmer.

„Ich muss mal kurz für kleine Mädchen." Moira brauchte ein paar Minuten, um sich zu sammeln. Sollte sie wirklich mit Kurt eine Nacht verbringen? Oder es gut sein lassen und einem One-Night-Stand für immer den Rücken zukehren? Allerdings ahnte sie, dass sie nicht erneut den Mut haben würde, derart loszulassen.

Tu es. Trau dich. Sei keine Pussy, sondern zeig deine Pussy. Hysterisch kicherte sie los. Atemlos erreichte sie die Damentoilette und stellte sich ans Waschbecken. Stumm starrte sie ihr Spiegelbild an. Ihr gefiel, was sie sah. Morgen war ein neuer Tag, und dann konnte sie wieder die vernünftige Moira sein, die geradlinig ihre Ziele verfolgte. Doch heute wollte sie jemand anderes sein.

Sie lief zurück in die Bar und trank ihr Glas aus. Ein leichter Schwindel packte sie nach wenigen Sekunden, der sich anders als der vorherige anfühlte.

„Ich fühle mich so seltsam."

„Keine Sorge, Baby. Wir kümmern uns um dich", sagte Kurt.

Kapitel 1

Fünfzehn Jahre später

Moira strich mit beiden Händen über den knielangen Rock, ehe sie das Besprechungszimmer betrat. Ihr Chef Bob Theodor hob kurz den Blick. Sie würde sich nie daran gewöhnen, dass sie jedes Mal das Gefühl hatte, eine Schleimspur an den Stellen auf ihrer Haut zu spüren, an denen seine Aufmerksamkeit sie gestreift hatte.

Gott, sie vermisste Iris so sehr. Mit der Freundin war Bob besser zu ertragen gewesen. Von Iris stammte auch sein Spitzname Shredder, der darauf zurückzuführen war, dass er seine Manieren vergaß, wenn es um weibliche Angestellte ging, und er jede Sympathie so lange zerschredderte, bis nichts mehr davon übrigblieb. Doch Iris hatte der Firma den Rücken zugekehrt und ihre eigene Kanzlei eröffnet.

Moira war die einzige Frau, die an der Besprechung teilnahm, und sie bemerkte gerade, dass der Tisch nicht eingedeckt war.

„Moira, bist du so nett und machst uns Kaffee? Wir fangen dann ohne dich an." Er sah sie nicht einmal an.

„Aber es geht um meinen Mandanten."

„Den hat Greg übernommen. Und wenn du in der Küche bist, könntest du auch gleich die Mikrowelle saubermachen."

Eine kalte Welle packte Moira, von den Zehen beginnend, ihre Beine hoch, bis sie ihren Brustkorb erreichte. Wut und Hilflosigkeit schnürten ihr die

Kehle zu. Kontinuierlich verwandelte sich die Kälte in Hitze, sodass sie sich wie ein Vulkan fühlte, dessen Eruption kurz bevorstand. Der Shredder schaute nach wie vor auf die vor ihm liegenden Papiere, und irgendwie war das der finale Tropfen. Zu lange hatte sie sich alles von ihm gefallen lassen, hatte aus Angst um ihren Job jeden virtuellen Schlag ins Gesicht geschluckt, egal, wie fies sein mobbendes Verhalten auch gewesen war. In diesem Augenblick sah sie nicht nur rot, ihr wurde zudem bewusst, dass sie jeden Morgen mit Bauchschmerzen ins Büro fuhr und ausschließlich für die Wochenenden lebte.

„Nein, das werde ich nicht tun."

Das brachte ihr die Aufmerksamkeit aller Anwesenden ein, als würden sie erst in diesem Moment bemerken, dass Moira im Besprechungszimmer stand. „Ich könnte dir jetzt sagen, was für ein grauenvoller Vorgesetzter du bist, dass du die Führungsqualitäten eines Lemmings besitzt, die Sozialkompetenz einer Spinne, Manieren wie ein Troll, chauvinistisch wie der rangniedrigste Pavian bist und einer Kröte im Aussehen nicht nachstehst."

Im Raum war es totenstill, sofern man ihren wummernden Herzschlag außer Acht ließ.

„Ich kündige!" Die Worte brachten eine dermaßen große Erleichterung mit sich, dass die Umgebung vor ihren Augen flimmerte, ehe sie den Gesichtsausdruck von Bob verinnerlichte. Sein Mund stand offen, sein Teint war rot und mit weißen Flecken durchzogen, wobei er sie anstarrte, als hätte sie sich gerade in Wonder Woman verwandelt. Warum konnte es nicht so sein? Dann könnte sie ihn mit einer Hand um den Hals packen und in die Luft heben. Verdient hätte er es. Wenn sie jetzt hier wie angewurzelt verharrte, würde er Oberwasser gewinnen. Moira drehte sich um, und das Zuknallen der Tür war etwas, das sie sehr befriedigte. Schließlich hatte sie diesen Reiz in der Vergangenheit unzählige Male unterdrückt.

Sie hastete zuerst zum Kopierraum, schnappte sich dort einen leeren Karton, stampfte anschließend in ihr Büro, das sie sich mit Greg teilte, dem miesen Verräter. Hinterfotziges Arschloch! Es gab nicht viel, was sie mitnehmen wollte. Eine Pflanze, zwei kleine Bilderrahmen mit Fotos von den Highlands, ihre Lieblingstasse, ein Stressknautschball und ein Eselstofftier. Das Notebook und ihre privaten Stifte hatte sie nicht ausgepackt. Die Tasche hing nach wie vor über ihrer Schulter. Es gab keinen Weg zurück für sie. Der Shredder würde ihr nie verzeihen und sie ihm auch nicht. Zu ihrem Schrecken bildete sich ein Kloß in ihrem Hals, sobald ein Teil des siedenden Zorns verrauchte. Er schmerzte, und sie spürte Tränen hinter ihren Lidern brennen, denen sie wenig entgegenzusetzen hatte. Doch sie mussten warten, bis sie das Gebäude verlassen hatte.

Auf dem Flur begegnete ihr Kelly, die gerade in der Kanzlei eingetroffen war. Anscheinend hatte sie heute Morgen einen Arzttermin gehabt. Sie war die Assistentin von Bob, allerdings beschönigte dieser Titel ihr eigentliches Arbeitsgebiet. Sie war seine Sklavin, die immer tun musste, was er von ihr wollte, sogar, wenn die Aufgaben nichts mit ihrem Job zu tun hatten. Und das war verflucht oft der Fall.

„Moira, ist alles in Ordnung?"

Moira konnte nichts sagen, denn dann würde ihr Schild zerbersten. Der Flurfunk würde sowieso gleich einsetzen, und sie konnte mit Kelly telefonieren, sobald sie sich beruhigt hatte. Gott! Sie war ganz allein. Niemand wartete zu Hause auf sie, nicht einmal ein Goldfisch. Ob sie Iris anrufen sollte? Aber Iris hatte genug mit ihrer eigenen Kanzlei zu tun und war bis zu den Ohren ausgebucht. Nächstes Jahr wollte sie expandieren und Mitarbeiter einstellen. Iris hatte Moira bereits eine Stelle angeboten, doch sie hatte gezögert. Es war immer schlecht, Arbeit und Privates miteinander zu vermischen. Das ging in den seltensten Fällen gut. Eine klare Linie zu ziehen war unmöglich, sodass sie das tolle Angebot ausgeschlagen hatte. Iris war eine gute Freundin, eigentlich die allerbeste Freundin, die man sich vorstellen konnte, und Moira wollte sie nicht verlieren.

Für einen Moment dachte sie an Stacy, doch das tat so weh, dass sie den Gedanken an die verstoßene Freundin jetzt nicht ertragen konnte. Sie hastete an Kelly vorbei. Blind vor Tränen stürzte Moira auf den Gehweg, wobei ihr beinahe der armselige Karton mit ihren Habseligkeiten aus den Händen gerutscht wäre. Sie hatte es wirklich getan!

Der Adrenalinstoß ließ ihr Herz immer schneller schlagen. Allerdings ebbte das euphorische Gefühl sekündlich ab und machte nackter Panik Platz, die sie so heftig packte, dass ihr für ein paar Augenblicke Sterne vor den Augen flimmerten.

In diesem Moment kollidierte sie mit etwas Hartem und starke Hände fassten sie an den Schultern.

„Sachte, Kleines." Diese Stimme würde sie niemals vergessen, denn sie gehörte zu John Sullivan. Und wo John war, waren auch meistens seine Brüder Dean und Miles nicht weit entfernt.

Oh Himmel! Aber selbst der konnte sie nicht vor den Sullivans retten.

„Moira", ertönte sogleich die Stimme von Dean, der ihr den Karton aus den Händen nahm. Hitze schwappte über sie. Seit ihrem ersten Aufeinandertreffen hatte sie unzählige Male von den Brüdern geträumt, dass sie all diese verbotenen Dinge mit ihr taten, die sie nur in ihren Fantasien zuließ. Dabei fühlte sie sich stets wie die schlimmste Betrügerin, die auf der ganzen Erde wandelte. Denn die Sullivans waren verheiratet und hatten die nettesten Frauen, die man sich vorstellen konnte. Moira musste sofort flüchten, aber sie standen vor ihr wie eine unüberwindliche Mauer aus Entschlossenheit, Dominanz und erschreckender Fürsorge.

„Bringen wir dich erst mal ins Warme", sagte John.

Moira wusste, dass es keinen Sinn machte, mit ihnen zu diskutieren, denn das würde den Beschützerinstinkt der beiden nur weiter anstacheln. Immerhin stand sie sicherlich kreidebleich und inzwischen auch heulend vor ihnen. Von dem Zittern ganz zu schweigen. Der Karton erzählte ihnen zudem alles, was sie wissen mussten. John legte den Arm um ihre Schultern, und sie konnte nichts dagegen tun, dass sie vollständig zusammenbrach.

Von wegen Wonder Woman! Sie war armselig, und wenn John wüsste, dass er und seine Brüder als Objekte für ihre dämlichen Begierden herhalten mussten, würde er sie von sich schubsen. Aber sie konnte nichts dafür!

John blieb mit ihr stehen, erduldete es schweigend, dass sie ihre Stirn an seinen viel zu beruhigenden Brustkorb lehnte und einfach nur weinte. Das war mehr als nur peinlich! Wortlos reichte ihr Dean ein Taschentuch. Er hatte ihren Karton unter einen Arm geklemmt und sein besorgter Blick ruhte ebenso auf ihr wie der seines Bruders. Es tat so schrecklich gut, sich ein wenig in starke Arme fallen zu lassen, obwohl sie ihr nicht gehörten. Vielleicht war das des Rätsels Lösung, denn sie würden nichts von ihr verlangen, sondern sie unbehelligt ziehen lassen, sobald sie sich vergewissert hatten, dass sie sich beruhigt hatte. Moira wusste nicht warum, aber die verhängnisvolle Nacht, die sie für immer verändert hatte, sprang an die Oberfläche ihres Bewusstseins, mit einer Klarheit, die dieser Erinnerung nicht mehr zustand. Sie verdrängte sogar die Nachwirkungen ihres unbesonnenen Muts.

„Wir wollten gerade zu Iris, um ihr ein paar unterschriebene Dokumente zu bringen", sagte John mit einer zwar sanften Stimme, doch Moira ahnte, dass das nichts zu bedeuten hatte. Sanft war bei Männern wie den Sullivans nicht mit schwach zu verwechseln. Eigentlich hatte sie sich auf ihre Couch verkriechen wollen, um mit sich und ihrem Schock allein zu sein, bis sie einen Plan geschmiedet hatte, wie es weitergehen sollte. Die Riesenpackung Karamelleis mit Himbeeren würde ihr dabei helfen. Und Chips! Doch das Schicksal hatte ihr diese Option genommen, denn weder John noch Dean sahen so aus, als ob sie Moira sich selbst überlassen wollten. Wahrscheinlich war das auch besser so.

Sie löste sich von John, putzte sich die Nase und heftete ihren Blick auf den Bürgersteig. Das war sicherer, als in seinen Augen zu versinken, die sie so sehr einschüchterten. Und wenn sie nur daran dachte, wie sie damals aus dem Haus der Sullivans geflohen war. Aus dem Haus von Mandanten, die sie eigentlich prüfen sollte. Das war im Nachhinein das Unangenehmste gewesen, das sie jemals getan hatte. Doch der Anblick dieses gediegenen Raums mit den Vorrichtungen für SM-Spielchen hatte sie wie ein Vorschlaghammer getroffen. Sie war einfach davongelaufen, als wäre der Teufel persönlich hinter ihr her, weil sie in diesem Moment von der entsetzlichsten Nacht ihres Lebens eingeholt wurde. Nicht einmal Iris wusste von diesem Schrecken, der stets seine eisigen Finger nach ihr ausstreckte, jederzeit entschlossen, sie zu würgen, bis er das letzte Quäntchen Leben aus ihr gepresst hatte. Nein, sie war damals, jetzt und auch zukünftig nicht bereit, sich mit dieser Hölle auseinanderzusetzen. Das würde sie endgültig zerbrechen und die Fassade ihres Daseins unwiderruflich zum Einsturz bringen.

„Komm, Moira." Natürlich vergaß ein Mann wie John niemals einen Namen, ein Gesicht und wusste wahrscheinlich mehr über sie, als es ihr lieb sein konnte. Sie hatten sich zwar ein paarmal gesehen, aber Moira hatte immer Abstand zu den Sullivanbrüdern gehalten und freiwillig nicht mit ihnen gesprochen. Vielleicht hatte Iris sie auch ab und zu erwähnt, und ihre Flucht aus dem *Federzirkel* war schließlich ein Thema für sich. Moira befürchtete nicht, dass die Freundin schlecht über sie geredet oder irgendwelche intimen Dinge ausgeplaudert hatte, doch ihr damaliges Verschwinden aus dem Haus eines Klienten war mehr als nur unprofessionell gewesen.

Wäre Iris nicht für sie eingesprungen und hätte sie gedeckt, hätte der Shredder Moira seinerzeit sicherlich vor die Tür gesetzt. Der plötzlich einsetzende Schneeregen ließ sie noch mehr zittern, als sie es ohnehin schon tat, sodass John erneut den Arm um sie legte und sie dicht an sich zog, während sie zu Iris' Geschäftsräumen hasteten, die etwas abseits der Innenstadt von Cannock lagen. Erst jetzt bemerkte sie die Tüte in Johns Hand. Die Brüder hatten offensichtlich Frühstück beim besten Bäcker der Stadt gekauft. Nach zehn Minuten erreichten sie Iris' Büro, das im unteren Stockwerk eines Backsteingebäudes lag. Sie teilte sich die Räume mit Nicolas, der ein Cousin der Sullivans und Anwalt war. Sie hatten das Büro vor zwei Monaten eingeweiht.

Wärme schlug ihnen entgegen, sobald sie durch die unverschlossene Haustür in den Flur traten und den eisigen Temperaturen sowie dem starken Wind entkamen. John ließ sie los und öffnete die Tür, die in die Kanzlei führte.

Sie wurden freundlich von Ava begrüßt, die Nicolas letztens eingestellt hatte. Das alles hatte Iris Moira erzählt. Außerdem waren sie auch zusammen beim Italiener gewesen und Moira hatte den Abend mit Ava und Iris sehr genossen. Avas Blick fiel augenblicklich auf Moira, und sie sprang so schnell von ihrem Stuhl, dass er nach hinten wegrollte.

„Moira, ist alles in Ordnung?" Anklagend starrte sie nacheinander Dean und John an, bemerkte dann den Karton und zog die richtigen Schlussfolgerungen, nachdem Dean ihn auf die Theke gestellt hatte und sie den Inhalt erfasste. „Iris ist im kleinen Besprechungszimmer. Sie hat Hunger und wartet bereits auf euch. Oder möchtest du allein mit ihr sprechen, Moira? Soll ich sie holen?" Fragend schaute Ava Moira an, die allerdings mit der Beantwortung überfordert war. Ihr Verstand weigerte sich, mit den Ereignissen Schritt zu halten, da sie offensichtlich einen Schock hatte.

„Nick hat bestimmt etwas Stärkeres in seinem Büro. Wärst du so nett und holst ein Glas für Moira? Danke, Ava." Dean lächelte Ava an, die sich sogleich in Bewegung setzte.

„Ich hole auch noch einen Teller."

Moira fand sich ein paar Sekunden später im Besprechungszimmer wieder. Der Tisch war hübsch eingedeckt. Iris stand am Fenster und blickte nach draußen, drehte sich jedoch bei ihrem Eintreten freudestrahlend um. Doch das Lächeln erstarb in der Sekunde, als sie die Freundin bemerkte.

„Moira. Mein Gott! Du bist leichenblass und du hast geweint. Und wieso …?" Sie starrte John an.

„Sie ist quasi in uns reingerannt, und zwar so aufgelöst, dass wir sie nicht allein lassen konnten."

„Hat das Arschloch dich etwa rausgeschmissen?" Iris hatte schon immer ein hervorragendes Gespür, und sie wusste natürlich, dass Moira unglücklich in ihrem Job war. Sie lief auf sie zu und zog sie in die Arme. „Du zitterst. Zieh deinen nassen Mantel aus und setz dich erst einmal."

In diesem Moment kam Ava zurück und sie reichte Moira kommentarlos das Glas mit der goldenen

Flüssigkeit. Vermutlich war es keine gute Idee, den Drink in ihren leeren Magen zu schütten. Aber zur Hölle mit diesem Tag! Schließlich war sie teilweise irischer Abstammung und ein Whiskey hatte noch nie geschadet. Dennoch hustete sie, nachdem der Alkohol brennend den Weg nach unten gefunden hatte. Dean war anscheinend der Meinung, dass sie ihren Mantel nicht selbst aufknöpfen konnte, denn er tat es gerade. Ehe sie protestieren konnte, hatte John ihr den nassen Stoff von den Schultern gestreift und sie auf einen der gepolsterten cremefarbenen Stühle gepresst. Das war auch besser so, da es ein dreifacher Drink gewesen war und die Wirkung auf der Stelle einsetzte.

„Nicht er hat mich gefeuert, ich habe gekündigt." Sobald sie es aussprach, kehrte der Triumph zurück, die Überzeugung, dass sie das Richtige gemacht hatte. Sie fühlte sich leicht und beschwingt, und das war nur zu einem kleinen Teil auf den Whiskey zurückzuführen.

„Du hast es endlich getan." Iris setzte sich neben sie und drehte sich ihr zu. „Am besten machst du ein paar Wochen Pause und fängst danach bei mir an. Und komm mir jetzt bloß nicht mit irgendwelchen Ausflüchten, dass das unsere Freundschaft zerstören könnte. Ich brauche jemanden wie dich ganz nötig, der sich mit dem Steuerrecht in den USA auskennt."

„Ich weiß nicht ..." Der Vorschlag war sehr verlockend. Aber das räumte ihre Vorbehalte leider nicht aus.

„Wir können eine sechsmonatige Probezeit vereinbaren, und du kannst dir etwas Neues suchen, falls du merkst, dass es mit uns nicht klappt. Doch damit hätte ich die Ausstellung von Viola abgedeckt. Sie findet in einem Resort in der Nähe von Pasadena statt. Du könntest die Ausstellung überwachen und die Steuerformalitäten abwickeln, das Bindeglied zwischen Viola und den Eigentümern des exklusiven Resorts sein und dich dann anschließend dort für ein oder zwei Wochen erholen. Was meinst du?"

Das erschien äußerst spannend, wäre eine willkommene Abwechslung und hörte sich zu schön an, um wahr zu sein.

John und Dean hatten sich inzwischen hingesetzt und bissen jeweils in eines der köstlich aussehenden Sandwiches hinein.

„Das wäre sozusagen ein Spezialauftrag." Iris sah kurz zu den Sullivans.

Spezialauftrag?

Iris nahm Moiras Hände in ihre. Sie war eine der attraktivsten Frauen, die sie jemals gesehen hatte, angefangen von ihren glänzenden brünetten Haaren, den blauen Augen bis zu den makellosen Füßen. „Bitte. Du würdest mir damit eine Last von den Schultern nehmen. Und ich will im Moment nicht fliegen. Das wäre nicht gut." Erwartungsvoll schaute sie Moira an, die wirklich lange brauchte, um zu begreifen, was genau die Freundin ihr damit sagen wollte.

Moiras ganze Sorgen, ihre Angst vor der Zukunft, ihre Befürchtungen, dass sie ihre Freundin für immer verlieren könnte, verschwanden unter dem Glück, das ihr entgegenstrahlte.

„Du bist schwanger! Oh mein Gott."

Jetzt war Iris diejenige, die weinte. John und Dean sprangen von ihren Stühlen und zogen Iris abwechselnd in ihre Arme. Nie hätte Moira es damals für möglich gehalten, dass die drei zu Freunden werden könnten. Aber so war es. Die Gemeinschaft des *Federzirkels* beschränkte sich offensichtlich nicht nur auf das luxuriöse Anwesen. Oft hatte sich Moira gewünscht, ebenso ein Teil dieser Familie zu sein, die sogar miteinander verbunden waren, auch wenn sie nicht blutsverwandt waren. In einem anderen Leben hätte sie sofort zugegriffen und wäre nicht wie eine vermeintlich verklemmte ewige Jungfer aus dem *Federzirkel* geflohen. In einem anderen Leben hätte sie sich vor fünfzehn Jahren besser entschieden und wäre nicht blindlings ins Verderben gestürzt.

Was würde sie dafür geben, wenn sie wieder die Moira sein könnte, die sie einst gewesen war! Doch dieser Wunsch war sinnlos, denn es gab kein Zurück mehr, weder damals, jetzt oder in der Zukunft.

„Weiß Tom es schon?", fragte John.

„Ja." Iris lachte und weinte gleichzeitig. „Eigentlich wollten wir es noch keinem erzählen, aber ich konnte es nicht mehr für mich behalten."

Dean umarmte Iris erneut, und man konnte die innige Freundschaft nicht nur sehen, sondern auch spüren.

Moira wurde es warm ums Herz, und das machte ihr bewusst, wie einsam sie war. Es war wirklich an der Zeit, diesen Kreislauf zu durchbrechen. Und wie könnte sie jetzt Iris' Angebot ablehnen? Sie würde die Freundin mit Wucht vor den Kopf stoßen und ein egoistisches Verhalten an den Tag legen, das Iris ihr sicherlich nie verzeihen könnte.

„Wir hatten noch nicht geplant, ein Baby zu bekommen. Es ist einfach geschehen", flüsterte Iris.

„Einfach geschehen?", fragte John und seine Augen glitzerten vergnügt. „Also, ich kann mir eine Menge Szenarien vorstellen, wie das genau geschehen konnte."

Die Brüder wirkten in diesen Momenten ungefährlich, sodass Moria nicht verstand, wieso sie ständig in Aufruhr geriet, sobald sie in ihrer Nähe waren. Das war zwar nicht oft in der Vergangenheit passiert, doch die paarmal hatte ihr Bild, das sie von ihnen hatte, sehr geprägt. Sie waren allesamt Rudelführer, Alphatiere, die sich nicht die Zügel aus der Hand nehmen ließen, falls sie diese gepackt hatten. Das galt auch für Tom.

Andererseits waren sie liebevoll, fürsorglich und vor allem verlässlich. Wenn sie jemanden unter ihre Fittiche nahmen, dann war das kein kurzzeitiges oder oberflächliches Vergnügen. Und genau das machte ihr einerseits Angst, andererseits verspürte sie ein erhebliches Maß an Eifersucht, für die sie sich schämte.

Iris sah zu ihr und selbst ihr tränenüberströmtes Gesicht minimierte nicht die Klarheit ihrer Gesichtszüge. Sie könnte sogar einen schmutzigen Sack und Gummistiefel tragen und würde sexy aussehen. „Sag ja, bitte."

Moira nickte und fiel der Freundin um den Hals. Allerdings bemerkte Moira, wie John sie ansah, als würde er ihr Schicksal planen und irgendwie mitbestimmen können. Das war totaler Blödsinn. Oder nicht?

Nach einem Blick auf die Uhr sagte er: „Ich rufe nachher David Salazar an und er setzt sich dann mit Iris und dir in Verbindung."

Sein Lächeln beschleunigte Moiras Herzschlag, obwohl sie nicht wusste, warum das so war. Aber was sollte ihr auf einer Kunstausstellung in einem Urlaubsresort schon passieren?

Kapitel 2

A uf dem Weg ins Büro merkte Alexander Waters, wie ungeduldig und nahezu missmutig er war. Und daran trug nur er selbst die Schuld. Er hatte die Warnungen von David und Alec hinsichtlich Sonia ignoriert. David war sein Arbeitgeber, sein Freund und mittlerweile sogar sein Schwager. Das zweite galt auch für Alec. Gemeinsam teilten sie ihre Vorlieben im Bereich von sexueller Unterwerfung und hatten das luxuriöse Resort *Insel* in den Bergen um Pasadena gegründet.

Alexander hatte sich vom Fleck weg in Sonia verliebt. Die quirlige Blondine mit den graublauen Augen war Innenarchitektin, und eine Kundin hatte sie engagiert, sodass Alexander Sonia in einem von ihm entworfenen Haus getroffen hatte, um ein paar Wünsche der Kundin zu besprechen.

Sonia teilte seinen Enthusiasmus für viktorianische Häuser, Kentucky, Actionfilme und Pasta in allen Variationen. Sie scheute nicht davor zurück, ihn auf ausgedehnten Wanderungen zu begleiten. Sie hatten sogar gecampt.

Im Bett hatten sie jedoch nicht harmoniert. Ja, auch er mochte durchaus hin und wieder Vanillasex, aber ganz ohne BDSM war er unvollständig. Und dann hatte er den Fehler begangen, Sonia zu überreden, SM doch wenigstens einmal zu probieren. *Perverse Sau* war noch das harmloseste, was sie anschließend zu ihm gesagt hatte, während sie hysterisch geheult hatte. Alexander hatte schlichtweg ihre

Reaktionen auf ein paar leichte Schläge auf den Po unterschätzt.

Er hatte sich wie ein Idiot benommen und die Anzeichen ignoriert, die Warnsignale, dass Sonia Gewalt in jeglicher Form verabscheute. Für sie war sogar ein spielerisches Übers-Knie-Legen eine Form von Gewalt, die konträr zu ihrer Rolle als moderne Frau stand. Er hatte sich hinterher selbst infrage gestellt und sich für ein Monster gehalten. Natürlich wusste er, dass diese Ansicht falsch war. Sein Drang, eine Frau sexuell zu unterwerfen, sie zu fesseln, ihr Pein zuzufügen, um sie anschließend auf den Gipfel der Lust zu führen, war keine krankhafte Veranlagung und gehörte zu ihm wie das Atmen.

Wenn er sich das nächste Mal näher auf eine Frau einließ, dann nur auf eine gefestigte Sub, die seine Bemühungen zu schätzen wusste und sie zudem überaus herbeisehnte. Er wollte keine unerfahrene Anfängerin, sondern jemanden, der Schmerz gekonnt in Leidenschaft verwandeln konnte und das Gefälle im Bett ebenso brauchte wie er. Hinzu kam noch, dass Alec, David und auch Liam mit Rachel ihre Partnerinnen fürs Leben gefunden hatten. Nie hätte Alexander gedacht, dass seine Schwester Olivia ausgerechnet mit David ihr Glück finden würde. Nur er war anscheinend zu blöd, die Richtige aufzustöbern.

Gestern hatte er versucht, mit Sonia ein letztes Mal zu reden, denn er wollte sich nicht von ihr als verabscheuungswürdiger perverser Erzfeind trennen. Doch seine Bemühungen waren von Anfang an zum Scheitern verurteilt gewesen. Ihre Mom hatte ihn an der Tür abgefangen und ihm lief auch in diesem Moment eine Gänsehaut über den Rücken, sobald er sich an den Ekel in ihrem Blick erinnerte. So musste sich ein Straßenhund fühlen, wenn er frierend, durchnässt und hungrig davongejagt wurde.

Alexander parkte seinen SUV auf dem ihm zugewiesenen Parkplatz bei *Stonedreams* und schaltete den Motor aus. Vielleicht sollte er Urlaub einreichen und eine ausgedehnte Wandertour durch Kentucky machen. Doch allein hatte er dazu im Grunde genommen keine Lust. Er könnte auch die *Insel* aufsuchen, aber sich um glückliche Pärchen oder Neulinge zu kümmern, erschien ihm im Moment genauso verlockend wie ein Besuch beim Proktologen. Alexander war es nicht gewohnt, dass er sich depressiv fühlte, indes war genau das geschehen. Für eine Midlife-Crisis war er mit Ende dreißig eigentlich zu jung. Oder lag er falsch?

Ungewohnt lustlos stieg er aus. Selbst seine Arbeit ödete ihn an. Normalerweise stürzte er sich mit Feuereifer auf interessante Projekte, doch wenn er nur daran dachte, sich heute mit Mr. und Mrs. Morec herumzuplagen, drehte sich ihm der Magen um. Andauernd hatten sie neue Anliegen, warfen alles Beschlossene ständig über Bord und trieben ihn mit ihren Sonderwünschen noch in den Wahnsinn. Er war schließlich Architekt und kein Gott, der die Vorgaben der Statik einfach ignorieren konnte. David hatte Alexander vorsorglich mit diesen schwierigen Kunden betraut, weil er im Gegensatz zu Alec stets eine Engelsgeduld bewies. Doch dieses Mal überforderten Alexander die sprunghaften Morecs, sodass er mittlerweile darüber fantasierte, sie beide in der Wildnis auszusetzen, nachdem er Mrs. Morec übers Knie gelegt und Mr. Morec seine Faust mitten in die überhebliche grinsende Fresse geschlagen hatte.

Uhrgs!

Kaum hatte er das Backsteinhaus betreten, rannte er Gabriella über den Weg. Die Dunkelhaarige war eine der beiden Assistentinnen und sie lächelte ihn an. Sie war zu jedem und allen freundlich und schaffte es, mit Höflichkeit ihren Willen durchzusetzen. Ausnahmslos!

„Guten Morgen, Alexander. David möchte dich sofort sehen." Falls sie seine griesgrämige Laune bemerkte, ließ sie sich nichts anmerken.

„Danke, Gabriella." Er zwang seine Mundwinkel dazu, sich ein wenig nach oben zu bewegen.

Ob die Morecs sich beschwert hatten? Allerdings war David kein Chef, der seine Mitarbeiter drangsalierte und sie grundlos in den Boden stampfte. David war zwar sein bester Freund, aber auch sein Boss, was seltsamerweise hervorragend funktionierte. Natürlich stritten sie ab und zu, jedoch wussten sie, was sie aneinander hatten, und diskutierten jedes Problem früher oder später aus. Als er Davids Büro betrat, war zu seiner Überraschung Alec anwesend. David warf nur einen Blick auf Alexander und wusste offensichtlich ebenso wie Alec, wie es um ihn bestellt war. Das merkte er ihnen deutlich an. Wenn man selbst Opfer der Beobachtungsgabe eines oder mehrerer Master wurde, war das manchmal überaus nervig. Sein Nacken prickelte unangenehm, sodass er sich wie ein Igel fühlte, der seine Stacheln aufstellte.

„Ich will nicht darüber reden", brummte er. Und das stimmte. Heute war er wirklich nicht bereit dazu.

„Auch dir einen guten Morgen, mein Freund." David nutzte seinen Bosstonfall und deutete auf die Sitzgruppe, die in der Ecke vor einem der drei großen Fenster stand. „Ich nehme an, dein klärendes Gespräch mit der Zicke ist nicht gut gelaufen." David mochte Sonia nicht, hatte sich bisher jedoch noch nie negativ oder gar beleidigend über sie geäußert.

Innerlich seufzte Alexander. „Nein, ist es nicht. Ihre Mom hat mich abgefangen, und ich habe mich gefühlt, als wäre ich ein sechzehnjähriger Serienkiller, der nicht passend für ihre Tochter ist."

Alec ließ sich auf eines der beiden Sofas fallen und zeigte fragend auf die Kaffeekanne. Sowohl Alexander als auch David nickten. Vielleicht war ein guter Kaffee ausreichend, um seine Stimmung zu heben. Außerdem bemerkte er, dass er entgegen seiner Behauptung, nicht darüber reden zu wollen, es doch getan hatte und sich bereits besser fühlte. Sich abzuschotten wie ein Eremit war weder für ihn hilfreich noch für seine Mitmenschen, besonders wenn sie zufällig seine besten Freunde waren.

Alexander trank seinen Kaffee schwarz, und das passte hervorragend zu seiner Stimmung. Vorsichtig nahm er einen Schluck von dem heißen und obendrein starken Gebräu. Gabriella wusste, was ihnen schmeckte.

„Ich möchte etwas mit euch besprechen, was die *Insel* betrifft." David sah dabei Alexander an, nicht Alec. „John Sullivan hat mich vorhin angerufen. Es geht um die Ausstellung seiner Frau Viola oder eher gesagt, um die Begleitung."

„Mit Bildern kenne ich mich wirklich nicht aus. Ich kann nur sagen, ob mir gefällt, was ich betrachte, oder nicht. Doch ansonsten …"

„Das ist nicht das Anliegen. Moira McGallagher wird die steuerliche Abwicklung regeln und auch das Aufhängen der Gemälde beaufsichtigen, aufpassen, dass alles bestmöglich im Sinne der Künstlerin geregelt wird."

„Das mit den Steuern leuchtet mir ein, aber Rachel wollte die Vernissage organisieren. Sie ist ein Kunstfreak und spricht schon seit Wochen von nichts anderem mehr. Rachelino wird sehr enttäuscht sein." Rachel hatte vor neun Monaten ein Baby bekommen und wollte zwar im Moment nicht Vollzeit arbeiten, doch auf diesen Event freute sie sich.

„Rachel hat das nach wie vor in der Hand. Moira ist sozusagen die Endkontrolle. Ich habe bereits mit Rachelino gesprochen und ihr die besonderen Umstände erklärt."

Besondere Umstände!

„Jetzt spuck endlich aus, worum es hier wirklich geht. Was hat es mit dieser Moira auf sich? Ist das etwa einer dieser Spezialaufträge, bei denen wir uns am Rande der Legalität bewegen?"

„Du hast es erfasst, mein ungeduldiger Padawan. Aber ganz so schlimm ist es nicht."

Moira McGallagher – der Name gefiel Alexander, und der Name ließ auf einen irischen Wildfang schließen und hörte sich interessant an. Wenn sie auf die *Insel* kam, war sie bestimmt eine erfahrene Subbie, der er gerne unter die Arme greifen würde, falls die Chemie zwischen ihnen stimmte. Eine Ablenkung wäre jetzt genau das Richtige für ihn. Und nach getaner Arbeit würde sie wieder zurück nach Großbritannien reisen und auf immer verschwinden. Jedoch ahnte er, dass sie ein Problem oder auch mehrere hatte. Er hatte allerdings zurzeit wirklich keine Kraft, und vor allem keine Lust, um sich damit auseinanderzusetzen.

„Womit haben wir es zu tun?", fragte Alec.

„Laut John mit einer Frau Anfang dreißig, die mit Warpgeschwindigkeit aus dem *Federzirkel* geflüchtet ist, als sie dort zur Steuerprüfung aufgetaucht ist und erkannt hat, was es mit dem Landhaus auf sich hat. Ist übrigens ein Schmuckstück. Würde dir gefallen, Alexander. Die Sullivans kaufen alte Häuser auf und verwandeln sie in Wohnträume. Sie machen das, was du schon immer tun wolltest. Ich kann dir nachher ein paar Fotos zeigen, die John mir geschickt hat."

Nebenbei teilte David ihm mit, dass er beängstigend genau wusste, was in Alexander vorging. Nachdenklich ruhte Davids Blick auf ihm. Ob er ahnte, dass Alexander nicht nur wegen Sonia aus dem Gleichgewicht geraten war? Dass er sich insgeheim nach einer Veränderung sehnte, wurde Alexander in dieser Sekunde richtig bewusst. Vorher war es nur eine Ahnung gewesen. David und Alec hatten das bestimmt seit Längerem erkannt.

„Moira hat ihren ungeliebten Job überstürzt gekündigt, weil ihr Chef ein chauvinistischer Arsch ist. Sie ist John und Dean heulend in die Arme gelaufen. John meint, dass sie ein schlimmes Geheimnis hütet und äußerst unglücklich deswegen ist, auch, dass sie BDSM gerne ausprobieren würde, sich aber nicht traut, und daher ihre wahren Bedürfnisse unter Verschluss hält. Iris, eine sehr nahe Freundin von ihr, hat sie kurzerhand eingestellt und sich mit den Sullivans beraten. Eigentlich wollte ich dich bitten, dich um sie zu kümmern, doch ich sehe dir an, dass du das nicht willst. Wie sind eure Vorschläge?"

„Jack und Marcus wären geeignete Kandidaten. Dem Charme der Zwillinge kann keine Frau widerstehen, egal, ob sie devot ist oder nicht."

„Zwei Master könnten ein bisschen zu viel sein", warf Alec ein.

„Aber sie machen nicht alles zusammen. Ich würde sagen, wir lassen Moira wählen. Wir geben ihr jedoch keine Gelegenheit zur Flucht, ehe sie sich ihren inneren Dämonen gestellt hat." David und Alec tauschten einen bedeutungsvollen Blick aus, und irgendwie fühlte Alexander eine Schlinge um seinen Hals, wobei er sich nicht entscheiden konnte, ob ihm der leichte Zug gefiel oder nicht. Er war wirklich bereit für etwas Neues.

Außerdem spürte er, dass David noch nicht das letzte Wort über das Projekt Moira McGallagher gesprochen hatte.

Shit!

Kapitel 3

Drei Wochen später

Moira hätte nicht gedacht, dass Fliegen so langweilig, unbequem und endlos sein würde. Mittlerweile beschlich sie das Gefühl, nie mehr in Los Angeles anzukommen. Sie konnte die Male gar nicht mehr zählen, an denen sie zum kleinen Bildschirm geschaut hatte, der anzeigte, wie lange der Flug noch dauerte. Vierzig weitere Minuten. Vielleicht sollte sie die Zeit nutzen und die Bordtoilette aufsuchen, um sich etwas aufzuhübschen. Da sie am Gang saß, brauchte sie wenigstens niemanden beim Aufstehen zu belästigen. Mit ihrer Handtasche bewaffnet, stand sie ein paar Sekunden später vor dem Waschtisch aus Edelstahl und starrte auf ihr zerrupftes Spiegelbild.

Ein bisschen Bronzepuder, Lippenstift und ein Kamm würden das mehr oder weniger hinbekommen. Ihre neue oder eigentlich ihre Naturhaarfarbe war noch immer ungewohnt, denn viele Jahre hatte sie ihre Haare mit blonden Strähnen getragen, sodass das Braun sie überraschte. Es stand ihr. Sie reichten bis zur Mitte ihres Rückens und schmeichelten ihren grüngrauen Augen. Nachdem sie den rosenfarbenen Lippenstift aufgetragen hatte, machte sie ein schmatzendes Geräusch, ehe sie den blauen Kajalstift erneuerte. Die Jerseybluse, die genau zur Farbe ihres Lippenstifts passte, schmiegte sich an ihren Körper. Die schwarze Hose hatte genügend Stretch, um bequem zu sein und trotzdem businesslike auszusehen. Und das Allerwichtigste: Die Materialien hatten gehalten, was sie versprochen hatten und waren unzerknittert.

Ein Alexander Waters würde sie vom *Los Angeles International Airport* abholen und ins Resort fahren, das den Namen *Insel* trug. Eigentlich hatte Moira gedacht, dass sie auch die Verladung der Bilder beaufsichtigen würde, doch das erledigte eine Rachel, die ihr bei allem helfen sollte. Moira war froh, vor Ort eine weibliche Ansprechpartnerin zu haben, denn schließlich war dies ihre erste Fernreise und sie war zudem noch nie aus dem Vereinigten Königreich herausgekommen.

Sie brachte ihr Haar in Ordnung und lächelte sich ermutigend zu. Iris brauchte sie und Moira wollte jede Aufgabe mit Bravour erledigen. Allein wäre sie nie in Urlaub gefahren, aber Iris hatte es sich nicht nehmen lassen, ihr einen Bungalow auf der *Insel* zu mieten, damit sie sich dort nach getaner Arbeit erholen konnte.

„Du bist doch sowieso schon vor Ort und schließt sicherlich schnell Freundschaften."

Diese Logik war … logisch!

„Sobald du wieder zurück bist, besprechen wir, ob du bei mir in der Kanzlei bleiben oder dich sofort nach einem neuen Job umsehen möchtest. Aber Hilfe kann ich wirklich gebrauchen. Du fühlst dich bestimmt wie neugeboren, wenn du heimkommst."

Dabei hatte sie so seltsam gelächelt, als ob sie etwas ausgeheckt hätte.

Auf dem Weg zu ihrem Platz lächelte Moira der netten Stewardess zu, die ihren Job extrem gut machte und sogar bei anzüglichen Bemerkungen professionell blieb. Bob Thorntons gab es überall. Unter diesem Gesichtspunkt verstand sie erst recht ihre furchtbaren Sehnsüchte nach Unterwerfung nicht. Wer wollte schon mit einem jähzornigen Arsch zusammen sein, der seine Partnerin nicht als Partnerin anerkannte, sondern sie als Müllschlucker erachtete, der klaglos jeden seiner Wünsche erfüllen musste und dabei froh gelaunt seine Launen und Aggressionen ertrug?

Jedoch war Moira bewusst, dass ihr Unterbewusstsein ihr diese Dämlichkeiten einredete, damit sie eine Rechtfertigung vor sich selbst hatte. Und einen Schutz.

Iris hatte mehrmals versucht, mit ihr über ihre Flucht aus dem *Federzirkel* zu reden, aber Moira hatte das vehement, und wenn sie ehrlich war, aggressiv abgeschmettert. Moira ahnte, was John, Dean, Miles und Tom mit ihren Frauen machten, und das passte überhaupt nicht zu dem, was sie gerade gedacht hatte. Doch sie würde nie wieder den Weg des absoluten Loslassens gehen und demzufolge nie erfahren, wie es sich anfühlte, sich Männern, wie es die Sullivans waren, mit Haut und Haaren hinzugeben. Auf einmal war ihr erneut zum Heulen zumute.

Es war schlimm mit ihr! Ihre Kündigung hatte sie emotional vollkommen aus der Bahn geworfen, weil sie ihr bewusst machte, dass sie sich unter einem Berg Schutt versteckte, der ihre erbärmliche Existenz war.

Moira setzte sich auf ihren Platz und versuchte, gedanklich mit dem Schritt zu halten, was ihr seit ihrem Ausbruch widerfahren war. Iris hatte diesen Umstand mit beiden Händen gepackt, und Moira zwar nicht gezwungen, sie jedoch sehr nachdrücklich dazu motiviert, ihr Leben zu ändern. Aber was auch immer Iris geplant hatte, dieses Abenteuer war ein Businesstrip, bei dem ihr außer einem anschließenden Urlaubsflirt nicht viel passieren konnte. Nach einiger Zeit leuchtete das Anschnallsignal auf und wenig später setzte das Flugzeug weich auf der Landebahn auf. Moiras Herz schlug beim Aussteigen vor Aufregung, weil hier alles größer war, als sie es gewohnt war. Sie folgte einfach den Passagieren, die in die Abfertigungshalle strömten, und reihte sich in eine der Schlangen ein.

Was, wenn sie Mr. Waters verpasste? Sie mutterseelenallein auf dem Airport strandete und niemand ihr britisches Englisch verstand? Sie lachte über die Vorstellung, was ihr einen strengen Blick der Security einbrachte.

Oops!

Dennoch kam sie unbehelligt durch die Kontrolle. Auch am Gepäckband musste sie nicht lange warten, ehe ihr roter Koffer in Sicht kam. Den hatte ihr Iris geschenkt. Moira hievte ihn vom Band, stellte ihn hin und rollte ihn hinter sich her. Sie lief Richtung des Ausgangs, wo die Reisenden von ihren Familien, Liebsten oder Freunden erwartet wurden. Moira bemerkte Alexander, ehe sie das Blatt Papier mit ihrem Namen entdeckte, das er in den Händen hielt. Er war in Schwarz gekleidet, trug eine gut sitzende Jeans, ein enges T-Shirt mit einer Knopfleiste und einen Gürtel mit einer Messingschnalle.

Der Dreitagebart unterstrich seine verwegene Ausstrahlung. Er war genau der Typ Mann, um den Moira einen Riesenbogen machte, weil er exakt die

Dinge in ihr triggerte, vor denen sie eine Heidenangst verspürte. Er war groß und trug seine dunklen Haare sehr kurz. Seine Unterarme waren behaart, und er hatte natürlich ein Tattoo, das unter dem Ärmel hervorlugte. Gott! Der Typ war ein Leckerbissen, in den sie am liebsten auf der Stelle ihre Zähne schlagen würde. Wenn sie es gekonnt hätte, wäre sie an ihm vorbeigelaufen. Doch das wäre unprofessionell, feige, unhöflich und auch unmöglich. Er war schließlich kein Blind Date, das sie einfach stehen lassen konnte.

Warum konnte Alexander Waters nicht ein breit lächelnder Sonnyboy sein, mit gebleichtem Gebiss, kackbraunem Teint und einem tiefer gelegten Sportwagen? Nein, er musste Testosteron ausatmen und eine Selbstsicherheit ausstrahlen, die Moira in höchste Alarmbereitschaft versetzte. Ihr Körper reagierte mit einem heftig wummernden Herzschlag, einem rasenden Puls und Hitze, die unkontrolliert in ihre Wangen schoss. Wie sollte sie nur die Fahrt mit ihm überstehen? Er würde nah neben ihr sitzen, sodass sie ihn riechen konnte, ihn spüren, obwohl er sie nicht berührte. Vielleicht hatte er eine piepsige Stimme! Das würde seinen Effekt auf sie eindämmen.

„Guten Tag, Mr. Waters, ich bin Moira McGallagher."

Sie blieb etwas weiter als nötig vor ihm stehen und sein Blick fiel auf sie. Er sah ihr nicht nur ins Gesicht, nein, er starrte ihr direkt in die Augen. Seine waren grau, unergründlich, und ihr Herz bewies ihr gerade, dass es noch viel schneller schlagen konnte, als sie es für möglich gehalten hatte.

„Moira." Seine Mundwinkel hoben sich einen Takt, als witterte er die Angst, die sie blödsinnigerweise vor ihm verspürte. „Schön, dich kennenzulernen."

Er gab wohl einen Dreck auf Sie und Nachnamen. Alexander streckte den Arm aus, sodass sie nähertreten musste, um seine Hand zu schütteln. Kaum berührten seine Finger ihre, jagte purer Strom durch ihren Körper.

Scheiße!

Sie war in großen Schwierigkeiten, falls es ihr nicht gelang, sich von seinem dunklen Charisma zu lösen. Die Fahrt mit ihm würde furchtbar werden, wenn sie ihn wie einen Panther behandelte, der neben ihr lauerte und sie jeden Moment anspringen könnte. Wahrscheinlich hatte er Moira in der Sekunde vergessen, in der er sie auf der *Insel* ablieferte. Sie maß dem Aufeinandertreffen mit ihm viel zu viel an Bedeutung bei. Sein Händedruck würde eine Eins mit Sternchen bekommen. Im Laufe ihres Berufslebens hatte sie sowohl Männer als auch Frauen getroffen, die meinten, einem die Hand zerdrücken zu müssen, oder einem das Gefühl gaben, dass sie es eklig empfanden, einem die Hand zu reichen. Doch nicht Alexander!

Warm und sicher umschlossen seine Finger ihre. Er brauchte nicht mit seiner Kraft und inneren Stärke anzugeben, man kaufte sie ihm ab, ohne dass er seine Federn aufstellte oder seine Muskeln anspannte. Er besaß diese ruhige Macht, die auf einen niederprasselte, einfach, weil er so war, wie er war. Er erinnerte sie an die Sullivans!

Scheiße! Scheiße! Scheiße!

Er ließ sie los, wobei sein Lächeln noch etwas deutlicher wurde. Alexander hatte so ein sexy Lächeln, das so gut wie jede Frau anzog. Wahrscheinlich war er verlobt, eventuell sogar verheiratet oder hatte zehn Freundinnen, die er abwechselnd beglückte. Jedoch trug er keinen Ring, was nichts zu bedeuten hatte. Sie konnte nicht glauben, wie sie ihn abcheckte.

„Lass mich deinen Koffer nehmen." Kaum hatte er es ausgesprochen, umfasste er den Griff und marschierte los, sodass ihr nichts anderes übrigblieb, als ihm wie ein gehorsames Lämmchen zu folgen. Allerdings hatte sie so die Gelegenheit, seinen Arsch zu betrachten, der es wirklich wert war, dass sie genau das machte. Und wie er lief! Er schlurfte nicht, ging nicht, sondern durchquerte den Airport, als könnte ihn nichts erschüttern. Die automatischen Türen öffneten sich vor ihm und sie konnte kaum Schritt mit ihm halten. Ihr wurde noch heißer, und sie beschloss, dass sie ihn nicht mochte. Er war arrogant und einer von diesen Kerlen, der dachte, dass er jede Frau haben könnte. Was wahrscheinlich auch stimmte!

Mein Gott, Moira. Du kennst ihn doch gar nicht! Nur weil du voller Hemmungen und Selbsthass bist, brauchst du nicht abwertend über jemanden zu denken, den du gerade getroffen hast. Er kann schließlich nichts dafür, dass du Angst vor ihm hast, weil er genau deinem Beuteschema entspricht, obwohl er alles andere als eine Beute ist.

Nein, Alexander war ein Jäger, der stets den Überblick bewahrte, egal, wie unübersichtlich der Wald war. Auch wenn das Objekt sich in vermeintlicher

Sicherheit befand, lauerte er direkt hinter ihm, bereit, seinem Opfer den Rest zu geben.

Alexander lief auf einen SUV zu, und er betätigte die Fernbedienung, sodass die Türen entsperrten. Zu ihrer Verwunderung öffnete er die Beifahrertür, wartete, bis sie sich hingesetzt hatte, ehe er sie zuschlug. Danach verfrachtete er ihren Koffer im Laderaum und nahm neben ihr Platz.

Mist!

Es war genauso, wie sie es vorausgesehen hatte. Er roch gut, obwohl sie nicht bestimmen konnte, was genau sie erschnupperte. Alexander drückte auf den Knopf, damit der Motor ansprang, und schnallte sich anschließend an. Das sollte sie auch tun. Moira löste ihre verkrampften Finger von ihrer Handtasche und stellte mit Entsetzen fest, dass sie vor Aufregung zitterte. Zum Glück war er mit dem Ausparken beschäftigt, und es war daher unwahrscheinlich, dass es ihm auffiel. Doch er betätigte nicht das Gaspedal, sondern legte stattdessen seine Hand über ihre.

„Mir scheint, dass du Hilfe brauchst." Mit einem Klick rastete der Verschluss ein, während sie sich damit auseinandersetzte, das Gefühl auf ihrer Haut zu verarbeiten. Was war das nur? So hatte sie noch nie auf einen Mann reagiert. Nicht annähernd! Da sie es selbst nicht verstehen konnte, versagte sie in ihrem fast panischen Bestreben, seiner Anziehungsmagie etwas entgegenzusetzen. Am besten plapperte sie irgendwelche Belanglosigkeiten. Nur was?

Einem Gehirn, das gerade einen Overload erhalten hatte, war nur schwer ein logischer Gedanke zu entlocken.

„Arbeitest du für die *Insel*?"

„Nein."

Na toll! Vielleicht war ihm das zu privat gewesen, oder er hatte keine Lust mit ihr zu reden, da er sie als hochgradig nervtötend empfand.

„In England hat es geregnet. Hier ist das Wetter einfach traumhaft." Moira wartete endlose Sekunden darauf, dass er antwortete, aber er verblieb stumm wie ein bunter, lecker riechender, knuspriger Fisch. Verzweifelt versuchte Moira, ihn als hässlich zu erachten, doch gerade weil er sie ignorierte, stachelte das ihren Ehrgeiz an.

„Willst du dich auf der Fahrt weiter mit Belanglosigkeiten beschäftigen? Dann kannst du gleich den Mund halten. Mich ödet nichts so sehr an wie Small Talk."

Was?!

„Habe ich dir irgendwas getan? Warum hältst du nicht an und ich rufe mir ein Taxi, das mich zur *Insel* bringt? Ich bin nicht darauf erpicht, neben einem unhöflichen Amerikaner zu sitzen, der sich genauso großkotzig benimmt, wie ich es erwartet habe."

„Wenigstens hast du jetzt deine Angst vor mir vergessen." Er lachte, während er den Wagen sicher durch den Verkehr lenkte.

Oh! Das hatte sie in der Tat.

„Du bist also gar kein selbstherrlicher Arsch?"

Moira! Aber sie konnte die Worte nicht wieder einsaugen.

„Nicht immer. Und du bist nicht immer so schüchtern, nehme ich an."

„Nicht immer." Jetzt musste sie lachen und das Eis war gebrochen. Seine Methoden waren zwar etwas fragwürdig, allerdings effizient.

„Die Sullivans reisen nächste Woche an. Ich bin schon sehr gespannt auf sie. David und John haben sich angefreundet. Bist du ebenfalls eine Freundin der Familie?", wollte er wissen.

„Nicht direkt." Sie konnte nur hoffen, dass ihre Stimme fest klang und er nicht ahnte, dass John und Dean ihre Fantasie anregten, und wovon sie wirklich träumte, wenn sie die beiden Männer ansah. Das war einfach schrecklich unangebracht, falsch, gefährlich und hochgradig dämlich.

Alexander warf Moira, die inzwischen etwas entspannter wirkte, einen Seitenblick zu. Allerdings hatte seine Frage ihre Nervosität erneut angefacht. Eigentlich war es unfair ihr gegenüber, dass er eine Menge über sie wusste, sie jedoch gar nichts über ihn. Doch anders konnten sie ihr nicht helfen.

Und wenn sie gar nicht möchte, dass man ihr hilft?

Dann kann sie ablehnen, aber erst, nachdem sie gründlich über das aufgezwungene Angebot nachgedacht hat.

Alexander hatte gestern mit Iris telefoniert. Sie war äußerst besorgt wegen Moira, und das schon seit sehr langer Zeit. Iris hatte nicht versucht, sie in irgendeiner Weise zu diskreditieren oder sie niederzumachen, sondern sie spürte, dass Moira etwas erlebt hatte, das sie auf Dauer verändert hatte. Was es auch gewesen war, beeinflusste bis zum heutigen Tag ihr Handeln, ihre Träume, ihr Leben, und zwar so immens, dass sie stets erschien, als würde sie eine Rolle spielen, die ihr eigentlich nicht zugedacht war. Dann ihre Flucht aus dem *Federzirkel*, die nur auf den ersten Blick beinahe komisch, und von ihrer Seite aus mit Vorurteilen behaftet, wirkte. Das war keine Reaktion einer Frau gewesen, die es nicht ertragen konnte, übers Knie gelegt zu werden, und jeglicher Form von Dominanz ablehnend gegenüberstand.

„Sobald Moira auch nur wittert, dass ein Mann sexuell dominant ist, gerät sie in Panik. Ich weiß, dass sie die Sullivanbrüder und Tom sehr mag, sie sogar faszinierend findet, doch in dem Augenblick, da sie auf einen von ihnen trifft, setzt ihr Gehirn aus. Als wenn sie einen Schnorchelausflug an einem Hausriff genießt und plötzlich einem ausgewachsenen weißen Hai gegenübersteht, der ihr erst die Beine abbeißt und dann den Rest verschlingt. Sie geht ihnen immer aus dem Weg und betrachtet sie sehnsuchtsvoll aus der Ferne. Ich glaube, sie hat freiwillig noch keine drei Worte mit ihnen gewechselt, obwohl die Männer öfters versucht haben, mit ihr ins Gespräch zu kommen. Ihr Verhalten ist überaus belastend, vor allem für sie selbst."

Alexander hatte die Aussage für etwas übertrieben gehalten, doch jetzt nicht mehr, nachdem Moira genauso auf ihn reagiert hatte, wie Iris es beschrieben hatte. Sie hatte Angst vor ihm gehabt, sodass er sie mit ziemlich unhöflichen Bemerkungen aus der Reserve gelockt hatte, die ihr Ziel erreicht hatten. Moira war nicht auf den Mund gefallen, wusste sich durchaus zu behaupten und war temperamentvoll. Und sie sah umwerfend aus! Eine irische Blume, die

Wind und Wetter trotzte und ein natürliches Leuchten in sich trug, das ihn ungemein ansprach. Sie war weder dünn noch füllig, sondern für ihn genau richtig. Die enge Bluse betonte ihre Figur und er konnte sie sich sehr gut in seinen Lieblingskleidungsstücken vorstellen. Ein Halsband und Manschetten würden sie verdammt gut schmücken. Dabei war sie eigentlich all das, worum er einen großen Bogen machen wollte.

Aber David und auch Alec, diese hinterlistigen Ärsche, hatten ihr Veto eingelegt, sodass Alexander sich quasi um Moira kümmern musste. Sie hatten ihn zunächst in Sicherheit gewiegt, um dann aus dem Hinterhalt zuzuschlagen. Das Veto, war das Einspruchsrecht, dass sie sich für besondere Fälle gegeben hatten, falls sie der Meinung waren, dass einer von ihnen zu seinem Glück gezwungen werden musste oder um zu verhindern, dass einer von ihnen etwas total blödes tat. Diese Klausel hatten David, Alec und Alexander bei der Gründung des Resorts beschlossen und sie wurde nicht oft benutzt. Doch die beiden Master mussten sich lange und mehrfach über Alexander unterhalten haben und sich darüber einig gewesen sein, dass er ein schwieriges Projekt brauchte, um nicht nur über Sonia hinwegzukommen, sondern auch um sein Leben wieder in angenehme Bahnen zu lenken.

Besonders David hatte raue Zeiten erlebt und seine erste Frau verloren. Er hatte nach ihrem Verlust beinahe aufgegeben.

„Zusammenbrüche fangen oft klein an, ein Kiesel, der ins Rollen gerät und die Macht hat, eine Steinlawine auszulösen, unter der man begraben wird, um schlussendlich darunter zu ersticken." Das waren Davids weise Worte gewesen.

Bei Alexander hatte sich nicht nur ein bisschen Geröll vom Felsen gelöst, sondern ein paar ganz gewaltige Brocken. Bei Moira dagegen war die Lawine bereits vor langer Zeit auf sie niedergegangen und seitdem kämpfte sie ums Überleben. Vielleicht fanden sie gemeinsam an die Oberfläche, um dann anschließend gestärkt auf getrennten Wegen in eine bessere Zukunft zu gehen. David und Alec hatten in der Hinsicht recht, dass es seinem Ego guttun würde, Moira zu helfen. Sonia hatte mehr an seinen Wertvorstellungen sich selbst gegenüber gekratzt, als es ihm bewusst gewesen war.

„Um deine Frage von vorhin zu beantworten, ich bin Mitinhaber der *Insel*."

„Was ist das für ein Resort? Iris hat sich ziemlich bedeckt gehalten, was die Ausrichtung anbelangt. Ist es für Familien? Paare? Singles? Dass Viola nächstes Jahr eine Ausstellung in Los Angeles hat, finde ich toll, aber in einem abgelegenen Urlaubsort ist es doch etwas ungewöhnlich."

„Zutritt zur *Insel* ist erst ab fünfundzwanzig erlaubt, und wir sprechen hauptsächlich Paare und Singles an, die in Ruhe ihren Urlaub genießen wollen, ohne belästigt zu werden oder sich ungewollten Blicken zu stellen. Die Klientel ist nicht arm und es ist kunstinteressiert. Viola wird eine Menge von ihren Werken verkaufen."

„Ich hatte mir schon Sorgen wegen der Art der Bilder gemacht. Manche sind wirklich nicht für Kinderaugen geeignet."

„Gefallen sie dir denn? Viola Sullivan ist eine begnadete Künstlerin und ihre Gemälde haben eine Seele." David hatte ihm Violas Broschüre gezeigt und Alexander wollte ein oder zwei Bilder kaufen.

Moira antwortete nicht sofort, suchte offensichtlich nach den richtigen Worten, um nicht zu viel von sich preiszugeben. Das war süß!

Schlussendlich würde sie ihm mehr von sich verraten, als sie über sich selbst im Moment wusste. Manches erkannte man erst, nachdem man es ausgesprochen hatte. Probleme, Geheimnisse, Selbstverleugnung fanden oft im Inneren statt, ohne dass man irgendwas davon ahnte. Er hatte in den letzten Tagen viel über sich nachgedacht, bis er sich die Frage gestellt hatte, ob er sich Sonia gezielt ausgesucht hatte, weil er tief im Inneren seine sexuellen Vorlieben infrage stellte. Jeder dominante Mann kam früher oder später an diesen Punkt. Manchmal geschah es sofort, manchmal erst nach Jahren.

Eine Frau mit Absicht durch Schmerz, Kontrollverlust und überwältigende Emotionen zum Heulen zu bringen, bedeutete einen arschvoll an Verantwortung. Die Last konnte erdrückend werden, ganz abgesehen davon, dass derartige Praktiken bei vielen Menschen starken Ekel und Unverständnis hervorriefen. Alexander war der irrigen Annahme gewesen, dass er über diesen Dingen stand.

„Mir gefallen besonders die Blumen, die Winterlandschaften und die Tierbilder. Dieser Tiger, den sie gemalt hat …", verzückt stieß sie einen Atemzug aus, „… er scheint fast aus der Leinwand zu springen."

Ausweichend waren wir also.

„Und was ist mit den anderen Bildern? Bei denen du Sorgen hast, dass sie nicht für unschuldige Seelen geeignet sind. Stoßen sie dich ab?"

„Nein."

Er blickte kurz auf ihre Hände, die sie geballt auf ihre Oberschenkel gelegt hatte.

„Das tun sie nicht, aber ich würde sie nicht in meine Wohnung hängen."

„Warum nicht? Ängstigt dich die Aussage der Gemälde? Was sie in dir auslösen? Oder hast du Angst, was andere über dich denken?"

„Wieso willst du das wissen? Das geht mir zu weit. Ich kenne dich nicht und möchte nicht darüber reden. Was ich mag, oder auch nicht, ist meine Angelegenheit."

Er antwortete nicht darauf und die Stille hing schwer zwischen ihnen. Schade, dass sie nicht in Fesseln vor ihm stand, denn dann wäre es noch weitaus effektiver.

Moira knickte dennoch ein. „Sorry. Ich wollte mich nicht wie eine Zicke benehmen. Das war unpassend. Du hast dir wahrscheinlich gar nichts bei der Frage gedacht."

Baby! Falscher könntest du nicht liegen. Zeit für eine weitere Attacke!

„Ich entschuldige mich. Ich dachte, da du für die Bilder verantwortlich bist, würdest du auch für sie brennen und mir ihre Vorzüge schmackhaft machen, sodass ich zumindest eins davon erwerbe. Vielleicht willst du lieber errötend durch die Ausstellung laufen und jeden potenziellen Käufer vergraulen."

Damit hatte er sie an die Wand genagelt, was ziemlich fies war. Alexander sah sie zwar nicht an, vermutete allerdings, dass sie rot anlief und ihn sicherlich in die Höhle verwünschte, aus der er ihrer Meinung nach gekrochen war. Eigentlich hatte er mit Geduld probieren wollen, an sie heranzukommen, damit sie ihm vertraute. Doch er ahnte es nicht nur, er wusste, dass alle ihre bisherigen Partner mit dieser Vorgehensweise einen Schiffbruch erlitten hatten, der unumkehrbar gewesen war. Daher umschwirrte er sie wie der nervigste Moskito, der jemals auf der Welt herumgeeiert war, sodass sie nach ihm schlug. Diese Reaktion hatte zudem den überaus netten Nebeneffekt, dass er dann ebenfalls einen Grund hatte, um sie zu schlagen, und zwar nicht nur nett.

„Findest du, dass Viola eine derartig schlechte Werbung verdient hat, bloß weil du dich von ihren Kunstwerken peinlich berührt fühlst und daher die Schönheit nicht erkennen kannst und es auch nicht willst?" Knock, knock, knock. Ein weiterer Nagel in ihr aufgestelltes Gefieder. Ob sie zum Angriff überging, blindlings, ohne über die Wahrheit in seinen Worten nachzudenken? Wie weit reichte ihre Selbstverleugnung? War sie so tief in ihr verwurzelt, dass sie die eigenen Lügen nicht mehr bemerkte?

Alexander ging zwar kalkuliert an Moira heran, doch er hatte nicht damit gerechnet, dass sie wie ein saftiger Burger nach einer Zehnstundenwanderung auf ihn wirkte. Er hatte diese außergewöhnliche Chemie bei anderen Paaren schon öfters wahrgenommen. Zwischen Alec und Sienna war die Luft ständig aufgeladen, und zwar auf eine großartige

Weise. David und Olivia hatten das, und natürlich Richard und Carolina. Selbst ihre Eheprobleme hatten nicht das Besondere zwischen Richard und Carolina zerstört, und nachdem beide sich ihren wilden Sehnsüchten hingegeben hatten, waren sie glücklich wie nie. Manchmal brauchte es dazu der Hilfe von Freunden, die auch bereit waren, etwas Ungewöhnliches zu tun. In Carolinas Fall war es eine Entführung zur *Insel* gewesen.

Erneut war da diese Stille, die wie eine klebrige Masse wirkte, die für Moira eine große Belastung war, das sah er nicht nur ihren verkrampften Fingern an. Vermeintlich achtete er ausschließlich auf die Straße, die sie in die Berge führte.

„Ich bin keine Verkäuferin und habe die Konsequenzen meiner Handlungen unbedacht gelassen." Ihre Stimme klang fest, was kein einfaches Unterfangen war. Iris hatte Alexander von ihrem Arschlochchef erzählt. Im ständigen Kampf mit ihm hatte Moira diesen Schutz perfektioniert. Das verkomplizierte Alexanders Aufgabe, da sie diese Art der Hingabe als Inbesitznahme und Betrug an sich selbst erachtete. Zu erkennen, dass sexuelle Unterwerfung keine Niederlage darstellte, war kompliziert. Doch ihr Chef war nicht der Grund für Moiras Hysterie bei einem dominanten Mann.

„Du könntest mit mir die Gemälde durchgehen, nachdem sie an den Wänden angebracht sind. Wir können dann gemeinsam ihre Geheimnisse ergründen, sodass du auf alle Fragen vorbereitet bist."

Wenn sie ihn wirklich unsympathisch finden würde, ihn als widerlich und stinkig erachten würde, hätte sie nicht nach den Brocken geschnappt, die er ausgeworfen hatte. Doch so abgestumpft, dass sie die Anziehungskraft zwischen ihnen abtat, war sie zum Glück nicht.

„Das ist eine gute Idee. Danke, Alexander."

Alexander verkniff sich ein zynisches Grinsen, als er daran dachte, wie weit ihre Dankbarkeit wohl reichte, sobald sie begriff, was genau die *Insel* für ein Resort war. Iris war es durchaus bewusst, dass sie damit die langjährige Freundschaft aufs Spiel setzte. Doch zu oft hatte sie Moira leiden sehen und auch des Öfteren beim Weinen ertappt. Sie wollte nicht länger passiv danebenstehen, während Moira immer mehr vereinsamte. Das war die schlimmste Art der Isolation, wenn man inmitten von Menschen war und niemanden an sich ranließ. Das konnte sehr gefährlich sein. Olivia war in diesem Zustand gewesen, als sie nach Hause zurückgekehrt war. Alexander hatte ihr nicht beistehen können, da sie ihn nicht gelassen hatte. Aber David hatte es gekonnt. Manchmal brauchte es eine besondere Person, um das Unmögliche zu schaffen. Iris hatte um Hilfe für Moira gebeten, weil sie selbst nicht helfen konnte. Ihre Freundin ließ sie nicht.

Alexander war sich deutlich Moiras Anwesenheit bewusst, und das nicht nur, da er direkt neben ihr saß. Moiras Geruch hatte er bereits bemerkt, als er ihr auf dem Airport die Hand gereicht hatte. Doch jetzt erfasste er ihn richtig. Sie roch nach Orangen. In Kombination mit ihrer Haut war das einfach köstlich. Ihre brünetten Haare brachten ihre grüngrauen Augen zum Leuchten.

„Dann ist das dein erster Job für Iris?"

„Ja, sozusagen ein Spezialauftrag. Mir tut es gut, aus dem Trott auszubrechen. Aber ich bin weit aus meinem gewohnten Umfeld und daher verunsichert." Sie drehte sich zur Seite, um ihn anzusehen. „Eigentlich ist es verrückt, dass ich dir das erzähle. Irgendwie scheine ich bei dir nicht den Mund halten zu können. Ich hoffe, dass du mich nicht als absolut nervtötend empfindest."

„Nein, tue ich nicht, Moira. Ich würde gern heute Abend mit dir essen, um dich näher kennenzulernen. Dein Aufenthalt auf der *Insel* soll angenehm sein. Dort kannst du ganz du selbst sein und brauchst dich auch nicht davor zu fürchten. Es ist anstrengend, stets eine Maske zu tragen."

Sicherlich fand sie nicht nur seine Direktheit seltsam, doch sie würde alles verstehen, sobald sie von der *Insel* flüchten wollte und es nicht konnte. Jetzt war es allerdings Zeit, ein paar unverfängliche Themen anzuschneiden.

„Bist du das erste Mal geflogen?"

„Oh Gott! Sieht man mir das etwa an?" Sie lachte zuckersüß. „Um ehrlich zu sein, war ich noch nie außerhalb vom United Kingdom."

„Wie gefällt dir die Landschaft?"

„Es ist atemberaubend. Ich dachte, London wäre laut und schrill. Doch was ich am Flughafen von Los Angeles gesehen habe, übertrifft meine Erwartungen. Und diese Weite nach dem Gewusel. Uns ist seit einer halben Stunde kein einziges Fahrzeug begegnet."

Er hörte Moira an, dass sie lächelte, und auch, dass sie gerne in der Natur war.

„Dann bin ich der erste Amerikaner, mit dem du jemals gesprochen hast? Das Flughafenpersonal ausgenommen."

Er spürte auf der Stelle, dass sie sich wieder anspannte, allerdings anders als zuvor. Die harmlose Frage hatte sie bis ins Mark entsetzt.

„Ja", log sie. Sie stieß einen Atemzug aus, weil sie die Luft angehalten hatte.

Alexander verstaute diese Reaktion. Sie war ein Schlüsselpunkt, obwohl er im Moment nichts damit anfangen konnte.

„England und Schottland haben mich schon immer gereizt. Ich war noch nie in Europa."

„Dann musst du uns unbedingt besuchen. Irland, Schottland, Wales und England, sie alle haben ihren eigenen Reiz. Wenn da nur nicht der Brexit wäre. Was für ein Desaster."

„Wem sagst du das! Wir haben im Moment unser eigenes Desaster." Aus einem Impuls heraus legte er ihr die Hand auf den Unterarm. Ihre Haut war unglaublich weich, doch die Muskeln darunter steinhart. Er zog seine Berührung nicht sofort zurück, sondern wartete ein paar Sekunden.

„Mit einer charmanten Begleitung würde ich gerne die Burgruinen und die Landschaft erkunden."

„Zu zweit macht es immer mehr Spaß. Ist Kalifornien dein Lieblingsstaat?"

„Wenn ich ehrlich bin, liebe ich es hier, doch ich hätte auch nichts gegen einen Ortswechsel einzuwenden. Kentucky reizt mich sehr."

„Ich habe letztens eine Reportage über Kentucky gesehen. Sie könnten fast Irland und Schottland Konkurrenz mit ihren Brennereien machen.

Aber ...", sie lachte herzhaft, „... netter Versuch. Die Landschaft würde mich allerdings reizen und die vielen wunderschönen Häuser."

„Du kannst doch dort einmal Urlaub machen."

„Ja, vielleicht."

Vor ihnen kam das ummauerte Gelände in Sicht, das der *Insel* die Privatsphäre ermöglichte, die sie brauchte. An der Innenseite verdeckten Pflanzen und Hecken die Steinmauer. Joe und Nash hatten Dienst am Tor und öffneten es, sobald sie Sichtkontakt mit Alexander hatten.

„Ihr habt eine Security? Und nehmt es offensichtlich ernst mit der Abgeschiedenheit."

„Unsere exklusiven Gäste erwarten Fingerspitzengefühl und wir wollen keine unerwünschten Augen. Das sind übrigens Joe und Nash. Joe ist der Leiter der Security, und, wie du feststellen wirst, überaus gut in dem, was er macht."

„Das glaube ich sofort." Sie schaute nach vorn und er sah Moira ihre Begeisterung über die Anlage an. „Es ist wunderschön hier und das Resort wirkt tatsächlich wie eine Insel."

Sie hatten sich sehr viel Mühe bei der Gestaltung der Wege und der Bepflanzung gegeben, um dem Areal ein subtropisches Feeling zu geben. Neuerdings hatten sie auch einen Strand an dem neu angelegten Salzwasser-Infinity-Pool. Mit den Palmen konnte man wirklich glauben, dass man im Meer badete. Auf den ersten Blick erschienen die weißen Gästebungalows und das Hauptgebäude im spanischen Stil wie eine ganz normale Ferienanlage, doch was sich im Inneren abspielte, wäre für so manchen nicht zu ertragen. Lustschmerz und Schläge, die über ein paar leichte Patscher auf den Po hinausgingen, wirkten abschreckend und verstörend, wenn man nicht ebenso tickte oder zumindest ein wenig tolerant war.

Aber eines hatte Alexander in seinem Leben im Umgang mit Menschen gelernt: Tolerant waren oft nur die anderen, auch wenn diejenigen das Gegenteil behaupteten. Viele wären es gerne, versagten allerdings, sobald sie über den eigenen Tellerrand hinaussahen. Die meisten Menschen waren festgefahren in ihren Ansichten und nicht halb so offen, wie sie sich darstellten. Jedoch glaubte er nicht, dass Moira Angst vor der Meinung von anderen hatte. Was immer sie auch im Inneren verbarg, es war weitaus komplizierter. Sie erinnerte ihn an Irish Cream. Auf den ersten Blick sahnig, und falls man den Mut hatte, tiefer zu gehen, wartete eine feurige Überraschung auf einen.

Er hatte vor, sie bis auf den letzten Schluck auszutrinken, egal, was er nach Sonia gedacht hatte. Schließlich war da dieses starke Knistern zwischen ihnen, und das erlebte man nicht oft. Er hatte schon mit so einigen Subs durchaus erfüllende Sessions genossen, doch da hatte dieses Prickeln gefehlt, das über das Körperliche hinausging. Wenn es so geklappt hätte, wie er es am liebsten wollte, dann wäre ihm das mit einer erfahrenen Devoten passiert. Allerdings machte das Leben oft ungeplante Dinge mit einem, und so eines saß gerade neben ihm.

Joe trat an den SUV. Normalerweise hätte er Moira mit Absicht etwas in Alarmbereitschaft versetzt. Die meisten Subs mochten das. Der dunkelhäutige Mann war ein Ex-Marine. Alexander war sich sicher, dass einer seiner Urahnen ein afrikanischer König gewesen war. Alexander ließ die Scheibe herab.

„Hey." Joe setzte sein bestes Lächeln für Moira auf, die sich allerdings nicht täuschen ließ. Wahrscheinlich schlug ihr Herz in einem wilden Takt.

David und Alec hatten Alexander die Option offengehalten, dass sie einen anderen Master für sie finden würden, falls er und Moira sich auf der Stelle unsympathisch waren. Auch Joe war im Gespräch gewesen. Ging es nach Alexander, konnte er sich sein Grinsen in den Arsch schieben.

Keine Chance, Kumpel.

„Nett, dich kennenzulernen, Moira. Rachel hat sich gerade gemeldet. Alle Gemälde haben den Flug unbeschadet überstanden und sind bereits verladen worden. Der Truck müsste in zwei Stunden hier eintreffen. Ich werde persönlich das Ausladen überwachen, sodass du dich morgen um alles kümmern kannst."

„Danke, Joe."

„Wir sehen uns." Alexander fuhr zum Parkplatz, und normalerweise hätte er Moiras Erleichterung erheiternd gefunden, wenn es eine normale Reaktion einer devot veranlagten Frau auf Joe gewesen wäre. Ob jemand sie geschlagen, vergewaltigt oder misshandelt hatte? Das könnte ihr Verhalten erklären. Doch irgendwie glaubte er nicht, dass die Lösung so einfach war, wobei einfach ein ziemlich unpassendes Wort war.

Er parkte und schaltete den Motor aus. „Du bist bestimmt erschöpft. Wir essen auf der Veranda deines Bungalows und dann kannst du ins Bett fallen.

Morgen sieht die Welt anders aus. Eine heiße Dusche und Schlaf helfen immer."

Er stieg aus und holte ihr Gepäck aus dem Kofferraum. Sie lief neben ihm, als sie auf einem der Bruchsteinwege entlangliefen, die die Holzbungalows miteinander verbanden. David hatte ihr einen der Bungalows im südlichen Teil zugewiesen. Dieser Bereich stand im Moment leer. Sie hatten ihn für die Sullivans und Sean Carrigan reserviert. Sean war einer der Inhaber des *Sadasias*, einem befreundeten Club des *Federzirkels*, und reiste mit seiner Frau Hazel an. Olivia und Sienna freuten sich riesig auf die britischen Ungetüme, das waren Johns Worte gewesen, um Viola, Kim, Sally und Hazel zu beschreiben. David und Alec waren bereits ein wenig nervös deswegen. Das geschah ihnen recht. Ein zu selbstsicherer Master wurde faul. Inspiration war jederzeit gut.

Es war aufrüttelnd, wenn die Sub einen aus der geliebten Klimazone in die Sahara trieb, damit man sie von dort genussvoll und natürlich schmerzvoll zurückjagen konnte, wobei es der Sub weitaus mehr wehtat als dem Master. So war es schon immer gewesen und so sollte es auch zukünftig sein.

Sie erreichten den Bungalow mit der Nummer einundachtzig. Alexander ging vor ihr die drei Stufen zur Veranda hinauf, die das gesamte Haus umrandete. Er stieß die Tür auf und trat zur Seite, sodass Moira zuerst eintreten konnte.

„Wow, das ist wunderschön. Ich hatte irgendwie mit einer erdrückenden Hütte gerechnet. Aber das ist atemberaubend." Das Innere war ebenso weiß getüncht wie das Äußere. Eine helle Sitzgruppe war vor einem der beiden bodentiefen Fenster platziert, die den Blick auf den privaten Gartenbereich zuließen, der jedem Bungalow angehörte. Ein dunkler Esstisch, an dem vier Personen Platz fanden, stand vor dem anderen Fenster. Auch die Polsterstühle waren cremefarben. Die Accessoires wie Kissen, Kerzen und der mitten im Raum liegende Teppich waren fuchsiafarben.

Sie entdeckte gerade die große Schaukel im Garten, und sie war ahnungslos, was man damit machen konnte. Er jedoch nicht!

„Ich lasse dich für eine Stunde allein und komme mit Essen zurück."

Sie war offensichtlich dankbar, dass sie im Bungalow aßen, und wusste natürlich nicht, dass das nicht nur dazu gedacht war, dass sie in Ruhe speisen und sich einleben konnte. Noch wollten die Inhaber der *Insel* nicht, dass sie verstand, wo genau sie sich befand.

Sobald sich das änderte, würde die *Insel* zunächst wie die Hölle für sie erscheinen, aus der es diesmal kein Entrinnen gab. Doch er würde dafür sorgen, dass Moira den Himmel erreichte.

Kapitel 4

Moiras erster Gedanke nach dem Aufwachen galt Alexander und nicht ihrem Job. Er hatte sie gestern erzürnt, und das mit voller Absicht, um sie aus der Reserve zu locken. Es hatte funktioniert! Sie hatte zunächst neben ihm gesessen, von dem Gefühl geplagt, auf engstem Raum mit einem Panther eingesperrt zu sein, der seit einer Woche nichts mehr gefressen hatte. Sie war panisch gewesen. Er war genau die Art Mann, um die sie stets einen großen Bogen machte. Falls sie auf der Arbeit auf so jemanden getroffen war, hatte sie die überprofessionelle Steuerprüferin zur Schau gestellt. Bei den Sullivans war ihr das damals nicht gelungen, daher war Iris für sie eingesprungen. Bis jetzt war sie immer mit diesem Verhalten durchgekommen.

Nun jedoch musste sie sich ihren lächerlichen Ängsten stellen. Vielleicht gelang es ihr endlich, sie zu besiegen. Beim Abendessen war Alexander nur eins gewesen: charmant. Trotz ihres Unwillens übte er eine überwältigende Anziehungskraft auf sie aus. Eigentlich sollte sein amerikanischer Akzent sie abstoßen, seltsamerweise war das genaue Gegenteil der Fall. Seine ausgewogene Stimme war angenehm. Anstatt einem erneuten Aufeinandertreffen mit Gräuel entgegenzusehen, freute sie sich bereits darauf. Allerdings wusste sie nicht, wie sie es überstehen sollte, mit ihm gemeinsam die Gemälde zu analysieren.

Doch das würde ihr wirklich sehr helfen, um ihrer Aufgabe gerecht zu werden. Alexander hatte recht mit seinen Behauptungen gehabt. Persönliche Vorlieben durften niemals in Vorurteilen gipfeln und die objektive Meinung beeinflussen. Schließlich konnte man auch eine schnörklige Wohnungseinrichtung bei einer Freundin schön finden, obwohl man selbst minimalistisch eingerichtet war. War sie durch ihre Ängste zu kleingeistig geworden? Benutzte sie den erlittenen Albtraum als Ausrede für ihre Schwächen, sodass sie diese nicht nur ignorieren, sondern obendrein rechtfertigen konnte?

Alexander hatte sie bereits nach wenigen Minuten dazu gebracht, über die eigene Persönlichkeit nachzudenken. Eventuell war dies wirklich die Gelegenheit für einen Neuanfang, der den Namen auch verdiente.

Moira sah auf die Uhr. Es war neun Uhr und sie hatte um zehn den ersten Termin mit David Salazar. Sein Name klang zwar heiß, jedoch hoffte sie auf den Typ: freundlicher Büromensch von nebenan. Schließlich konnten nicht alle hier so hot wie Alexander sein, obwohl Joe und Nash von der Security keineswegs harmlos wirkten. Aber das hatte bestimmt mit ihrem Job zu tun. Koalabären waren eher ungeeignet, um ein Grundstück zu überwachen, dazu brauchte man schon ein paar Tiger. Allerdings wunderte sie sich über den hohen Level an Sicherheit.

Vielleicht gab es auf der *Insel* einen Nacktbereich – das würde die Sicherheitsmaßnahmen zum Teil erklären. Gegen eine nahtlose Bräune hätte Moira auch nichts einzuwenden. Oder Amerikaner waren einfach übervorsichtig und seltsam in dieser Hinsicht. Sie schwang die Beine aus dem Bett und hoffte, dass der lethargische Zustand nach der Dusche verschwinden würde. So ein Jetlag war wirklich grauenvoll.

David wollte sie kurz vor zehn abholen, mit ihr frühstücken und anschließend die Ausstellung mit ihr besprechen, das hatte ihr Alexander gestern beim Essen mitgeteilt. Sie sollte sich lieber beeilen.

Eine halbe Stunde später überprüfte sie ihr Spiegelbild. Der Rock aus einem leichten rot-schwarz gemusterten Material umspielte bei jedem Schritt ihre Knie, das rote Shirt passte gut zu ihren Haaren und die schwarzen Sandalen waren schick und vor allem bequem. Sie hatte die Haare zu einem Zopf gebunden und ein Hauch von Make-up rundete das Bild ab. Sie war auf alles vorbereitet und würde Viola und Iris Ehre machen. Egal, was auf der *Insel* auch passierte, sie würde mögliche Klippen mit Bravour umschiffen.

Das war der Plan!

Sie trat auf die rückwärtige Veranda und lauschte der Stille, die nur von dem Flüstern der Blätter und Vogelgezwitscher unterbrochen wurde. Iris hatte recht gehabt, dass Moira hier Urlaub machen sollte. Sie würde endlich ein paar der Romane lesen, die angestaubt auf ihrem E-Book-Reader darauf warteten, aus dem Schlaf geweckt zu werden. Sie könnte schwimmen gehen. Alexander hatte ihr besonders von dem Meerwasserpool vorgeschwärmt und die Umgebung lud zum Wandern ein. Am besten fragte sie Alexander, ob er sie dabei begleiten würde. Sie würde sich einfach trauen, ignorieren, dass sie eigentlich einen großen Bogen um ihn machen sollte.

Moira war endlich bereit, sich zu ändern, und das ab sofort. Ein Klopfen an der Haustür riss sie aus den Gedanken. Sie schloss die Verandatür und durchquerte den lichtdurchfluteten hellen Hauptraum. Sie öffnete die Tür und wäre beinahe einen Schritt zurückgesprungen. Natürlich stand kein Koalabär vor ihrer Tür, sondern die spanische Ausgabe von John Sullivan. Seine braunen Augen waren mit der Präzision eines Lasers auf sie gerichtet, und er hob amüsiert die Brauen, weil sie weder etwas sagte, noch sich rührte.

Fuck!

„Moira, schön, dich kennenzulernen." Er streckte ihr nicht die Hand entgegen, stattdessen beugte er sich vor, um sie auf beide Wangen zu küssen. Mit äußerster Willensanstrengung wich sie nicht zurück. Er trug ein weißes Longsleeve und eine verblichene Jeans. Ob Iris gewusst hatte, dass es hier keine Koalabären gab? David war der geborene Chef, der mit ruhiger Autorität regierte.

„Hast du gut geschlafen?"

„Ja, das habe ich. Das Bett ist ein Traum und ich war fix und fertig."

„Ich hoffe, dass du Hunger hast. Olivia hat ein gigantisches Frühstück zubereitet, das keine Wünsche offenlässt. Komm."

Er legte einfach den Arm um ihre Schultern. Die Geste hatte nichts Sexuelles oder Belästigendes an sich. Wahrscheinlich wollte David sie nur beruhigen, weil sie trotz ihrer Bemühungen wie ein scheues Tier reagiert hatte, das bloß durch seine Instinkte überlebte.

„Ich muss noch die Tür abschließen. Doch ich habe keinen Schlüssel gefunden."

„Es gibt auch keinen."

„Aber ..."

„Keine Sorge. Niemand, der nicht dazu berechtigt ist, wird dein Domizil betreten. Diebstähle gibt es nicht."

„Ernsthaft?" Das konnte sie sich kaum vorstellen. Überall wurde geklaut. Selbst das billigste und kratzigste Klopapier konnte zum Diebesgut werden. Der Shredder hatte einmal einen Anfall bekommen, weil jemand vor Weihnachten mehrere Pakete gestohlen hatte.

„Wirklich. Du bist hier absolut sicher. Das verspreche ich dir." Er drückte sie leicht und ließ sie dann los.

David war es gewohnt, dass man ihm vertraute und seine Anweisungen befolgte. Seine Körperhaltung, wie er sich bewegte und sprach, untermalte diese Zuversicht. Daher konnte er ihr ein derartiges Versprechen geben. Moira konnte sich nicht mehr daran erinnern, wie es war, einem Menschen ganz und gar zu vertrauen. Sie schaute ständig über ihre Schulter, befürchtete immer, dass jemand ihr etwas antun würde, was sie nicht wollte. Oder noch schlimmer, dass sie es geschehen ließ, es sogar auf eine perverse Weise genoss und dann allein in einem dunklen Loch zurückblieb. Verspürte sie nicht am meisten Furcht vor sich selbst und projizierte dieses Empfinden auf andere, damit sie besser dastand? So viele Jahre hatte sie mit dieser Lüge gelebt und jegliche Versuche von ihren Mitmenschen blockiert, die ihr aus dem Loch helfen wollten.

Wenn sie ehrlich war, hatte sie besonders Iris oft vor den Kopf gestoßen, die unzählige Male versucht hatte, zu ihr vorzudringen.

Zuerst war Iris nur eine Kollegin gewesen, mit der sie sich auf Anhieb großartig verstanden hatte. Schnell war daraus mehr geworden und nun war sie eine wahre Freundin. Das war selten. Und doch waren es die paar Sätze von Alexander gewesen, die einen längst überfälligen Denkprozess in Gang gebracht hatten. Es war einfach zu viel geschehen in den letzten Wochen, und ihre Kündigung war der Startschuss für Änderungen gewesen, die richtig tiefgehend sein mussten.

„Wenn du etwas wissen möchtest, Hilfe oder nur Gesellschaft brauchst, ist Alexander dein Ansprechpartner, und natürlich Rachel, was die Ausstellung anbelangt. Das schließt mich selbstverständlich ein. Ich bin immer für dich da, solltest du einen Rat benötigen. Hemmungen sind unnötig."

Ob er sie neckte? Denn welche Frau hätte keine Scheu vor ihm? Und das galt ebenso für Alexander, nur dass sie sich von ihm auch auf körperlicher Ebene angezogen fühlte. Obwohl angezogen nicht die zutreffende Bezeichnung dafür war. Es war mehr ein Sog, ein Strudel, der sie mit äußerster Kraft auf ihn zutrieb, ohne dass sie die Möglichkeit hatte abzubremsen oder die Richtung zu bestimmen. Insgeheim hatte ein winziger Prozentsatz in ihr gehofft, dass sie ihm nicht mehr über den Weg laufen würde, zudem, dass er es ablehnen würde, mit ihr wandern zu gehen. Natürlich hatte sie sich daran festgeklammert, anstatt zuzugeben, wonach sie sich wirklich verzehrte.

„Du hast genügend Zeit, alles gemeinsam mit Rachel vorzubereiten. Die offizielle Eröffnung ist in einer Woche. Die Sullivans und ihre Begleitung reisen am Tag der Ausstellung an. Viola und John möchten so wenig wie möglich von ihrer Tochter Violett getrennt sein."

Begleitung? Meinte er damit Viola, Kim und Sally? Sie musste wie ein Fragezeichen ausgesehen haben.

„Sean Carrigan und seine Frau Hazel begleiten sie."

Sie hatte Sean ein paarmal gesehen, aber nur aus der Ferne, und diesen Abstand hatte sie beibehalten. Das würde ihr hier gewiss nicht gelingen. Schließlich war sie für die Ausstellung verantwortlich. Sie bekam eine Gänsehaut, sobald sie an Sean dachte. Er war ein düsterer Reiter und lachte bestimmt niemals, nicht einmal in einem Keller.

Doppelfuck!

Und falls er doch in einen Keller ging, dann nur, um in Ruhe Koalabärchen, wie sie eines war, zu foltern.

Wenn sie es nicht besser wüsste, könnte sie glauben, dass Iris das alles im Vorfeld geplant hatte, sodass sie niemandem entkommen konnte. Sie erreichten einen Bungalow, der größer wirkte als der, in dem sie untergebracht war. David hielt ihr die Tür auf und sie blickte entsetzt zum Esstisch. Denn dort saßen Alexander und ein Mann, bei dem sie sich vorstellen konnte, dass er jemandem die Haut abzog, falls er ihm einen Grund dazu gab, und das nicht nur in seiner Fantasie. Sie hasste es, mit drei Männern allein zu sein, und sie trat instinktiv einen

Schritt zurück. Dabei prallte sie gegen David, der sie an den Schultern festhielt.

„Sachte, Cara."

„Da bist du ja."

Die weibliche Stimme riss sie aus dem Terror. Die hübsche Dunkelhaarige trug ein grünes Top und Shorts aus Jersey und eilte lächelnd auf sie zu.

„Ich bin Olivia, Davids Frau und Alexanders Schwester. Herzlich willkommen." Sie umarmte Moira, und ihre Gefühlswärme vertrieb Moiras Unwohlsein. „Alexander kennst du ja bereits und das ist Alec. Lass dich nicht von ihm verunsichern. Er kann auch lustig sein."

Wenn sie es sagte!

Alexander begrüßte Moira diesmal nicht mit einem Händeschütteln, sondern er küsste sie auf beide Wangen. Seine Lippen waren weich und fest, sodass sie sich fragte, wie es wäre, wenn er sie auf die Lippen küsste. Sein Brustkorb lud dazu ein, sich an ihn zu pressen. Heute trug er ein saphirblaues T-Shirt und verwaschene Jeans. Er war Sex auf zwei Beinen.

„Hast du gut geschlafen?", erkundigte er sich.

„Wie ein Murmeltier."

Auch Alec begrüßte sie, wobei er sie an den Schultern umfasste, ehe seine Lippen ihre Wangen streiften. Sie war in den letzten Minuten mehr berührt worden als in den vergangenen Monaten oder sogar Jahren. Irgendwie passte das hierher. Berührungsängste hatte hier anscheinend niemand. Eine Therapeutin hätte ihr vielleicht exakt das vorgeschlagen.

„Kann ich in der Küche helfen?", fragte Moira.

Olivia schüttelte den Kopf. „Alles ist schon fertig. Wir warten nur noch auf Sienna, Alecs Liebste, die genau das ist, was die Schicksalsgöttin für ihn vorgesehen hat." Sie lachte irgendwie dreckig, hörte allerdings auf der Stelle damit auf, als David sie mit seinem Blick fixierte.

„Setz dich." Alexander zog Moira den Stuhl zurecht und nahm anschließend neben ihr Platz. In diesem Moment klopfte es an der Tür und ein Wirbelwind kam hereingeschneit. Sienna, der Name passte perfekt zu ihrer Haarfarbe und ihrem feurigen Wesen. Aber um mit Mr. Griesgram fertigzuwerden, musste man auch eine sonnige Persönlichkeit besitzen und durfte sicherlich nicht zimperlich sein. Sienna warf Alec einen bitterbösen Blick zu, ehe sie Moira anstrahlte, erst sie und dann die anderen freundlich begrüßte. Mit einem Ächzen und äußerst vorsichtig setzte sie sich neben Alec.

„Bist du verletzt?", fragte Moira.

„Ich bin mit etwas Hartem kollidiert, das nicht einen Millimeter nachgegeben hat, obwohl ESSSSS das gekonnt hätte."

„Tatsächlich, Honey." Alecs Stimme hatte zwar einen honigartigen Klang, doch auch er verfehlte den Koalabärmarker um einige tausend Meter. Mindestens! „Vielleicht liegt das daran, dass du mit offenen Augen und klimpernden Wimpern gierig eine Kollision herausgefordert hast. Anstatt dem Hindernis auszuweichen, bist du genauso dagegengerannt wie die letzten unzähligen Male. Man könnte meinen, dass du es darauf anlegst."

Er packte in ihr Haar – soweit Moira das beurteilen konnte, nicht allzu sanft – und küsste sie auf den Mund. Im Gegensatz zu seiner Hand war der Kuss zärtlich. Was immer da zwischen ihnen geschah, sie beide liebten es, das konnte Moira deutlich erkennen. Am besten dachte sie nicht weiter darüber nach.

„Pfannkuchen!" Olivia stellte einen Teller auf den Tisch und setzte sich gegenüber von David. „Bedient euch, und ich nehme es als persönlichen Affront, falls ich die Pfannkuchen hinterher allein mampfen muss. Das gilt auch für das Rührei und den Rest."

„Was möchtest du essen?", fragte Alexander und drehte sich Moira zu.

Auf der Stelle schmolz sie dahin, weil die Tiefe seines Blicks mit einer Donnergewalt in sie eindrang. Ihr Herzschlag beschleunigte und ein aufgeregtes Gefühl machte sich in ihrem Magen breit. Im Gegensatz zu sonst bekämpfte sie es diesmal nicht. Daher war das Kribbeln und Vibrieren nicht unangenehm, stattdessen unglaublich belebend.

„Obst, Toast, Pfannkuchen und Joghurt. Ich bin ausgehungert. Ist das Ahornsirup? Den wollte ich schon immer probieren."

„Womit möchtest du anfangen?"

„Mit Toast und Marmelade."

„Du magst es süß?"

„Manchmal." Erst jetzt bemerkte Moira, dass alle sie anstarrten, wobei sie bei Olivia und Sienna erkennen konnte, dass ihnen gefiel, was sie beobachteten. David und Alec waren in diesem Moment undurchschaubar, und so viel konnte Moira schon sagen: dass es ein Dauerzustand bei ihnen war, wenn sie es wollten.

„Rachel müsste in zwei Stunden eintreffen. Die Babysitterin konnte nicht eher. Sie ist vor neun Monaten Mama einer entzückenden Tochter geworden", sagte David.

„Sie ist eine tolle Mom", warf Sienna ein. „Und so glücklich mit Liam. Ich bin so froh, dass sie schlussendlich zusammengefunden haben. Aber es kommt immer zusammen, was zusammen gehört."

Dabei grinste sie Alexander an. „Irgendwann trifft es sogar dich."

War Alexander auf der Suche nach einer Partnerin? Ein unerwarteter Stich zerstach Moiras rosarote Wolke, weil sie in ein paar Wochen zurück nach Großbritannien flog. Unabhängig von der Art ihrer Beziehung, die sich während ihres Aufenthaltes entwickeln würde, es war nur ein Urlaubsflirt, wenn es überhaupt so weit kommen würde. Mehr konnte es nicht sein, und das war es auch, was sie wollte. Oder nicht?

Der Rest des Frühstücks verlief entspannt und hatte nichts mit einem Businessfrühstück gemeinsam. Mit Mühe erinnerte Moira sich daran, dass sie noch keinen Urlaub hatte. Schließlich musste sie für ihr Gehalt arbeiten. Sie schuldete Iris, die ungeachtet Moiras Benehmens immer zu ihr gehalten hatte, eine Menge. Ob sie Iris anvertrauen sollte, was mit ihr in der Nacht vor all den Jahren geschehen war, als sie jung, naiv, sorglos und voller Hoffnungen gewesen war? Dass sie der festen Meinung gewesen war, dass ihr Leben nur Schmetterlinge für sie bereithielt, aber keine Wespen? Sie konnte diese Fragen nicht beantworten. Doch sie ahnte, dass ihr dies nach den Tagen auf der *Insel* gelingen würde. Sie war nicht nur dabei, sich zu verändern, die Änderungen hatten bereits begonnen, weil sie sich dieses Mal nicht dagegen sperrte.

***

Nach dem Frühstück bat David Moira, mit ihm auf der Veranda Platz zu nehmen, damit sie ein paar Einzelheiten besprechen konnten.

„Wir haben einen großzügigen hellen Saal, in dem wir jede Menge Gemälde aufhängen können, doch da sind auch noch einige Nebenräume, die sich für die BDSM-Bilder eignen. Alexander wird mit dir die Räume durchgehen."

BDSM-Bilder! David sagte es beiläufig, als wäre es keine große Sache.

„Alexander? Ich dachte, Rachel …"

„Der Babysitter musste kurzfristig absagen. Rachel hat vor zehn Minuten angerufen und sie hat keinen Ersatz gefunden. Alexander wird dir zur Seite stehen. Er ist kompetent und kann dir alle Fragen beantworten, die du haben wirst."

Haben wirst? Eine seltsame Wortwahl. Möglicherweise interpretierte sie etwas hinein, was gar nicht da war. Sie war wirklich zu misstrauisch.

„Außerdem seid ihr euch sympathisch, nicht wahr?" Er sah sie direkt an und erwartete eine Antwort.

„Ich denke schon." Warum musste ihr unter seinem eindringlichen Blick nur so schrecklich heiß werden? Sie war schließlich keine zwölf mehr und schwärmte heimlich für einen Mitschüler.

„Erzähl mir ein bisschen von dir, Moira, damit die *Insel* deinen Urlaub unvergesslich gestalten kann."

Was sollte sie von sich erzählen? Da gab es nichts, was David interessieren könnte. Sie war langweilig, gestört und nicht so gefestigt und selbstsicher, wie es Olivia und Sienna waren. Die beiden Frauen waren mit sich und allem im Einklang. Das war ihnen deutlich anzumerken. Sie erinnerten Moira an Iris, die sich stark verändert hatte, seitdem sie auf Tom getroffen war. Was immer Tom mit ihr anstellte, war das fehlende Gewürz in Iris' Leben. Erst mit ihm war sie wirklich glücklich. Iris war stets zufrieden mit sich und der Welt gewesen, doch Tom hatte es noch besser für die Freundin gemacht. Sehr viel besser.

Moira starrte in den wunderschönen Garten, und die vielfältigen Pflanzen wirkten beruhigend auf sie. David dachte bestimmt, dass sie hochgradig eigenartig war.

„Vielen Menschen fällt es schwer, über die eigene Person zu reden. Es sei denn, sie sind extrovertiert oder hören sich selbst gern zu. Für eine schüchterne Person ist es dagegen eine unangenehme Vorstellung, etwas von sich preiszugeben, aus Angst, Dinge über sich zu verraten, die sie lieber für sich behalten möchte. Oder sie befürchtet, das Gegenüber zu Tode zu langweilen."

War das hier der Ort der weisen Männer?

„Man sollte sich nie verstellen und versuchen, jemand anders zu sein. Das mag einem eine Zeit lang gelingen. Doch irgendwann geht man daran zugrunde, sich ständig zu maskieren."

Seine Beobachtungsgabe war hochgradig unheimlich, sodass sie sich nackt und schutzlos fühlte.

„Bist du eher der ruhesuchende Typ oder magst du es lieber laut und kannst gar nicht genug Menschen um dich herum haben?"

Das war eine harmlose Frage und würde kein Offenlegen ihrer Persönlichkeit nach sich ziehen. Sie musste aufhören, wie eine argwöhnische Bitch zu reagieren, sobald sich jemand für sie interessierte. Schließlich war sie für David nur ein Gast in seinem Resort. Mehr steckte nicht dahinter. Sie machte sich einfach zu viele Gedanken. Sollte sie ihn anlügen und vorgeben, eine andere Person zu sein, sodass er Aktivitäten für sie aussuchte, die sie niemals gewählt hätte? War es besser, die Änderungen mit Gewalt herbeizuzwingen, damit sie sich ihnen stellen musste?

„Ich liebe Partys, Trubel und hasse es, für mich zu sein."

Davids Mimik blieb absolut blank, und sie konnte nicht erkennen, was er dachte. Jetzt, da sie es ausgesprochen hatte, fühlte sie sich kindisch. Was war nur los mit ihr?

„So kann man sich täuschen. Ich hätte eher das Gegenteil vermutet. Aber du hast ja keinen Grund, mich anzulügen."

Zum Glück rettete Alexander sie vor einer Erwiderung, da er in diesem Augenblick auf die Veranda trat und ihr die Hand hinhielt. „Wenn du so weit bist, zeige ich dir die Räume, die Anlage und was es sonst noch zu entdecken gibt."

David tauschte einen Blick mit Alexander aus und beide hatten ein wissendes Lächeln auf den Lippen. Was hatte das zu bedeuten?

„Zeig ihr ein paar der Geheimnisse der *Insel*. Wir sehen uns nachher. Viel Vergnügen, Moira. Ich denke, Alexander wird dir genau das Richtige präsentieren, um deine Sehnsüchte und Wünsche zu erfüllen. Vor allem die verborgenen.”

Was zum Teufel meinte er damit?

Alexander hatte sie inzwischen auf die Füße gezogen und hielt noch immer ihre Hand in seiner. David erhob sich, beugte sich vor und küsste sie auf die Wange. „Ich mag es nicht, wenn man mich anlügt, egal, aus welchem Grund.”

Sie war dermaßen perplex, dass sie ihn einfach nur anglotzte und sogar nach Sekunden noch nach den passenden Worten rang.

„Bis später.” David hatte sie anscheinend ausreichend niedergestarrt, da er zurück in den Bungalow ging.

„Was war das denn?” Um Beistand suchend schaute sie Alexander an. Schließlich kannte er David gut und ein derartiges krudes Benehmen war ihm sicherlich unangenehm.

Alexanders Blick ruhte auf ihr und irgendwie auch in ihr. „Komm! Du wirst ihn und alles andere bald besser verstehen.”

Das war keine Reaktion, die sie vorausgesehen hätte, und warf weitere Fragen auf. Dieser Job verlief so gar nicht, wie sie erwartet hatte.

Was genau hast du denn erwartet?

Wenn ich das nur wüsste!

Sie folgte Alexander über den Rasen, und sie verließen den Garten durch eine Tür an der Seite des weißen Zaunes, der eine absolute Privatsphäre gewährleistete.

„Wenn du möchtest, können wir morgen, nachdem du gearbeitet hast, eine kleine Wanderung machen."

„Sehr gerne." Der Gedanke, mit ihm allein zu sein, war zu verführerisch. Außerdem stand sie einem harmlosen Flirt inzwischen mehr als aufgeschlossen gegenüber. Alexander wirkte zwar höllisch gefährlich, doch gerade das reizte sie. Wenn sie Glück hatte, war er richtig gut im Bett und sie würde zufrieden nach Hause fahren. Hier konnte ihr nichts Schlimmes geschehen, und sie musste einfach lernen zu vertrauen, wenigstens so weit, wie es eine normale Frau tat, die unbeschwert flirtete.

Sie liefen auf das Haupthaus zu und das Innere übertraf ihre Erwartungen. Die spanische Architektur setzte sich in der Einrichtung fort, und das fing bei dem gefliesten Boden in einem Mosaikmuster an und hörte bei den offen liegenden Balken, die die hohe Decke zierten, auf. Überall standen Sitzgruppen, und eine blonde Rezeptionistin lächelte sie freundlich an.

„Guten Morgen, Ma... Mr. Waters." Ihr Blick huschte zu Alexander. „Du bist bestimmt Moira. Ich bin Georgia."

Alexander hatte ihr gestern beim Abendessen erklärt, dass sich alle duzten und beim Vornamen nannten, daher verwunderte Moira das Mr. Waters sehr.

„Guten Morgen, Georgia." Alexander beugte sich über die Theke, um die zierliche Frau auf die Wangen zu küssen, die ihn anstarrte, als hätte sie gerade etwas ganz Furchtbares angestellt. Anscheinend gab es noch mehr Menschen, die erkannten, dass Alexander kein Koalabär war, sondern die Flauschis vielmehr zum Mittagessen verspeiste. „Sind die Räume leer?"

„Ja, sind sie. Ich habe heute Morgen überall Schilder aufgestellt, dass sie erst am frühen Abend benutzt werden können."

„Sehr schön." Alexander blickte amüsiert auf Georgia herab, und es war offensichtlich, dass er sich an ihrer Reaktion weidete. Er brauchte offenbar dringend eine Frau, die ihm das Wasser reichen konnte und ihn in die Schranken wies. Sein Benehmen war wirklich ziemlich überlegen. Oder war es Arroganz? Möglicherweise war das auch eine Masche von ihm, um sich besonders interessant zu machen.

Es wirkt! Anscheinend nicht nur bei dir. Und dass du nicht Wonder Woman bist, weißt du ja. Also wirst du sicherlich nicht diejenige sein, die es mit einem Mann wie Alexander aufnehmen kann. Er zerrupft dich, ohne dass sich seine Atmung beschleunigt.

Georgia schmachtete ihn an, und das gefiel Moira ganz und gar nicht. Die beiden könnten sogar eine gemeinsame Vorgeschichte haben, und das sagte Moira noch weniger zu. Das würde zumindest Georgias Verhalten erklären. Sie durchquerten das Foyer und betraten einen breiten Flur, der in einem der schönsten Räume endete, den sie jemals gesehen hatte.

Das war wirklich die perfekte Location für eine Ausstellung. Die weißen Wände, der dunkle Parkettboden und die offen liegenden Balken sowie der Kronleuchter waren atemberaubend. Da die Wände hoch waren, wirkte das Holz nicht erdrückend und würden daher nicht von den Bildern ablenken. Palmen in großen mit Mosaik gefliesten Töpfen zierten den Raum. Mehrere cognacfarbene Sitzgruppen luden zum Ausruhen und Unterhalten ein. Auf einmal brannte Moira für die Gemälde und schwor sich, alles dafür zu tun, dass jedes einzelne Bild im bestmöglichen Glanz erstrahlte.

„Wie ist denn das Licht?" An einer Längsseite des Raumes war eine Fensterfront mit Schiebetüren, die auf eine großzügige Terrasse führten. Ansonsten gab es keine weiteren Fenster.

„An der Decke sind Leisten mit Spots angebracht, die individuell ausgerichtet werden können."

Alexander fing ihren Blick auf, und sofort flogen wieder diese unsichtbaren Funken zwischen ihnen. Sie wünschte sich, dass sie ihn wirklich besser kennen würde. Denn er war ihr irgendwie vertraut, und das verstand sie nicht. Moira sehnte sich nach Nähe, Zärtlichkeit und Liebe. Das spürte sie, seitdem sie ihren scheiß Job hingeworfen hatte, immer mehr. Wahrscheinlich war das die simple Erklärung und es existierte gar nichts Besonderes zwischen ihnen. Schließlich hatte sie seit fünfzehn Jahren eine Diät gemacht, bei der Leidenschaft, Verbundenheit und absolute Zuneigung verboten waren.

Unvermittelt umfasste Alexander ihre Schultern und hielt sie mit sanftem Druck fest, ehe er den Kopf neigte, bis seine Lippen ihre berührten. Sie rechnete damit, dass er den Kuss vertiefen würde, und alles in ihr wollte genau das, aber er beließ es bei dieser Zärtlichkeit. Warm und weich lag sein Mund auf ihrem, ganz kurz, doch es kam ihr wie eine Ewigkeit vor. Ihr Körper allerdings reagierte auf ihn, als wenn er ernst gemacht hätte. Alexander ließ sie nicht los und seine ruhigen Augen schienen alles von ihr zu erspähen.

„Spielst du nur mit mir?"

„Noch nicht, Irish. Sobald ich mit dir spiele, wirst du mir diese Frage nicht stellen, denn du wirst mit anderen Dingen beschäftigt sein, die keinen Zweifel an meinen Intentionen lassen."

Was zum Teufel meinte er damit? Und dann das Kosewort, das so unerwartet gekommen war, dass sie nicht anders konnte, als es zu mögen.

„Ehe wir die weiteren Räume besichtigen, möchte ich dir eine Frage stellen."

Ihr Herzschlag schaffte es andauernd, zu beschleunigen, dabei sollte das kaum noch möglich sein.

„Spürst du auch dieses Knistern zwischen uns, etwas, das man nur selten bei Menschen empfindet, die man gerade kennengelernt hat, und manchmal nicht einmal bei denen, die man in- und auswendig kennt?"

Es gab keinen Grund, es zu leugnen. Was immer Alexander mit ihr vorhatte, falls sie ihn belog, würde ihr Gespräch eine unangenehme Wendung nehmen, das wusste sie einfach.

„Das ist mir nicht entgangen. Das habe ich schon gemerkt, sobald ich dich das erste Mal gesehen habe, und als ich dann vor dir stand, war es unfassbar eindringlich. Du hast mich sozusagen überrollt."

„Falls dir das in den letzten Jahren so ergangen ist, hast du das Gefühl sofort in deinen emotionalen Keller gepackt, nicht wahr?"

Was sollte das hier? Trotz ihres inneren Zwiespalts wollte sie nicht ausweichen, nicht bei Alexander. „Das stimmt. Allerdings finde ich deine Fragen höchst seltsam, und sie sind ziemlich überraschend von einem Mann, den ich gerade erst getroffen habe."

„Du hast in der Vergangenheit niemanden nah genug an dich herangelassen, jeden abgewehrt, ehe er nur einen Millimeter zu dir vordringen konnte, egal, wie lange du diese Person kanntest. Doch bei mir fühlst du anders. Auf der *Insel* liegen alle Möglichkeiten vor dir, und das nicht nur wegen deines neuen Jobs, sondern hauptsächlich wegen mir."

Alexander war wirklich arrogant. Allerdings lag er mit seinen Beobachtungen richtig. Das war verstörend!

„Du bist Architekt, oder arbeitest du nebenberuflich als Psychiater?"

„Ich befasse mich sehr eindringlich mit dem Verhalten meiner Mitmenschen und besitze eine exzellente Beobachtungsgabe, die ich ständig schule, auch dadurch, dass ich so manches unwillige Kätzchen in eine schnurrende Kitty verwandle, die unter meinen Händen vergisst, dass sie eigentlich kratzen und fauchen wollte."

Ein Herz konnte tatsächlich bis zum Kehlkopf wummern. Alexander glaubte fest daran, was er sagte, jedoch würde sie es niemals wieder zulassen, dass sie derart die Kontrolle über sich selbst verlor.

„Ich will dich, Moira."

„Man bekommt nicht immer das, was man will."

Sein rechter Mundwinkel hob sich und er schien gänzlich anderer Meinung zu sein. „Wir werden sehen, Irish." Er umfasste mit einer Hand erst ihren Hinterkopf und fasste dann in ihr Haar, allerdings ohne Druck auszuüben. Dennoch war die Geste eindeutig besitzergreifend. „Küss mich richtig, wenn du dich traust."

Zur Hölle mit der Moira, die zurückweichen wollte. Sie packte mit beiden Händen sein T-Shirt, und er kam ihr nur so weit entgegen, damit sie ihn küssen konnte. Ansonsten blieb er passiv, obwohl Alexander diesen Zustand auf der Stelle ändern könnte, sofern er das wollte. Er hielt sie, und doch war es nur ein sanftes Festhalten. Sie presste ihre Lippen auf seine, ließ dann sein Shirt los und umschlang ihn mit den Armen. Es fühlte sich so gut an, so unglaublich erleichternd, weil sie sich endlich traute, ein wenig Nähe zuzulassen.

Und wie sehr sie das brauchte, wurde ihr in diesem Moment mit der Gewalt eines Vorschlaghammers bewusst. Sie berührte seinen Mund mit ihrer Zunge, und er öffnete ihn, sodass sie ihn schmecken konnte. Es war, als würde sie eine Raubkatze in den Armen halten, die sich nur so lange zügelte, bis ihre Instinkte an die Oberfläche brachen. Alexander war hart, wo sie weich war, und sie zu überwältigen, würde er mit Leichtigkeit schaffen, ohne dass sie viel dagegen tun konnte. Es sei denn … Nein, dazu war sie nicht imstande, da sie seine Vorgehensweise extrem heiß fand. Gewalt war hier nicht die Lösung.

War das bereits ein Spiel für ihn? Oder hatte er etwas ganz anderes damit gemeint? Nur was?

Inzwischen wünschte sich Moira, dass er ein wenig mehr Druck ausüben würde, doch er tat es nicht.

Schwer atmend beendete sie den Kuss. Er lächelte auf sie herab, ehe er sie losließ.

„Das war erst der Anfang, Irish. Und jetzt komm. Es ist an der Zeit, dass du die Seele der *Insel* kennenlernst."

Dieser Mann sprach in Hieroglyphen. Er verschlang seine Finger mit ihren und ging mit ihr aus dem Raum, zurück ins Foyer. Dieses Mal nahmen sie einen anderen Gang und liefen auf eine Tür zu, die sich gut in einem Schloss machen würde, nur dass sie eine kleinere Version war. Er drückte die schmiedeeiserne Klinke herunter und beraubte sie der Chance, auf der Schwelle zu verharren oder gar den Rückzug anzutreten. Alexander schob sie in das Verlies.

„Willkommen im *Catalan Vault*. Das Gewölbe ist letzten Monat fertig geworden. Ein gemeinsamer Entwurf von Alec und mir."

Die Tür fiel hinter ihnen zu. Moira wirbelte herum, jedoch gab es kein Entkommen für sie. Alexander versperrte ihr den einzigen Ausweg, und er sah nicht so aus, als würde er freiwillig zur Seite treten, damit sie genau das tun konnte, was sie immer tat: Vor ihren inneren lustvollen Dämonen flüchten, sie verleugnen und zertrampeln.

„Sieh es dir an, Irish. Du kannst die Magie dieses Ortes nicht abstreiten."

Das Gewölbe war traumhaft schön, mit den abgerundeten Decken, die mehrere Bögen bildeten und teils mit einem Mosaikmuster verziert waren. Wände und Decken waren aus demselben Material, und zuerst war sie der Illusion erlegen, dass der Boden ebenfalls aus diesen Steinen bestand. Doch es war ein pflegeleichtes Vinyllaminat. Das musste auch so sein, denn an diesem Ort würden Schweiß, Tränen und vielleicht sogar Blut fließen.

Der Raum im *Federzirkel* hatte sie damals an einen romantischen Folterkeller in einem viktorianischen herrschaftlichen Haus erinnert. Das hier jedoch war ebenso schön, wie es gruselig war. Ketten, Ringe, Leder, Holz und flackernde elektrische Kerzen bahnten sich den Weg bis in ihre letzte Gehirnwindung. Alexander umfasste sie abermals an den Schultern, doch dieses Mal, um sie weiter in das Gewölbe zu schieben. Aus eigenem Antrieb hätte sie keinen Schritt gemacht. Sie starrte auf die gepolsterten Tische und Stühle, die nur dazu gedacht waren, um jemanden in eine gänzlich wehrlose Lage zu bringen. Die ganzen herumfliegenden Teile fügten sich urplötzlich zu einem Gebilde, und ihr wären die Beine weggeknickt, wenn Alexander sie nicht gehalten hätte.

„Lass mich los! Sofort!" Iris hatte das gemeinsam mit den Sullivans geplant. Wie konnte sie nur! Und Alexander war anscheinend ein sehr bereitwilliger Komplize.

„Nein, Moira. Du wirst meine Hände wohl ertragen müssen, zumindest so lange, bis du dich etwas gefangen hast und sicher stehen kannst."

Von hinten zog er sie dichter zu sich und quittierte ihr Strampeln mit Armen, die sie wie stählerne Bänder um den Oberkörper fassten. „Sobald du dich beruhigt hast, lasse ich dich los. Erst dann. Mir ist es egal, wie lange das dauert. Ich bin viel stärker als du und du wirst eher ermüden als ich. Also, wie möchtest du es haben, Irish? Zart oder hart? Ich beherrsche beides bis zur Perfektion."

Man hatte sie in die Ecke gedrängt, und es war niemand vor Ort, der sie unterstützen würde. Alle hatten von Anfang an gewusst, worauf das Ganze hinauslaufen würde. Iris musste schon immer geahnt haben, wo Moiras Sehnsüchte wirklich lagen, auch, dass sie eigentlich Hilfe brauchte. Allerdings hätte Moira gern selbst über Art, Ort und Zeitpunkt ihrer Rettung bestimmt. Und dazu hätte sie sich sicherlich nicht jemanden wie Alexander ausgesucht, sondern einen niedlichen Welpen, der höchstens sanft an ihr knabberte und ihr nicht die Zähne in den Hals schlug, um sie auszusaugen, sie anschließend aufzufressen und zum Schluss mit ihren verblichenen Knochen Fangen zu spielen. Moira spannte die Schultern an, versuchte, sich wild nach links und rechts zu drehen, um seinen Griff zu brechen, doch es war genauso sinnlos, wie er es prophezeit hatte. Natürlich wusste sie das. Sie unterdrückte ihre Instinkte, denn dann würde sie etwas tun, das sie wirklich bereuen würde. Alexander gab nicht nach. Offensichtlich machte er das hier nicht zum ersten Mal. Falls er irgendwelche Skrupel in seinem Leben gehabt hatte, waren diese längst vergangen. Wahrscheinlicher war es allerdings, dass er sein Handeln keinen Augenblick infrage stellte.

„Ich sag es nicht erneut, lass mich los, du Wichser!"

Das hatte sie noch niemals gesagt, oder vielmehr hysterisch geschrien, und ihre Wangen glühten. Doch ihr Zorn war so gewaltig, dass ihr Verstand einer kochenden Masse glich.

„Du ahnst sicherlich, mit wem genau du es hier zu tun hast. Obwohl ich deine Rage verstehe, weil du zum ersten Mal seit einer verfickt langen Zeit gezwungen bist, dich deinen Fantasien und somit dir selbst zu stellen, entschuldigt das nicht eine derartige Beleidigung, so einfallslos sie auch ist. Du weißt doch, was ich bin, Irish! Sag es mir."

Ihre Hilflosigkeit trieb stechende Tränen in ihre Augen, und der Kloß in ihrer Kehle wurde sekündlich größer, sodass sie kaum sprechen konnte.

„Du bist ein Master, ein verfluchter Master."

„Und was macht ein Master, wenn er von einer Sub beleidigt wird?"

„Anscheinend kennst du die Antwort. Du kannst dir deine Psychotricks in deinen knackigen Arsch schieben."

„Das stimmt! Er ist wirklich knackig." Frech umfasste er mit einer Hand ihre rechte Brust und kniff ihr in den Nippel. Sie hasste das gierige Gefühl, das es in ihr auslöste. Ihre Brustwarze schwoll auf der Stelle an und schickte lustvolle Impulse durch ihren Körper. Sie wollte das nicht! Und doch fühlte es sich verfickt gut an. So verfickt gut.

„Ich lasse dir noch eine Wahl. Entweder antwortest du mir, oder ich demonstriere dir hier und jetzt, wie ich vorgehe, wenn ich dermaßen herausgefordert werde. Zehn Sekunden hast du, ehe ich dir etwas antue, was ich heute eigentlich nicht machen wollte. Aber besondere Umstände erfordern besondere Maßnahmen. Tick, tick. Eins ..."

Ihr Stolz wollte ihr den Mund zukleben, doch Alexander meinte es bitterernst. Sie war nicht mutig genug, sich ihm noch weiter zu stellen.

„Er bestraft sie." Ihre Stimme war ein armseliges Wispern.

„In der Tat!" Er lachte! Der miese Sack lachte! „Du bist nicht ganz dumm, wie es scheint. Allerdings musst du zugeben, dass du deinen Verstand in der Vergangenheit unterfordert und ihn obendrein geknebelt hast, sobald er dir zuflüstern wollte, was du brauchst, um glücklich zu sein."

Inzwischen hing sie stocksteif in seinem Griff und biss die Zähne so hart aufeinander, dass ihr Unterkiefer zitterte. Leider war das nicht das Einzige, was zitterte. Ihr gesamter Körper war davon befallen.

„Sag mir, Irish", er flüsterte ihr die Worte ins Ohr, und in ihrem außer Kontrolle geratenen Zustand spürte sie seinen Atem stärker, als er es eigentlich war, „hast du dir eine Bestrafung verdient?"

„Leck mich doch."

„Wo genau?"

Er wirbelte sie herum und jetzt musste sie sich mit seinem Adlerblick auseinandersetzen. Stechend bohrte er sich in sie hinein. Erneuter roter Nebel schwappte durch sie hindurch, dermaßen wütend machte es sie, dass er genau das erreichte, worauf er abzielte. Er wollte sie nicht ruhig, gelassen und über den Dingen stehend. Nein, er wollte sie aufs Äußerste aufgelöst und bis zum Zerplatzen zornig, sodass nicht sie die Herrscherin ihrer Sinne war, stattdessen er.

„Ehe ich dich lecke, Kitty, wirst du es bei mir tun, und zwar so lange, wie ich es möchte." Als wären seine Haltung, seine Mimik nicht ausreichend, um sie einzuschüchtern, untermalte er das Ganze noch, indem er nähertrat, dicht genug, dass sie seine Körperwärme spürte, seinen Körperduft roch und die Intensität seiner Absichten auf sie einprasselte.

Weich nicht zurück!

Und doch war es genau das, was sie tat. Schritt für Schritt drängte er sie nach hinten, bis sie mit dem Po an etwas Hartes prallte. Ihr Gehirn formte zwar Wörter, allerdings verkümmerten sie zu einem Stottern, das abgehackt aus ihrer Kehle schwappte. Sie konnte nicht weiter, und er nutzte es gnadenlos aus, indem er sich vorbeugte und sie zwang, mit dem Oberkörper auszuweichen, bis auch das nicht mehr ging. Laut klatschten seine Handflächen neben ihren Schultern auf das Polster. Sein Atem fächerte über ihr Gesicht, ehe sein Mund auf ihren krachte.

Moira war nicht vorbereitet auf die Reaktionen ihres Leibs, eines Leibs, der ein schreckliches Eigenleben entwickelte. Anstatt Angst vor Alexander zu haben, sich vor seinem Machogehabe zu schütteln und sich über Iris sowie die Sullivans aufzuregen, machte das alles hier sie furchtbar … geil. Das war die einzige zutreffende Bezeichnung für das Pochen in ihren Nippeln und in ihrer Klit. Sie wusste, dass sie nass zwischen den Schenkeln war und Alexanders Handlungen sie dermaßen erregten, dass es kein Zurück aus diesem Zustand gab. Es sei denn, er würde sie vögeln.

Mit der Zunge drang er in ihren Mund ein, während er ihre Beine spreizte. Ihr Rock rutschte hoch und der Stoff ihres Höschens war wirklich keine Barriere gegen ihn. Er rieb sich an ihr und seine Erregung stand ihrer nicht nach. Ob Alexander sie jetzt einfach ficken würde? Denn genau das wäre es, kein Lieben, sondern ein Benutzen ihres Körpers.

Exakt das willst du doch!

Alexander beendete den Kuss und starrte auf sie nieder. Er ließ ihr gerade genug Platz, damit sie den Ausdruck in seinen Augen wirklich verinnerlichen konnte. Es lag aber durchaus ein Hauch von Belustigung in den Tiefen seiner Persönlichkeit. Ehe sie wusste, wie ihr geschah, packte er sie an den Hüften und drehte sie um. Mit einer Hand fasste er in ihr Haar, dieses Mal an der Grenze zum Schmerz. Eine überdeutliche Warnung an sie, dass ihr eine Gegenwehr nicht gut bekommen würde. Mit der anderen Hand zerrte er ihr das Höschen nach unten.

Wollte er sie jetzt züchtigen?

Pure, alles andere niederringende Lust tobte in ihr. Doch er schlug sie nicht. Noch nicht, vermutete sie. Mittlerweile lag seine Handfläche heiß auf der rechten Seite ihres Hinterns. Er ließ sie dort für einige Sekunden liegen, ehe er ihr von hinten zwischen die Beine griff und mit einem Finger in ihr Geschlecht eindrang.

„Sieh mal einer an, Irish. Du bist geil, genau wie es sich für eine gute Sub gehört. Eine wirklich willige Kitty bist du."

Theoretisch wusste sie, was er mit Sub meinte. Seit ihrer Flucht aus dem *Federzirkel* hatte sie unzählige Bücher über die Welt des BDSM gelesen und natürlich war das auch ihre Lieblingsromanlektüre. Und wie oft sie an John und Dean gedacht hatte, während sie masturbierte, trieb ihr weitere Schamesröte ins Gesicht. Das momentane Szenario erfüllte exakt ihre Traumgebilde, die sich allerdings im Vergleich fade angefühlt hatten. In einer Fantasie spürte sie nicht die Unterlage, die sie daran hinderte, auszuweichen. Sie roch weder das Leder noch hörte sie das Blut, das ihr wie ein tobender Gebirgsfluss durch die Adern rauschte.

Dort gab es keine harten, unerbittlichen Hände, die sie niederpressten und gleichzeitig zärtlich stimulierten. Kundige Finger, die nicht die eigenen waren, die ihre Schamlippen teilten, in sie eindrangen, während ein Daumen ihre Klit massierte.

Moira wehrte sich zwar nicht gegen den Orgasmus, aber sie kämpfte gegen das Versinken an, das totale Loslassen, damit sie trotz seiner Dominanz so viel Kontrolle wie möglich behielt.

Alexander bemerkte das Pulsieren ihres Geschlechts um seinen Zeigefinger sowie das Zucken unter seinem Daumen, als Moira kam. Allerdings war es einer der armseligsten Höhepunkte, die er jemals erlebt hatte. Moira ließ es zu, dass ihre Gestalt von der Welle überspült wurde, doch ihre Seele blieb am Strand zurück, ebenso ihr Herz. Wahrscheinlich zitierte sie im Kopf irgendwelche Steuerparagrafen, während sie gelangweilt kam, einfach weil ihr Körper es brauchte und nicht, da sie es überaus herbeigesehnt hatte.

Interessant!

Er hatte sein heutiges Vorgehen nicht auf diese Weise geplant. Eigentlich hatte er ihr nur die Räume zeigen wollen, damit sie sich mit ihrer Lage auseinandersetzte, mit dem Ort, an dem sie sich befand, und erkannte, was er für Möglichkeiten für sie bereithielt. Anscheinend war es nicht die Angst vor Schmerz, die sie in einem eisernen Griff hielt, sondern sie fürchtete sich vor dem Loslassen. Viele

Subs hegten anfänglich derartige Bedenken, weil sie Hingabe und Unterwerfung mit Schwäche und Unterjochung verwechselten. Jedoch reagierten sie nicht mit einem Widerwillen und einer Entschlossenheit darauf wie Moira. Mit dem richtigen dominanten Part erkannten sie meistens schnell, dass eine völlige Hingabe mentale Stärke erforderte. Allerdings gehörten Moiras inneren Dämonen einer anderen Rasse an. Das war keine normale Angst.

Alexander zog ihr das Höschen hoch, fasste sie an den Schultern, richtete sie auf und drehte sie um, wobei er ein wenig Kraft anwenden musste. Er wusste, dass sie ihn nicht ansehen wollte, doch er zwang sie dazu. Ein Zurückweichen war bei ihr nicht angebracht. Das würde sie schamlos ausnutzen und sich zurück in ihren Elfenbeinturm retten, um sich dort nicht nur in Grund und Boden zu schämen, sondern auch, um in Selbstmitleid zu versinken. Jeder hatte seine eigenen Methoden, um mit einem emotionalen Chaos fertigzuwerden. Das konnte man niemandem vorwerfen.

„Sieh mich an, Moira." Alexander legte genügend Nachdruck in seine Stimme, um zu ihr vorzudringen.

Verwirrt, betreten, zornig, aber ebenso niedlich starrte sie ihm in die Augen.

„Hat es dir gereicht? War das der Orgasmus, den du schon immer haben wolltest?" Er fasste sie an den Handgelenken, weil der Reiz, ihm eine zu knallen, in ihr brodelte. Das war ihr überdeutlich anzusehen. Moira wirkte wie ein Dampfkessel, der kurz vor der Explosion stand.

„Was willst du von mir, Alexander? Willst du mir eine Lektion erteilen, um die ich nicht gebeten habe?" Ihre Stimme zitterte deutlich, und das erhöhte ihre angepisste, allerdings auch verletzliche Verfassung um weitere Oktaven.

„Was ich will, ist ganz einfach." Zierlich lagen ihre Handgelenke in seinen Händen. Alexander liebte es, zarte Gelenke zu umfassen, besonders während der Sex rau und zügellos war. Er sehnte sich danach, Moira in einen lustvollen Zustand zu treiben, bei dem sie wirklich alles um sich vergaß und nicht mehr wusste, wo sie war, wer sie war, was sie stammelte, stöhnte und schrie. „Doch zunächst geht es um dich. Du kannst entweder wie eine beleidigte, zornige Zickenbitch in deinen Bungalow stapfen und jeden verfluchen, der daran beteiligt ist, dass du hier bist. Oder du ergreifst die Möglichkeiten, die sich auf der *Insel* für dich bieten. Lieferst einen guten Job ab und lässt es zu, dass ich dich in Orgasmen treibe, die den Namen auch verdienen. Denn dass du devot bist und dich heimlich nach einer harten Hand verzehrst, die zugleich sehr, sehr sanft sein kann, ist kein Geheimnis, Irish."

„Ich bin also dir und allen anderen ausgeliefert! Ihr müsst euch extrem über mich amüsieren."

„Niemand amüsiert sich auf deine Kosten. Das glaubst du nicht tatsächlich."

Sie nahm mehrere Atemzüge, wobei sie sichtlich um Fassung rang.

„Auch ich mag es nicht, wenn man mich anlügt, vor allem aus der Absicht heraus, den einfachsten Weg einzuschlagen, damit man selbst blütenrein dasteht. Was möchtest du wirklich, Moira?"

„Bin ich dir ausgeliefert, von dem Moment an, an dem ich mich auf dich einlasse? Kannst du dann alles mit mir machen, worauf du gerade Bock hast, egal, ob ich das möchte oder nicht?"

„Normalerweise dulde ich keine Ausflüchte und kein Ignorieren meiner Fragen. Doch ich beantworte dir deine letzte Frage, ehe du dich entscheidest. Du bekommst von mir ein Safeword, das immer bindend ist. Sobald du *Rot* sagst, egal, wie leise, wird das Spiel auf der Stelle unterbrochen und beendet."

„Und das gilt ausnahmslos? So eine Art Ehrenkodex, nehme ich an, sodass man sich als devoter Part sicher und geborgen fühlt."

Er mochte die Ironie nicht, die deutlich in ihrem Tonfall mitschwang. „Du wirst dich nicht nur sicher und geborgen fühlen, du wirst es auch sein. Aber du brauchst dich nicht sofort zu entscheiden. Ich gebe dir bis morgen Zeit." Er blickte auf seine Armbanduhr. „Die Bilder müssten gleich im Hauptraum der Ausstellung sein. Du kannst eine Vorauswahl treffen und sie mit Rachel besprechen, sobald sie eintrifft. Okay?"

Ein ganzes Arsenal von verschiedenen Emotionen huschte über ihr Gesicht. „Darf ich die *Insel* verlassen?"

„Nicht sofort. Du wirst zumindest für drei Tage hierbleiben."

„Als eure Gefangene? Das zieht ihr nicht wirklich durch!"

„Als unser Gast, Moira. Nichts, was du nicht willst, wird dir hier geschehen. Das verspreche ich dir. Ich verstehe, dass du wütend und durcheinander bist, doch das wird sich legen. Manchmal bieten sich

Chancen, mit denen man nie gerechnet hätte. Denk in Ruhe über alles nach. Das verlange ich von dir. Möchtest du jetzt arbeiten oder schmollen?"

Die Situation, in der sie steckte, konnte sie nicht mit einem Achselzucken abtun, denn auf Moira wirkte sie so unwirklich und verrückt, dass sie sich einfach nicht entscheiden konnte, was genau die angemessene Reaktion war. All das war ihr deutlich anzumerken. Wusste sie eigentlich, dass sie sich zurzeit überhaupt nicht unter Kontrolle hatte? Dass sie weit von der distanzierten Moira entfernt war, die sie angeblich so gerne sein wollte, da die wahre Moira sie noch mehr erschreckte als er es tat? Alexander ließ sie los und trat einen Schritt zurück. Er würde keine Wette auf ihre Entscheidung abschließen. Alles war möglich bei ihr.

Doch er hoffte, dass sie sich richtig entschied. Wenn sie es zuließ, würde sie als sehr glückliche Frau nach England zurückkehren. Arroganz war in diesem Fall angebracht, weil die Chemie zwischen ihnen stimmte. Passender konnte es nicht sein.

„Lass dich verführen. Von mir."

„Ich möchte jetzt arbeiten. Allein."

Wenigstens rannte sie nicht schreiend zum Tor und verlangte, dass Joe ihr ein Taxi rief. Moira hatte einen langen Weg vor sich. Noch stand sie an der Startlinie, die sie allerdings gerade überquerte. Das war ihr jedoch nicht bewusst. Ihr Verstand lief auf Hochtouren und wägte bereits jetzt das Für und Wider ab.

„Ich begleite dich in den Ausstellungsraum."

Sie stapfte stocksteif neben ihm und er hätte gern den Arm um sie gelegt. Leider brauchte sie etwas Abstand.

„Falls du es möchtest, sehen wir uns später, Moira. Ansonsten zwinge ich mich dir morgen auf."

Alexander spürte, dass sie ihm nachgaffte, als er ging, und widerstand der Versuchung, sich umzudrehen. Sie hatte zwar viel zu viel allein mit sich selbst ausgemacht, doch jetzt musste er ihr diesen Selbstschutz noch einmal zugestehen. Manchmal waren winzige Schritte angebracht, aber bei ihr waren Sprünge erforderlich, um sie aus dem Schrecken zu zerren, der sie in seinem widerlichen Griff hielt. Was war nur mit der Kleinen geschehen, das sie offensichtlich so sehr verändert hatte? Dass sie Sex nicht genießen konnte und Angst davor hatte, sich mit Haut und Haaren hinzugeben? Alexander war nie jemand gewesen, der sich mit der Hälfte des Kuchens abgefunden hatte. Wenn er etwas wollte, dann verschlang er es bis auf den letzten Krümel, wobei er sich auch nicht zu schade dafür war, abschließend den Teller abzulecken.

Alexander lief in sein Büro und schaltete dort sein Notebook ein, um sich eine Liste von all den Dingen zu machen, die ihm bei Moira aufgefallen waren. Zunächst fing er mit dem Positiven an. Sie begann bei ihrem Lächeln an und hörte bei ihrem frechen Mundwerk auf. Er mochte Subbies, die sich nicht scheuten hinauszuposaunen, was sie dachten, vor allem weil er sich dann ausgiebig mit ihnen beschäftigen konnte, genau wie es ihm als Master zustand.

Doch leider musste er auch ihre Ängste aufzählen. Sie konnte es kaum ertragen, mit mehr als einem Mann allein zu sein, hatte auf den amerikanischen Akzent mit Panik reagiert, und sie versuchte alles, um bei Verstand zu bleiben, sogar wenn sie loslassen könnte.

Ob sie schlechte Erfahrungen mit einem dominanten Mann gemacht hatte, der Jähzorn und Kleinhalten mit einer gesunden Beziehung zwischen Sub und Dom verwechselte?

Wäre möglich, aber er glaubte es nicht. Sie verzehrte sich innerlich nach Lustschmerz, hatte sich diesbezüglich allerdings in ein Korsett gezwängt, aus dem es für sie aus eigener Kraft kein Entrinnen gab. Er hätte ihr gerade den Arsch versohlen können, und zwar so, dass es ihr überaus gefallen hätte. Doch diese Option hielt er sich für einen späteren Zeitpunkt offen. Das irische Sahnebonbon hatte bereits ausreichend Tagespunkte auf seiner Agenda, mit denen es sich auseinandersetzen musste. Im Gegensatz zu ihrem sonstigen Benehmen blieb ihr dieses Mal keine Wahl, als sich ihrem inneren Zwiespalt zu stellen. Nur dann würde Alexander sie zum Flughafen bringen, sofern sie das überhaupt wollte.

Er ging weitere Möglichkeiten durch und fragte sich erneut, ob sie vergewaltigt worden war. Von mehreren Männern? Oder war sie als Kind misshandelt worden? All das schien nicht zu passen. Sie schreckte weder vor ihm zurück, wenn er sich vor ihr aufbaute, um sie aus der Reserve zu locken, noch kauerte sie vor ihm. Etwas anderes musste geschehen sein. Iris hatte ihm versichert, dass Moira ihre Eltern wirklich liebte und ein inniges Verhältnis zu ihnen hatte. Soweit Iris wusste, existierte auch kein perverser Onkel in ihrem Leben. Was immer Moira plagte, er wollte mittlerweile unbedingt herausfinden, was es war. Er vermutete, dass das Ereignis einige Jahre zurücklag und sie sich danach grundlegend verändert hatte, so sehr, dass sie im Laufe der Zeit sich selbst davon überzeugt hatte, dem aufgezwungenen Ich zu entsprechen.

Ihr wahres Ich war allerdings nicht in Vergessenheit geraten und versuchte ständig, an die Oberfläche zu brechen. Doch sie kämpfte mit ihrer ganzen Willensstärke dagegen an, und dabei blieben ihr Herz, ihre Leidenschaft und ihre Seele auf der Strecke.

Jedoch analysierte er ebenso seine eigenen Emotionen. Er war fest davon überzeugt gewesen, dass er sich nach einer erfahrenen Sub sehnte, die selbstbewusst zu ihren Neigungen stand, genau wusste, was sie wollte, auch, was sie von ihm erwarten konnte. Eine, die er auf Anhieb einzuschätzen vermochte und die unbelastet von irgendwelchen unpassenden Vorfällen aus der Vergangenheit war. Das war ganz schön überheblich und egoistisch von ihm.

Und dann hatte er Moira gesehen, die auf ihn zugeschritten war. In einem Film hätte ein Sonnenstrahl auf sie geleuchtet, so stark war er auf sie fokussiert gewesen. Dazu dieser Körper, der an den Hüften rund wurde, mit Titten, die sicherlich ansprechend hüpften, während er sie fickte. Ihre hübsche, haarlose Pussy hatte sich jedenfalls gut unter seiner Hand angefühlt und ihm bestätigt, dass es ihm ziemlich leicht gelang, sie zu erregen. Moira war sehr nass gewesen. Aber dann hatte sie die Schnüre ihres Korsetts angezogen, bis sie fast erstickt wäre, nur damit sie die Kontrolle bewahrte.

Nächstes Mal würde er diesem Verhalten einen Riegel vorschieben. Doch dazu musste Moira sich auf den Parcours wagen.

Es klopfte an der Tür, und es war David, der sogleich hereinkam und sich auf einen der vier Stühle plumpsen ließ, die am kleinen Besprechungstisch vor einem der beiden Fenster standen.

„Hast du Lust auf einen Lauf? Ich muss ein wenig Energie loswerden", sagte David,

„Gerne." Sich auszupowern war genau das richtige Mittel, um über seine Emotionen Klarheit zu erlangen, falls das überhaupt möglich war.

„Ich hatte schon befürchtet, dich mit einem blauen Auge anzutreffen", sagte David, während er deutlich fies schmunzelte.

„Die Gefahr bestand, beziehungsweise besteht durchaus. Moira ist verständlicherweise ziemlich sauer, obwohl sie ihre Reaktionen bereits hinterfragt."

„Moira arbeitet im Moment?"

„Ja, sie sichtet gerade die Bilder."

„Wie ist deine Einschätzung?"

Alexander erzählte ihm, was er beobachtet hatte.

„Die Kleine ist kein überschaubar gestrickter Fall. Vorteilhaft ist jedoch, dass du genauso fasziniert von ihr bist wie sie von dir. Das vereinfacht alles um einiges."

Es machte keinen Sinn, Davids Beobachtungen abzustreiten. „Hat mich unvorbereitet erwischt."

„Das ist meistens so. Da bist du nicht allein. Treffen wir uns in einer halben Stunde an der Rezeption? Ich dachte an zehn Kilometer."

„Einverstanden." Die Erinnerung an ihren heißen Arsch folterte Alexander. Es gab so viele schöne Dinge, die er mit ihm anstellen könnte, sofern sie ihm genug vertraute, um es zuzulassen. Und seine Begierden lagen nicht allein auf ihrem verführerischen Körper. Alexander wollte nicht weniger als ihre Seele, denn nur so würde er sie vollkommen erobern, damit sie dann vollkommen loslassen konnte.

Reiß dich zusammen.

Ohne sie zu sehen, starrte Moira auf die Gemälde.

Du bist nur in einem BDSM-Resort gelandet und nicht in der Hölle.

Noch immer roch sie Alexander auf ihrer Haut, schmeckte ihn in ihrem Mund und spürte seine Hände auf ihrem Körper, so greifbar waren die Erinnerungen. Sie befürchtete, dass sie auch Wochen später nicht verblassen würden. Alexander hatte bereits seinen Stempel in ihrer Psyche hinterlassen. Sie konnte sich einfach nicht entscheiden, was sie empfinden sollte. Wut und Hilflosigkeit konnte Moira mit Leichtigkeit identifizieren, allerdings umschwirrte sie ein ganzes Arsenal gegensätzlicher Emotionen. Hoffnung war nur eine davon, Neugierde eine andere, und Lust eine unwillkommene, wobei Lust nicht der richtige Begriff war. Glühende Begierde hatte sie bei Alexanders Handlungen überwältigt, die dermaßen übermächtig gewesen war, dass sie ihren Zorn für eine kurze Zeit vergessen hatte. Ihr hochgradig dämlicher Triumph, dass es ihr schlussendlich doch gelungen war, sich an sich selbst festzuhalten, war schal und bitter gewesen, zudem in der Sekunde vollkommen erloschen, als Alexander ihr diese unfassbare Frage gestellt hatte.

War das der Orgasmus, den du schon immer haben wolltest?

Sie konnte nicht glauben, dass er sie punktgenau eingeschätzt hatte, obendrein keine Scheu besaß, seine ungeheuerlichen Beobachtungen auszusprechen. Würde man sie wirklich auf der *Insel* für drei Tage festhalten? Sollte sie nicht die Cops rufen, damit man sie rettete?

Dich retten! Wovor? Vor sich selbst kann man nicht bewahrt werden.

Ihr aufgebrachter Zustand hielt sie davon ab, sich hinzusetzen, obwohl ihre Beine sich wie Pudding anfühlten. Sie musste sofort aufhören sich wie ein hysterisches Huhn zu benehmen, das sich unvermittelt in einem Rudel Wölfe wiederfand. Wollte sie tatsächlich den Job hinwerfen, nur weil Iris das getan hatte, was niemand sich bisher getraut hatte, allen voran Moira selbst? Wollte sie die innige Freundschaft ins All schießen?

Nein, all das willst du nicht. Du möchtest dein Leben ändern, und zwar nicht nur auf dem Papier. Wenn nicht jetzt, wann dann?

Vielleicht würde sie die Situation, in die man sie ungefragt verfrachtet hatte, als absolut grauenvoll erachten, wenn nicht ausgerechnet Alexander sie vom Airport abgeholt und seine Zielsetzungen von vorn bis hinten durchgezogen hätte. Allerdings erklärte das nicht seine gewaltige Anziehungskraft. Ja, sie hatte von den Sullivans fantasiert, aber mit emotionalem Abstand und ohne irgendwelche realen Absichten.

Alexander jedoch war ein echter Mann für sie und offenbar sehr an ihr interessiert. Mit ihm würde nichts nur ein Fiebertraum bleiben. Er würde ihr wirklich den Arsch versohlen! Allein die bloße Vorstellung ließ sie jetzt doch auf die nächstbeste Couch plumpsen.

Es gab nur eine Möglichkeit, um ihrem Gedankenchaos wenigstens für den Moment Einhalt zu gebieten: Sie musste sich in die Arbeit knien, und genau das war es, was sie nach einigen Minuten tat. Zuerst öffnete sie eine der Schiebetüren, um Luft und die Geräusche der Natur hineinzulassen. Blätterrauschen war schon immer wie Balsam für ihre Seele gewesen und zurzeit brauchte sie einen Zehn-Kilogramm-Tiegel davon.

Mehrmals atmete sie tief durch, ehe sie das erste Bild umdrehte. Es war ein Rappe, der aus dem Dunklen hervortrat. Die Schattierungen und der Lichteinfall setzten das Pferd in Szene. Vorsichtig sortierte sie die Gemälde vor, die zum Glück auf leichte Keilrahmen gespannt und in Folie eingepackt waren. Mit ihrer Schönheit absorbierten die Bilder Moiras Bedenken, und sie verlor sich in der Aufgabe, bis sie aus dem Garten kommende Stimmen hörte, vielmehr war es ein Lachen, gefolgt von einem Kreischen. Moira konnte sich nicht beherrschen und lief hinaus auf die Terrasse. Zwei Männer jagten eine Frau, die die wilde Hatz offensichtlich sehr genoss, und das, obwohl sie nackt war, im Gegensatz zu den heißesten Zwillingen, die Moira jemals gesehen hatte.

Geh hinein!

Der Wille war irgendwo, doch ihre Beine gehorchten ihr ebenso wenig wie ihre Augen, die einfach nicht wegsehen konnten. Und es kam noch schlimmer. Einer der beiden Dunkelhaarigen bemerkte Moira und winkte ihr zu, als sie gebannt auf die Brüste der Frau starrte, die fröhlich auf und ab wippten, während ihr schwarzes Haar mit den hellblauen Strähnen hinter ihr her wehte. Der andere brachte sie auf dem Rasen zu Fall, indem er sie um die Taille packte und sie mit sich niederriss.

„Möchtest du mitmachen?", rief der Winker Moira zu, ehe er seinen Gürtel aus den Schlaufen zog und die beiden Enden mit einem wahrhaft lüsternen Grinsen umfasste. Sie drehten ihr strampelndes Opfer auf den Bauch, wobei der zweite ihr sein Knie zwischen die Schulterblätter presste.

„Jetzt kriegst du, wonach du dich verzehrst. Und nicht nur das, sondern auch ein bisschen mehr, sodass du deine Lektion nicht nach einem Tag vergisst." Und schon klatschte das Leder auf den Arsch der Frau, die seltsamerweise nicht sofort vor Schmerz aufschrie, sondern erst, nachdem er sie einige Male getroffen hatte.

Nun machten die Sicherheitsmaßnahmen so richtig Sinn für Moira. Warum schrie die Frau nicht das Safeword? Das musste höllisch wehtun. Ob sie eingreifen sollte? Durfte sie das? Wollte das Opfer das?

Sie ist doch gar kein Opfer! Sie ist nicht, was du damals gewesen bist!

Die Schreie gingen in ein Weinen über und dann in ein Flehen nach Gnade. Das reichte. Moira war es egal, ob das einvernehmlich geschah, auf sie wirkte das hochgradig ... erregend. Sie hatte abstoßend denken wollen, aber das war nicht richtig. Moira wirbelte herum und stieß auf Alexander, der sie mit steinerner Miene beobachtete.

Natürlich!

Wahrscheinlich formte sich bereits eine seiner dämlichen Fragen in seinem viel zu scharfen Verstand. Es ärgerte sie außerordentlich, dass er sie beim Spannen ertappt hatte und ihm selbstverständlich klar war, dass das Szenarium sie so angemacht hatte, dass ihr Höschen nass war. Sie hatte sogar vergessen, sich in ihre gewohnte Panik bei dem Anblick von zwei Männern zu retten, die eine Frau überwältigten.

Jedoch erwähnte er die Szene mit keinem Wort, und sie würde lieber Dreck fressen, als es selbst zu tun. Leider setzte ihr sein unerwartetes Schweigen weitaus mehr zu, als sie es sich zunächst eingestehen wollte. Die Stille von ihm war eine spürbare Wand, und das Klatschen sowie die Schreie der Frau machten es noch schlimmer. Alexander schien nicht im Geringsten überrascht über die Akteure zu sein und hielt offensichtlich auch ein Eingreifen für unnötig.

Stattdessen hatte er seine ganze Aufmerksamkeit auf Moira gerichtet.

Sie lechzte danach, ihm die spöttisch hochgezogenen Augenbrauen auszurupfen, vorzugsweise alle Härchen auf einmal. Als sie die Anspannung nicht mehr aushalten konnte, streckte Alexander ihr die Hand entgegen und Moira ergriff sie, als wäre das

das Natürlichste auf der Welt. Kaum berührte er sie, durchströmte sie ein warmes Gefühl und dieses Mal identifizierte sie es als einen Anflug von Vertrauen. Er zog sie nicht näher zu sich, sondern wartete, bis sie es von sich aus tat. Sobald sie nah genug stand, beugte er sich zu ihr runter und streifte mit seinen Lippen ihre Stirn, ehe er sie umarmte.

„Dein Herz schlägt wie verrückt, Irish. Liegt es an mir oder an Jack, Marcus und Ophelia, die du gerade so schamlos beobachtet hast? Oder ist es, weil ich dich erwischt habe und du nicht möchtest, dass ich weiß, wie heiß es dich gemacht hat?" Er sah ihr unverblümt in die Augen, und sie verkannte die Herausforderung, die in seinem Blick lauerte, nicht. „Du wirst mir antworten. Von jetzt an lasse ich kein Ausweichen mehr zu, egal, was schlussendlich aus uns beiden wird. Antworte mir oder ich ziehe dich aus und führe dich nackt zurück in deinen Bungalow. Und mittlerweile wimmelt es überall von Gästen, die einen hübschen und auch wilden Anblick durchaus zu schätzen wissen."

An einem anderen Ort, zu einem anderen Zeitpunkt und mit einem anderen Mann hätte sie ihm eine geknallt und ihn erbost gefragt, ob er völlig bescheuert sei. Aber vor allem hätte sie ihn nicht für voll genommen und eine derartige Ungeheuerlichkeit als den miesesten Machospruch des Jahrtausends abgetan.

„Meine Geduld ist nicht grenzenlos, Irish."

Vielleicht jedoch hatte sie Alexander auf ein zu hohes Podest gestellt und er spielte nur mit seiner Ausstrahlung, die zugegebenermaßen nicht einfach zu schlucken war. Ihre Logik und Wertvorstellungen konnten sich beim besten Willen nicht vorstellen, dass Alexander das wirklich durchziehen würde.

Das Gleiche galt für David, Alec und Iris. Und was war mit Olivia und Sienna? Sie würden bestimmt nicht zustimmen, dass Moira auf der *Insel* Gewalt angetan wurde, egal, wie die Ausrichtungen des Resorts waren.

Du besitzt eine Trumpfkarte! Wirf sie ihm vor die Füße. Mal sehen, wie weit sein angeblicher Ehrenkodex reicht.

„Du kannst dir deine Psychospielchen in die Haare schmieren, Alexander. Denn mehr sind sie nicht."

Eins musste sie ihm lassen, seine Reflexe waren feingeschliffen und kamen bestimmt bei seinen Liebchen an. Doch nicht bei ihr!

Lüge! Du bist eine Lügnerin, eine erbärmliche noch dazu.

Alexander packte sie und hatte ihr den Rock, der oben nur einen Gummizug besaß, bereits runtergezerrt, bevor sie realisierte, was er getan hatte.

„Rot, du blödes Arschloch."

Auf der Stelle ließ er sie los. Anstelle des erwarteten Triumphs fühlte sie sich niederträchtig, feige, und zu allem Überfluss brannten Tränen in ihren Augen.

Alexander trat zwei Schritte zurück. Moira wollte und konnte ihn nicht ansehen. Sie wusste ganz genau, wofür ein Safeword gedacht war, dass es etwas Besonderes war und mit Respekt behandelt werden musste, dass sie sich von jetzt auf gleich in die dämliche Moira zurückverwandelt hatte, die zu mutlos war, um auch nur einen Millimeter vom ausgetrampelten Pfad abzuweichen. Anscheinend waren die Furchen bereits so tief, dass sie es nicht mehr schaffte, sogar wenn sie es versuchte.

Sie rechnete damit, dass er wütend reagieren würde oder sie stehen ließe.

„Ich verstehe einen Hilfeschrei, sobald ich ihn höre, selbst wenn er in einer fremden Sprache erfolgt, Irish." Er hob den Arm und legte die Handfläche an ihre Wange, so beängstigend zärtlich. Das hätte er nicht tun sollen.

Das Brennen hinter ihren Lidern wurde so stark, dass sich die Tränen einfach ihren Weg bahnten. Sie wollte nicht vor ihm weinen, und doch war es das, was sie tat. Moira konnte nichts gegen den Gefühlsausbruch tun.

Alexander blieb ruhig stehen, wartete geduldig, bis sie sich so weit unter Kontrolle hatte, dass sie einen tiefen Atemzug nehmen konnte.

„Sieh mich an, Moira. Bitte."

Moira ahnte, dass er dieses Wort nicht oft sagte, schon gar nicht, nachdem sich sein Gegenüber derartig unmöglich aufgeführt hatte. Ihr Zorn löste sich in Rauch auf, nicht nur das, sie verstand ihn nicht mehr.

„Es tut mir leid." Und das aus tiefstem Herzen.

„Versprichst du mir, dass wir über das, was gerade geschehen ist, reden? Allerdings zu einem späteren Zeitpunkt, wenn du gründlich darüber nachgedacht hast und emotional nicht ganz so verletzlich bist."

„Wenigstens sperrst du mich nicht als Erziehungsmaßnahme in einen Wandschrank, aus dem ich erst wieder rauskommen darf, wenn ich mich entschuldige."

„Ah, Irish. Das ist auf der *Insel* durchaus ein Mittel der Wahl."

Sie sollte ihn besser nicht auf dumme Ideen bringen.

Sobald sie seinen Blick traf, konnte sie ihn nicht mehr losreißen. „Ich verspreche es dir. Du bist nicht wütend auf mich?"

„Dazu gibt es keinen Grund. Nichts ist geschehen, was wir beide nicht wieder in Ordnung bringen könnten. Zusammen."

Das hörte sich verdammt gut an.

„Möchtest du mit mir essen? Du hast einen anstrengenden Tag hinter dir, und das nicht nur wegen deines Jobs. Ein ruhiger Abend, den wir auf der Veranda ausklingen lassen, mit Wein und dem besten Pastasalat und den leckersten Blätterteigrollen, die du jemals gekostet hast."

„Sehr gerne."

Alexander ging vor ihr in die Hocke und zog den Rock hoch. Anschließend küsste er sie leicht auf den Mund. „Ich bringe dich zu deinem Bungalow und komme in einer Stunde mit einem gefüllten Korb zurück. Deal?"

„Als hätte ich eine andere Wahl, als dem zuzustimmen."

„Allmählich begreifst du es." Und dann lächelte er sie an, und das war ganz und gar nicht beruhigend, weil es sie aufwühlte, dieses sexy Anheben seiner Mundwinkel, das sich bis in seine grauen Augen spiegelte.

Oh Mann!

Kapitel 5

Zwei Tage später

Alexander wartete im Ausstellungsraum auf Moira. Heute wollte er die Fronten endgültig klären und dabei würden Violas Bilder ihm und vor allem ihr helfen. Wie sie sich schlussendlich entscheiden würde, stand in der Schwebe. Jedes Mal, wenn sie zusammen waren, spürte er ihr Sehnen nach einer Veränderung der eigenen Persönlichkeit. Aber der Wunsch nach einem Wandel und ihn wirklich durchzuziehen, waren zwei sehr unterschiedliche Paar Schuhe.

Um erfolgreich zu sein, musste sie sich zuerst ihren Dämonen stellen. Für Außenstehende hörte sich das immer so simpel an, als ob man einen Schalter im Kopf umlegen konnte und dann würde einem alles aus dem Mund sprudeln. Doch viele Geheimnisse waren so tief und gründlich vergraben, dass sie sich allen Versuchen zum Trotz nicht an die Oberfläche zerren ließen. Allein schaffte man es einfach nicht, und sich einer zweiten Person anzuvertrauen war eine Klippe, die mit Glasscherben und Stacheldraht versehen war, an denen man sich Verletzungen zuziehen konnte, die nie wieder heilen würden.

Manchmal fiel das mit einer fremden Person leichter. Iris hatte diesen Zustand in Moira genau richtig gedeutet und um Hilfe ersucht, wo Irish es nicht konnte. Auch ein Psychiater stellte nicht immer das beste Mittel der Wahl dar. Außerdem war es schwierig, einen zu finden, der zu einem passte. Olivia war es so ergangen. Erst David konnte ihr wirklich helfen und sie schlussendlich heilen. Das funktionierte natürlich nicht von heute auf morgen, doch mit jedem Tag ging es seiner Schwester besser.

Alexander studierte das Gemälde vor sich und er versank in dem Anblick. Viola hatte ihr Augenmerk nicht auf nackte Tatsachen gelegt, sondern auf die Körpersprache der beiden Liebenden, das Vertrauen, das sie gegenseitig in sich hatten. Sie kniete seitlich zum Betrachter, gekleidet in ein Satinkleid mit hohen Seitenschlitzen und schmalen Trägern. Er hatte die Handfläche unter ihr Kinn gelegt und starrte mit einer Intensität auf sie herab, dass Alexander eine Gänsehaut bekam. Er wollte, dass Moira sich wie die devote Rothaarige auf dem Bild fühlte. Es war ihm nicht leicht gefallen, sich zurückzuhalten und sich in den letzten beiden Tagen wie ein Mann aufzuführen, der lediglich blütenreine Vanillaabsichten hegte. Ihn zog es auf die dunkle Seite. Moira erging es ähnlich, doch sie musste den ersten Schritt in diese Richtung machen.

Richard hatte Carolina damals gezwungen, zu laufen, und bei ihr war es die richtige Vorgehensweise gewesen. Ihre Ehe war zerstört gewesen, obwohl sie sich über alles geliebt hatten. Beinahe wäre das nicht genug gewesen. Und das alles, weil sie sich nicht getraut hatten, ihre Begierden offenzulegen. Bei Moira lag der Fall jedoch ganz anders.

Er hörte ihre zaghaften Schritte, als sie sich dem Raum näherte. Sie blieb im Türrahmen stehen. Ihr Anblick raubte ihm den Atem, nicht weil sie sich besonders zurechtgemacht hatte, sondern einfach aus dem Grund, dass sie es war. Moira hatte ihre Haare hochgesteckt, trug ein schlichtes schwarzes

Kleid und Sandalen. Das erste Mal hatte sie Schmuck umgelegt. Es war ein silbernes Kreuz, das an einer filigranen Kette befestigt war. Ob das ein Statement war? Wollte sie, dass er sie an ein ziemlich unchristliches Kreuz fixierte?

Das wäre eine Tat ganz nach seinem Geschmack. In diesem Moment überfiel ihn ein in jeder Beziehung unerwartetes Gefühl: Angst, dass sie ihn nicht wollte, dass die Furcht, ihm Vertrauen zu schenken, zu gewaltig war, um sie zu überwinden, dass sie ein Leben im Schatten bevorzugte, anstatt sich der wahren Moira zu stellen, dass sie niemals strahlen wollte, weil es der bequemere, wenn auch der unbefriedigendere Weg war. Sie wäre nicht die Erste, die ihre festgezurrte Reise irgendwann bereute, die nur die Touristenhochburgen abdeckte und nicht die weiten, unberührten Täler und Berge. Doch dann wäre es längst zu spät für sie.

Ängstlich, aber ebenso erwartungsvoll musterte sie ihn, und ihre rechte Hand griff nach dem Kreuz, um es festzuhalten. Die vorbeischleichenden Sekunden marterten seine Geduld.

Moira nahm sich die paar Momente, um sich absolut sicher zu sein, dass sie gleich einfach nach vorn springen würde, um sich aus der erstickenden Masse, die ihr Leben geworden war, zu befreien. Nie war sie mit Alexander in den letzten beiden Tagen nach dem gemeinsamen Abendessen allein gewesen, doch jetzt wartete er auf sie, ihre Entscheidung und sicherlich auch darauf, sie übers Knie zu legen. Verdient hatte sie es. Sie alle hatten zusammengearbeitet, um sie reinzulegen, hatten ihr den Fluchtweg von Anfang an gekappt, ihr kein Loch gelassen, aus dem sie schlüpfen konnte.

Verfluchte Sullivans!

Verfluchte Iris!

Verfluchter David!

Und jetzt galt das Interesse Alexanders, der seinen Namen zu Recht trug, nur ihr. Lässig lehnte er mit der Hüfte an der Wand. Ihm traute sie es zu, ein ganzes Land zu erobern. Was würde er erst mir ihr anstellen?

Moira wollte sich bewegen, aber sie konnte es nicht, obwohl noch keine Fesseln sie daran hinderten. Ihr Atem kam in Schüben, und dieses Mal würde er es nicht zulassen, dass sie sich selbst verleugnete. Das Safeword, das ein Heiligtum an diesem Ort darstellte, würde sie nicht aus ihrer Lage befreien, denn sie hatte es mit Füßen getreten, genau wie sie es all die Jahre mit ihren Bedürfnissen getan hatte.

„Was nutzt dir all der Schmerz, wenn du ihn für dich behältst?", fragte er mit einer Stimme, die weich wie Samt und gleichzeitig hart wie Stahl war. „Teile ihn mit mir, Moira, damit er an Bedeutung gewinnt, er nicht sinnlos in dir vergraben bleibt, bis du ihn auf ewig mit dir nimmst, ohne dich jemals davon zu befreien."

Wie schaffte er es nur, eine dermaßen eindringliche Präsenz zu haben, obwohl mehrere Meter sie voneinander trennten, sie sich einbildete, seine Aufmerksamkeit auf jedem Millimeter ihres Körpers fassbar zu spüren? Plötzlich wünschte Moira sich, dass er sie entkleidete, bis sie nackt vor ihm stand, oder noch besser: vor ihm kniete.

„Hilf mir", wisperte sie.

„Komm her zu mir, Irish. Ich beiße nicht. Noch nicht."

Kein Spott lag in seinem Blick, als sie es endlich schaffte, sich in Bewegung zu setzen, auf Beinen, die sie kaum aufrecht hielten. Sie spürte den leichtesten Windhauch, merkte sogar, wie sie blinzelte, atmete, wie ihr Herz schlug und das Blut durch ihre Venen surrte. Warum nur machten ihre Schuhe so einen Krach auf dem Boden? Sie zuckte innerlich jedes Mal zusammen, sobald die Absätze auf das Parkett trafen. Ob er ihre Unsicherheit erfasste?

Natürlich tut er das! Wenn du dich in seine fähigen Hände begibst, ist Schluss mit dem Verstellen, dem Leugnen und dem Verstecken.

Das erschien ihr jedoch nicht erschreckend, stattdessen erleichternd. Sobald sie Alexander erreichte, stellte er sich gerade hin. Sie wünschte sich, dass er sie berühren würde, doch es war zunächst nur sein Blick, der das tat. Ihr lief eine Gänsehaut über den Körper. Alexander zog sie dicht zu sich heran. Moira schmiegte sich gegen ihn. Es fühlte sich an, als wäre sie nach einem langen, schrecklichen, einsamen Urlaub endlich nach Hause gekommen. Die sie umhüllende Wärme lag nicht nur an seiner Körpertemperatur, sondern an Alexander selbst. Er hielt so viele Möglichkeiten für sie bereit. Moira sehnte sich danach, jede einzelne auszuschöpfen.

„Was wirst du jetzt mit mir machen?"

„Alles, was du brauchst, Irish. Zunächst loten wir deine Tabus aus, und dazu betrachten wir Violas Bilder."

Bestand sie nicht nur aus Tabus, Einschränkungen und Feigheit? Doch dann sickerten die Wörter bis in ihren Verstand vor. Er würde ihr geben, was sie brauchte, nicht das, was sie angeblich wollte, denn schließlich war dieses Wollen bei ihr nur eine staubige Schicht, die sich über die Jahre in einen Panzer aus gebranntem Lehm verwandelt hatte. Darin gefangen konnte sie keine befreienden Bewegungen machen, nicht durchatmen und er hatte recht mit ihrem Schmerz: Er war bedeutungslos, wenn sie ihm keine Stimme verlieh.

„Wir fangen mit diesem Bild an." Er schob sie vor sich und hielt sie umfangen, sodass sie beide das Gemälde ansehen konnte. „Was siehst du?"

„Das sind Kim und Dean."

„Mein Fehler. Ich will nicht wissen, was du mit den Augen siehst, sondern mit dem Herzen. Kein Ausweichen mehr, Moira. Solltest du das erneut machen, bestrafe ich dich. Und das ist mitnichten eine leere Drohung. Du wirst dich auch nicht mit dem Safeword aus der Affäre ziehen, denn ab jetzt wirst du unser Verhältnis mit Respekt behandeln und mir sowie dir selbst den nötigen Respekt erweisen. Sind wir uns einig in diesem Punkt?"

„Ja."

„Ja, was?"

Oh!

„Ja, Master." Irgendwie besiegelte das Aussprechen seines Titels den Pakt. Ihr Herzschlag reagierte mit einem wilden Pochen darauf, denn jetzt begann das Spiel mit ihm, das Spiel zwischen Master und Sub, Dominanz und Unterwerfung, Lust und Schmerz. Jedoch wusste sie, dass Alexander das

Spiel bitterernst nahm und ihr Wohlergehen nicht leichtfertig in die Waagschale werfen würde.

„Ich mag es, wie dein Körper sich gebärdet, und das ist erst der Anfang, Irish", wisperte er an ihrem Ohr. Gänsehaut breitete sich aus, und sie erschauerte deutlich, was ihn leise lachen ließ. „Und jetzt will ich dich, Moira, und damit meine ich nicht nur deinen wunderschönen Leib. Also fang an. Und es ist nicht nötig, jedes Mal Master zu sagen. Nur, wenn es passt."

Er fand sie wunderschön! Moira sprangen Tränen in die Augen, und sie blinzelte mehrere Male, um sie zu vertreiben.

„Zwischen den beiden ist das Vertrauen spürbar, durch die Art, wie Kim zu Dean aufsieht. Ihre Körperhaltung ist anmutig, aber nicht angespannt, und sie scheint seine Berührung überaus zu brauchen. Dean sieht auf sie voller Stolz und besitzergreifend herab, ist sich seines Status sicher und weiß, dass er das Recht hat, alles mit ihr zu machen, was ihr guttut. Sogar ... sogar wenn es schmerzvoll ist."

„Hast du Angst vor Schmerzen?"

Dadurch, dass er hinter ihr stand, fiel es ihr leichter, ihr Inneres nach außen zu kehren, und erst jetzt wurde ihr bewusst, dass seine Handlungen wohldurchdacht waren.

„Nein. Ich meine ..." Sie stieß einen hektischen Atemzug aus. „Ich habe keine Angst vor Schmerzen, die mir aus Vergnügen und ... und Zuneigung geschenkt werden."

Hörte sich das nicht total dämlich an?

„Ich verspreche dir, Irish, wenn ich deinem Fleisch Pein zufüge, wird es niemals aus Zorn geschehen.

Ich werde es genießen und du auch, sofern du es dir verdient hast." Verführerisch rieselten die Worte durch ihr Bewusstsein und erweckten ein sehnsuchtsvolles Kribbeln in ihrem Geschlecht. Sie spürte, dass ihre Nippel hart wurden und die Muskeln in ihrem Bauch flatterten.

Er schob sie zum nächsten Bild, das er ausgesucht hatte. Bei diesem lag die Sub seitlich zum Betrachter auf dem Boden, mit gefesselten Handgelenken, die hinter ihrem Kopf waren, bekleidet mit einem dünnen Gewand, durch das ihre Brustwarzen schimmerten. Ihre Beine waren gespreizt, die Ansicht offen für ihren Master, der als Schatten auf sie fiel. Das war sehr geschickt, denn er konnte sehen, was man als Zuschauer nur erahnen konnte. Neben ihr lag eine schwarze Gerte mit einem geflochtenen Griff und einer Klatsche am Ende. Wie würde es sein, sie auf ihrem Körper zu spüren? Moira leckte sich über die Lippen und wünschte sich, sie und Alexander könnten den Platz mit den Akteuren auf dem Gemälde tauschen.

„Nun?"

Sie war so versunken in ihren Gedanken, dass sie zusammenzuckte.

„Die moderne Frau in mir versucht, mir einzureden, dass es erniedrigend ist, vor dem Mann auf dem Fußboden zu liegen, dass ich mich angeekelt fühlen müsste. Aber das Gegenteil ist der Fall. Ich finde es erregend, sich einem Mann … Master auf diese Weise darzubieten, hilflos, nicht wissend, was genau seine Absichten sind."

„Unterwerfung ängstigt dich also nicht?"

„Nein." Eigentlich war sie bis vor ein paar Sekunden der festen Überzeugung, dass dem so wäre. Doch sich anzubieten, war nicht das, was ihr aufs Äußerste zusetzte.

„Und die Gerte?"

„Sie ist wunderschön."

Alexander kommentierte ihre Äußerung nicht und schob sie auf das nächste Bild zu. Die Gemälde, die er für sie gewählt hatte, hingen nicht nebeneinander. Er hatte sich offensichtlich im Vorfeld sehr gründlich überlegt, wie er vorgehen wollte. Das war beruhigend und beunruhigend zugleich, weil es ihr verdeutlichte, dass er sie bereits zu einem großen Teil lesen konnte.

Beim nächsten Bild musste sie kurz die Augen schließen, da es sie tief berührte. Es waren Sally und Miles. Er stand genauso hinter Sally, wie Alexander es bei ihr tat, doch Miles umfasste mit einer Hand Sally Kehle, auf eine derart liebevolle Weise, dass Moira schon wieder beinahe in Tränen ausgebrochen wäre. Dieses Mal war das Pärchen dem Betrachter zugewandt. Miles schien einen direkt anzublicken. Sally hatte die Lider niedergeschlagen. Ihre ganze Haltung drückte allerdings nur eines aus: eine Mischung aus absoluter Liebe, absolutem Vertrauen und absoluter Hingabe. Sally wusste, dass ihr Master ihr niemals Leid zufügen würde, egal, was er mit ihr anstellte.

Wie musste es sein, eine dermaßen eindringliche Verbundenheit zu einem anderen Menschen zu fühlen? Das hatte Moira sich bis jetzt nicht nur versagt, sie hatte auch vehement versucht, sich davon zu überzeugen, dass sie das unter keinen Umständen wollte.

Der Irrtum ihres Lebens. Wie wäre es, mit Alexander … Sie schnitt den Gedanken ab, denn das würde niemals geschehen. Selbst wenn sie sich ihm in seiner Rolle als Master hingab, würde Liebe nicht im Spiel sein.

„Ihre Zuneigung füreinander lässt mich weinen, so erschütternd ist es zu sehen, was zwei Menschen miteinander teilen können, wenn sie es nur zulassen."

Falls er jetzt etwas sagte, würde sie sich in einen heulenden Haufen verwandeln, doch Alexander blieb stumm, führte sie stattdessen auf Sean und Hazel zu. Die Stimmung war eine ganz andere. Sie kniete vor Sean mit dem Rücken zu ihm und beide blickten einen an. Er packte ihr Haar und sein Blick war so dominant und maskulin, dass Moiras Unterleib mit purer weiblicher Gier darauf reagierte. Hazels Ausstrahlung war das Gegenteil von devot: Frech und aufmüpfig starrte sie nach vorn, anscheinend unbeeindruckt von der harten Hand ihres Masters. Allerdings ahnte Moira, dass dies lediglich eine Fassade war, die Sean jede Sekunde nicht nur einreißen konnte, sondern es selbstverständlich tun würde. Danach sah Hazel sicherlich anders aus.

„Mir scheint, dass du auch keine Angst vor einer erbarmungsloseren Gangart hast." Alexanders Lippen streiften die Seite ihres Halses, und sie wünschte sich mittlerweile, dass er ihr die Klamotten vom Leib reißen und sie hier und jetzt ficken würde. „Gut zu wissen."

Die Tour war leider noch nicht beendet, denn er führte sie zu der entgegengesetzten Wand des Raums. Moira hatte gedacht, dass sie sich gekonnter im Griff hätte, doch dass dem keineswegs so war, bestätigten Alexanders Worte.

„Dieses Szenario ängstigt dich. Du bist richtiggehend für ein paar Sekunden erstarrt, ehe du deinen Reflex kontrolliert hast."

An den Schultern drehte er sie um, und sie wusste es besser, als nur seinen Brustkorb zu mustern. Da lag nichts Mitleidiges oder Geringschätziges in den grauen Tiefen seiner Augen, stattdessen waren es Wärme und Verständnis, die sie erspähte. Er analysierte zwar ihre Reaktionen, aber er wertete sie nicht, um sie niederzumachen. Das taten leider viele Menschen, wenn man sich ihnen offenbarte. Sie konnten nicht verstehen, dass man anders war als sie, dass man keine grüne Hose anziehen wollte, nur weil sie das toll fanden. Alexander fühlte sich in sie hinein, anstatt ihr seine Gefühle aufzudrängen.

Sie erkannte in diesem Augenblick, dass es verdammt einfach wäre, sich in ihn zu verlieben.

„Drei Männer versetzen dich in Panik."

Das war keine Frage, daher sagte sie auch nichts dazu. Ihre Kehle war sowieso dermaßen zugeschnürt, dass sie kaum atmen konnte.

„Sachte, Baby. Das kommt auf deine Tabuliste. Du wirst nur mit mir vorliebnehmen müssen. Zwei Hände reichen für dich, okay?"

Moira nickte zwar, allerdings hatte sie Angst davor, dass er jetzt nachbohren würde. Obwohl sie ihm alles sagen wollte, würde es sie überfordern.

„Was hältst du von diesem hier?" Er stellte sie vor eine wundervoll gemalte riesige Rose, an der Wassertropfen abperlten, die so echt wirkten, dass Moira zweimal hinsehen musste, um sich davon zu überzeugen, dass sie es nicht waren.

„Sie ist sehr nass."

Alexander lachte laut, und das versetzte ihr einen Stich, da es ihr verdeutlichte, dass dieser Mann aus vielen Facetten bestand und sie nur unzureichend Zeit zur Verfügung hatte, um sie alle zu erforschen.

„Welches ist dein Lieblingsbild?", fragte er unvermittelt.

Sie könnte jetzt auf Nummer sichergehen und ihm das Pferdebild zeigen, das sie so schön fand. Aber das wäre eine Lüge, ein Ausweichen, und das konnte er nicht ungestraft lassen. Fraglos würde er ein derartiges Verhalten auf der Stelle erkennen. Und genau das erregte sie!

Sie hatte sich auf einen Deal mit einem Mann eingelassen, der bisher nur in ihren Fantasien existiert hatte, wie ein Vampir, der es zum Glück nicht in die Realität schaffte. Doch Alexander sprengte ihre ursprüngliche Vorstellung der Realität. Bei Weitem! Sie wünschte sich, dass es ein anderes Bild wäre, aber nein, es war eins mit Iris, die über den Knien von Tom lag, das Gesicht tränenüberströmt, der Po gerötet, und das machte Moira an, obwohl sie sich dafür in Grund und Boden schämte. Es war nicht richtig, sich an dem Leid der Freundin aufzugeilen. Trotzdem konnte Moira nichts dagegen tun. Da war etwas Wildes, beinahe Primitives an der Szene und dennoch war sie zugleich ergreifend, wunderschön und berührend.

Sie zeigte auf das Bild und er lächelte sie wissend an.

„Wie sehr macht dich das an?"

„Sehr, Master."

„Möchtest du, dass ich dich durch Schmerz zum Weinen bringe, um dich anschließend vor Lust schreien zu lassen?"

Das wollte sie mehr als alles andere, jedoch bezweifelte sie, dass es ihm gelingen würde, denn vorher würden ihre Schutzmechanismen an ihren Platz klicken und sie wäre zurück in der Hülle, die sie von der Moira fernhielt, die sie vor langer Zeit gewesen war.

„Ja", wisperte sie.

„Eins müssen wir noch klären. Wenn ich dich ficke, mit oder ohne Kondom? Ich habe erst letzte Woche einen Test machen lassen und bei mir ist alles in Ordnung. Verhütest du?"

„Ich habe schon seit Ewigkeiten keinen Sex mehr gehabt, nehme allerdings die Pille. Man weiß ja nie ..." Sie biss sich auf die Unterlippe. Und ... und bevor ich hierhergefahren bin, war ich auch beim Arzt und habe mich durchchecken lassen. Alles ist okay."

Alexander musterte das gerötete Gesicht der kleinen Sub, die vor ihm stand und das eigene Potenzial verkannte. Natürlich glaubte sie felsenfest, dass sie vor ihm sicher war. Allerdings hatte sie keine Ahnung davon, was Schmerz und Lust mit ihr machen konnten, wenn er es darauf anlegte. Er könnte sie mit etwas Mühe heute dazu bringen, ihm zu erzählen, was mit ihr geschehen war, aber das wäre ein zu krudes Vorgehen. Sie brauchte Zeit, um Vertrauen aufzubauen, und die würde er ihr auch gewähren.

„Ich möchte dich mit in meinen Bungalow nehmen." Das hatte er noch nie gemacht, eine Sub mit in sein persönliches Reich genommen. Doch das war es, was er wollte. Sie benötigte eine private Session, und das deckte sich mit seinen Wünschen. Normalerweise spielte er gern vor Zuschauern, jedoch würde das Moira gründlich überfordern, ebenso eines der intimen Spielzimmer.

Da wären sie zwar unter sich, aber dennoch unter Beobachtung. Kameras zeichneten alles auf, um sicherzustellen, dass auf der *Insel* in den öffentlich zugänglichen Bereichen nichts geschah, was hier nicht geschehen sollte. Die Aufnahmen wurden nach Abreise der Gäste gelöscht, nachdem sie schriftlich zugesichert hatten, dass Körper und Seele unbeschadet waren. Der Raum war besser gesichert als Fort Knox, und Joe, David, Alec und Alexander waren die Einzigen, die ihn betreten durften. Ausnahmen gab es nicht.

Moira schluckte so hart, dass er es sehen konnte. Anscheinend spürte sie das Besondere der Situation.

„Und dann tust du mir weh?"

„Vielleicht. Sollen wir?"

„Ja, Master."

Er legte den Arm um ihre Schultern und brachte sie durch den Hinterausgang nach draußen. Ablenkungen würden sie nur verunsichern.

„Darf ich dir eine Frage stellen?", wollte sie wissen, nachdem sie die Hälfte des Weges zurückgelegt hatten.

„Nur zu."

„Gibt es für dich Tabus?"

„Selbstverständlich. Ich mag weder Fäkalien noch Urin, keine Spiele mit Blut und stehe auch nicht darauf, den devoten Part mit Erniedrigungen zum Heulen zu bringen, sodass sie zusammenbricht und nicht verstehen kann, warum ich das mache. Alles, was zu extrem ist und was man wirklich nur genießen kann, wenn man ganz genau weiß, dass man das mag. Die Welt des SM ist breit gefächert, und so einiges ist gefährlich und lediglich für wenige geeignet."

Ihm war nicht verborgen geblieben, dass sie bei dem Wort Urin zusammengezuckt war.

„Aber woher weißt du, dass du das nicht magst? Und was ist, wenn die Sub das möchte?"

„Indem ich tief in mich hineinhorche und auf das höre, was mein Verstand und mein Bauchgefühl mir sagen. Außerdem schließe ich von vornerein solche Begehrlichkeiten aus. Wenn eine devote Frau das möchte, muss sie sich einen Master suchen, der ihr gibt, was sie will."

„Und falls sie nicht weiß, was sie will? Ich ..." Verunsichert drehte sie sich ihm zu, sodass er stehen blieb.

„Ich bin ein erfahrener Dominanter, und wir finden gemeinsam heraus, was für dich das Richtige ist. Sei dir jedoch sicher, dass ich dich des Öfteren aus deiner Wohlfühlzone stoßen werde, um zu dir vorzudringen. Aber bei allem gilt das Safeword. Doch du wirst es niemals wieder aus Zorn gebrauchen, nicht wahr?"

„Ich verspreche es."

Sie erreichten seinen Bungalow, der zwischen Davids und Alecs stand, allerdings mit genügend Abstand, um Privatsphäre zu gewährleisten.

„Sobald die Tür hinter uns ins Schloss fällt, beginnt das Spiel. Alles, was du von dem Moment an tust oder sagst, hat Konsequenzen, die zart oder hart sein können. Das ist dir klar?"

Sie nickte und er sah sie mahnend an.

„Ich verstehe und akzeptiere, Master."

Erleichterung schwang in ihrer Stimme, denn sie verstand, dass ihre einsame Reise ein Ende genommen hatte. Bis zu diesem Zeitpunkt war ihr Ziel ein verschwommenes Bild gewesen, das jetzt allerdings gestochen scharf in jedem Detail erstrahlte. Auch für sie. Er drehte an dem Knauf und hielt anschließend einladend die Tür auf. Moira lief an ihm vorbei, wobei ihre Haltung zwar Anmut und Entschlossenheit ausdrückte, doch ihm gelang es, an beidem vorbeizuspähen, was ehrlich gesagt nicht schwer war. Ihre Hände zitterten und sie atmete viel zu schnell. Er begrüßte ihre Aufgewühltheit, denn zu unerschütterlich sollte eine Sub sich nie fühlen. Geborgen und sicher schon, aber niemals zu geerdet.

Das Klicken des Schlosses ließ sie zusammenzucken, sodass er sich ein Lächeln verkneifen musste. „Stell dich auf den Teppich und zieh dich aus. Für mich! Die Schuhe kannst du bereits hier abstreifen."

Sie warf ihm einen Blick zu, den er mit steinerner Miene erwiderte. Zugegebenermaßen fiel es ihm schwer, weil sie niedlich, aufmüpfig und zugleich devot war. Jedoch konnte sie mit der dritten Eigenschaft nicht viel anfangen. Noch nicht! Sie schlug die Lider nieder. Wenn er ihre momentane Körpersprache in Betracht zog, trat sie den Gang nach Canossa an, sobald sie barfuß war. Dennoch gehorchte sie ihm. Er hätte sie auch küssen, nebenbei entkleiden können, doch das wäre zu einfach für sie. Moira sollte sich bewusstwerden, dass sie ihm gehörte, zumindest während der Session.

Mittlerweile stand sie auf dem hellbraunen runden Teppich, der zu den Gardinen und Kissen passte. Die Möbel waren cremefarben und die Couch bequem, praktisch, und wahrscheinlich würde Moira die erste Frau sein, die er darauf ficken würde, je nachdem, wie sich die Szene entwickelte.

Und jetzt überraschte sie ihn! Denn sie entledigte sich des Kleides nicht ungelenk, sondern mit Eleganz. Sie schwang die Hüften, fasste an den Saum und streckte die Arme nach oben. Sein Schwanz wurde auf der Stelle hart. Sie trug weiße Unterwäsche, die unschuldig und zugleich verrucht war mit der durchsichtigen Spitze und dem knappen Schnitt. Die Dessous passten zu ihr.

Vielleicht sollte er sie das nächste Mal in zehn Lagen kleiden, denn das würde ihren verführerischen Bewegungen gerecht werden. Sie warf das Kleid zu Boden. Moira schaute ihm direkt in die Augen, als sie die Träger des BHs von den Schultern streifte und dann mit den Händen an das Vorderteil des BHs fasste. Überraschenderweise hatte sie ein Tattoo auf der rechten Seite ihrer Taille. Dort war die Haut besonders empfindlich und das Stechen musste schmerzhaft gewesen sein. Blutrote Rosen rankten sich an dieser Stelle, und wer immer das gemacht hatte, verstand sein Werk.

„Warte! Heb die Arme noch einmal an und dreh dich für mich."

Ohne zu zögern, tat Moira es. Sie sah von allen Seiten gut aus, und ihr Po war genau so, wie er es bevorzugte. Ärsche durften ruhig üppiger sein, was sie bei Frauen auch fast immer waren. Ihre Hüften und Taille wiesen diese Rundungen auf, die nicht nur sein Auge erfreuten. Sie war perfekt! Für ihn.

Sie öffnete den BH und er fiel zu Boden. Ihre Brüste sackten ein wenig nach unten. Das silberne Kreuz lag genau am Ansatz ihres Busens. Sie hakte die Daumen unter den Bund ihres Höschens und streifte es ab. Nackt stand sie vor ihm. Manchmal wünschte er sich, dass er ein Mann mit simplen Vorlieben wäre, denn dann würde er sie einfach über die Lehne der Couch beugen, um sie zu vögeln. Sein Schwanz wollte das zu gerne, doch auf ihn zu hören, war in den seltensten Fällen vorteilhaft.

Sein Verstand gierte nach einer raffinierteren Verführung und würde sich nicht mit einem „Rein-Raus" zufriedengeben. Das wäre nur ein kurzfristiges und im Nachhinein unbefriedigendes Vergnügen.

„Leg dich hin, auf den Rücken, und spreiz deine Beine."

Moira gehorchte. Ihr Brustkorb hob und senkte sich unter ihren schnellen Atemzügen. Sicherlich schlug ihr Herz in einem ebenso wilden Takt.

„Schließ die Augen, und es wäre sehr ungünstig für dich, falls ich diesen Befehl wiederholen muss."

Alexander trat langsam an sie heran. Da auch er sich die Schuhe ausgezogen hatte, machten seine Sohlen kein Geräusch. Er stellte sich vor sie, sodass er ihr genau zwischen die Beine starren konnte, und das war es auch, was er tat. Sie hatte eine hübsche kleine Pussy, die sie offensichtlich epiliert oder gewachst hatte. Moira war demnach nicht zimperlich, das würde er berücksichtigen bei dem Grad des Schmerzes, den er ihr zufügen würde. Unerfahrene Subs unterschätzten oft Befehle, die sich im ersten Augenblick einfach anhörten.

Doch ihr Vertrauen zu beweisen, indem sie nicht sehen konnte, was er machte, war alles andere als simpel für Moira. Mit einer Binde wäre es so viel leichter für sie. Moira verkrampfte ihre Finger, während sie darauf wartete, dass er ihr etwas antat. Alexander begnügte sich jedoch damit, ihre Unsicherheit und Nervosität zu trinken, als wären sie ein köstlicher Wein. Er labte sich daran. Ihr Atem beschleunigte sich, je länger es andauerte. Und nicht nur das! Ihre Schamlippen waren ebenso geschwollen, wie es ihre Klit war. Nässe glitzerte in der Sonne, die durch das bodentiefe Fenster fiel.

„Umfass deine Knöchel und zieh die Knie an die Brust", sagte er mit sanfter Stimme, die sie allerdings nicht täuschte. Das tat dieser Tonfall selten. Dennoch rührte sie sich nicht.

Nun wusste sie, wo er stand, und das ließ ihre Wangen hübsch leuchten. „Das war keine Bitte. Ich würde ungern das gemächliche Tempo schon jetzt beschleunigen, doch du bist kurz davor, meine andere Seite kennenzulernen, obwohl du sicherlich noch nicht für sie bereit bist. Im Gegensatz zu mir." Als dominanter und auch hin und wieder sadistisch veranlagter Mann hatte er nie etwas dagegen, eine

Sub durch einen schmerzenden, hübschen roten Arsch in ihre Schranken zu weisen.

Das verfehlte niemals die Wirkung, denn schließlich konnte man dieses Mittel in allen erdenklichen Formen und zeitlichen Längen einsetzen. Bei manchen musste man sich mehr Mühe geben als bei anderen. Alec zum Beispiel hatte des Öfteren mehr zu tun, im Vergleich zu einem durchschnittlichen Master.

Inzwischen war Moira in der von ihm gewünschten Stellung, sodass er auch ihren Anus betrachten konnte.

„Hübsch. Hast du schon mal Analverkehr gehabt?"

Kreidebleich war nicht der richtige Begriff, um die Farbe ihres Gesichts zu beschreiben. Scheiße! Damit hatte er nicht gerechnet.

„Moira, sieh mich an." Er ging neben ihr in die Hocke und fasste nach ihren verkrampften Händen. Das, was so heiß begonnen hatte, war durch eine Frage, der er keine große Bedeutung zugemessen hatte, in eiskalte Gewässer geschwappt. Er setzte gerne Plugs und auch den einen oder anderen Finger ein und hatte nur herausfinden wollen, ob dieser Bereich für Moira ein Tabu darstellte.

„Atme ruhig ein und aus und zähle von zehn an rückwärts."

Eigentlich hatte er anders vorgehen wollen, doch ihre Panik erforderte ein Umdenken. Sie schaffte es bis zur Sieben, ehe sie in Tränen ausbrach. Alexander zog sie in die Arme, und sie umklammerte seinen Nacken, während sie vor seinen Augen zusammenbrach.

Ob er David zu Hilfe rufen sollte? Oder Olivia? Sie war sehr einfühlsam.

„Ich … ich weiß es nicht", stammelte Moira. „Ich kann mich nicht mehr an alles erinnern. Aber ich … ich vermute es, weil ich solche Schmerzen hatte."

Alexander zog sie hoch, lief mit ihr zur Couch und zerrte die Decke von der Rückenlehne. Er drapierte sie erst um ihre Schultern und wickelte sie anschließend darin ein. „Ich bin sofort zurück."

Er holte den Brandy aus dem Schrank und goss einen großzügigen Schluck in ein Glas, das er an ihre Lippen hielt, da sie es selbst nicht konnte. Zu sehr zitterten ihre Hände. Der Alkohol zeigte bald die gewünschte Wirkung und sie beruhigte sich ein wenig.

„Es tut mir leid, Alexander. Ich habe alles zerstört. Ich dachte, ich wäre stark genug, um endlich darüber wegzukommen. Es soll keine Rolle mehr in meinem Leben spielen."

„Hat man dich vergewaltigt?"

Sie schüttelte den Kopf, aber Erleichterung trat bei ihm dennoch nicht ein. „Sag mir, was mit dir geschehen ist." Alexander spürte, dass sie jetzt dazu bereit war. Manchmal geschah das ganz plötzlich. Er musste lediglich ein bisschen Druck auf sie ausüben.

„Vor fünfzehn Jahren wollte ich mit Stacy, meiner damaligen besten Freundin, meine bestandene Prüfung feiern. Ich wollte es so richtig krachen lassen. Mich ausnahmsweise austoben, ehe ich im Arbeitstrott gefangen war. Und da waren diese vier Amerikaner …"

Er rechnete kurz nach. Da war sie achtzehn gewesen.

Sie starrte auf ihre Hände, doch dann sah sie ihm in die Augen. Der Schmerz darin zerriss ihn.

„Ich war so doof. Stacy und ich haben sie in ihr Hotel begleitet, und ich dachte, ich würde mit einem von ihnen eine tolle Nacht erleben. Aber ...", Tränen quollen aus ihren Augen und tropften ihre Wangen hinunter, „nachdem Stacy mit einem von ihnen auf sein Zimmer verschwunden ist, bin ich aufs Klo gegangen und habe meinen Drink unbeaufsichtigt gelassen. Ist das nicht idiotisch?"

„K.-o.-Tropfen?"

„Nein. Sie waren angeblich Pharmavertreter, und das Zeug hat mich nicht ausgeknockt, es hat mir meinen Willen sowie meine Hemmungen geraubt. Sie haben mich in eines ihrer Zimmer mitgenommen und mich ... gefickt, mich benutzt wie eine Gummipuppe. Allerdings haben sie mich auch dazu gezwungen zu kommen, obwohl ich das eigentlich alles nicht gewollt habe. Aber ich habe es zugelassen und es irgendwie genossen. Ich konnte mich nicht dagegen wehren. Gegen gar nichts, egal, was sie mit mir gemacht haben."

Das war die schlimmste Art der Vergewaltigung, die Alexander sich vorstellen konnte. Doch er behielt seine Ansichten für sich und zügelte seine Emotionen. Kein Wunder, dass sie Angst hatte, sich hinzugeben, und niemals wieder die Kontrolle über sich verlieren wollte.

„Nachdem es vorbei war, haben sie mich gebadet und all ihre Spuren beseitigt. Sie haben zwar Kondome benutzt, wollten aber auf Nummer sicherge-

- 133 -

hen. Anschließend haben sie mir etwas eingeflößt, das mich ausgeknockt hat. Als ich am nächsten Morgen aufgewacht bin, lagen Geldscheine neben mir auf der Matratze. Das war …"

Der finale Schlag in ihr Gesicht, die ultimative Demütigung. Alexander konnte das Erlittene nicht ungeschehen machen, doch er konnte ihr helfen, indem er ihr Erinnerungen gab, die gut und heilend waren, die das Schreckliche verblassen ließen, sodass das Positive irgendwann das Leid auslöschte. Natürlich gab sie sich selbst die Schuld, obwohl sie tief im Inneren wusste, dass sie ein Opfer von sehr gewieften Wichsern gewesen war, die routiniert vorgegangen waren, und mit Sicherheit war Moira nicht ihr erstes und auch nicht ihr letztes Schlachtlamm gewesen.

„Sind sie am nächsten Morgen abgereist?"

„Das haben sie zumindest behauptet."

Er verwettete seinen Arsch darauf, dass sie sich zurück in die USA verkrochen hatten. Sie hatten alles dafür getan, dass Moira sie nicht belangen konnte, ohne selbst wie ein Flittchen dazustehen. Denn genau das wäre sie in so einigen Augen. An diesen Ansichten hatte sich bis heute nicht viel geändert.

„Hast du sie angezeigt?" Die Frage war eigentlich überflüssig. Natürlich hatte sie das nicht. Die Arschlöcher hatten auch das von Anfang an gewusst.

„Ich habe mich so dreckig gefühlt, nicht nur äußerlich, sondern vor allem innerlich. Ihr widerliches Lachen verfolgt mich bis heute, wie sie mich gedemütigt haben, mit Worten und …"

Sie kämpfte darum, die Oberhand über ihre Tränen zu gewinnen. Doch das konnte er nicht zulassen. Weinen war reinigend, erleichternd, und sie hatte viel zu lange ihre Emotionen begraben, unabhängig ob sie von positiver oder negativer Natur waren.

„Was haben sie noch gemacht, Moira? Sag es mir. Lass den Schrecken los."

„Ehe sie mich gebadet haben, haben sie mich angepisst. Alle drei. Und sie haben die ganze Zeit dabei gelacht, so widerlich gelacht."

Alexander schloss kurz die Augen, weil eiskalte Wut ihn für eine Sekunde überwältigte. Doch ihr durfte er jetzt nicht nachgeben. Das würde er später machen. Am besten stellte er sich für mehrere Runden abwechselnd mit David und Alec in den Boxring. Und er musste mit Joe reden.

Er zog Moira ganz dicht zu sich heran und umfasste ihren Hinterkopf, während sie herzzerreißend weinte. Sie ließ ihren Zusammenbruch zu, presste ihre Stirn an seinen Brustkorb und packte sein T-Shirt mit beiden Händen. Ihr Körper schüttelte sich krampfartig unter der Heftigkeit ihrer Emotionen. Es tat ihm unglaublich weh, dass sie so leiden musste. Aber dieses Mal war es, um sich aus den Klauen der menschlichen Schweine zu befreien. Moiras innerer Druck hatte den Deckel gesprengt. Für den Anfang reichte das, doch irgendwann musste sie den Bodensatz loswerden.

Es gab noch so viel, was er sie fragen wollte. Für heute jedoch hatte sie genug erlitten. Alexander wusste, dass die Linderung sie förmlich überwältigte. Was für eine grauenvolle Bürde, die sie all die

Jahre allein mit sich herumgeschleppt hatte. Inzwischen brauchte auch er einen doppelten Brandy. Da die Flasche in Reichweite stand, nahm er direkt einen Schluck daraus.

Moira konnte nicht glauben, dass sie endlich ihre Seele erleichtert hatte. Es war ihr erstaunlich leicht gefallen, Alexander fast alles zu erzählen, nachdem sie erst einmal angefangen hatte zu reden. Sie verstand nicht, warum der Vulkan in ihr unvermittelt ausgebrochen war. Vielleicht lag es daran, dass sie tolle Stunden mit Alexander verbringen wollte, und seine Frage hatte ihr verdeutlicht, dass sie das nicht konnte, solange sie von ihrer Bürde in den Staub gepresst wurde. Um sich Alexander wirklich hinzugeben, musste sie frei atmen können. Ihr Unterbewusstsein hatte für sie gehandelt.
Allerdings war das nicht der einzige Grund. Es lag vor allem an Alexander. Sie war noch nie mit einem derartig einfühlsamen, aber auch gefestigten Mann zusammen gewesen. Er schreckte nicht zurück, auch nicht an Kreuzungen, an denen sie alle anderen mit ihrer Reserviertheit in die Flucht geschlagen hatte, sodass sie in verschiedenen Richtungen weitergelaufen waren. Das bezog sich auf Freunde, Bekannte, Familienangehörige. Sie hatte immer alles abgeblockt und ihr Herz vor jeder Freundlichkeit beschützt, die zu tief reichte.
Seine Stärke und Dominanz faszinierten sie, da sie überhaupt keinen Widerspruch zu seiner Fürsorge und Empathie darstellten. Endlich versiegte der Tränenstrom. Vor Alexander hätte sie felsenfest behauptet, dass ihr Kollaps ihr schrecklich peinlich

sein, sie sich in Grund und Boden schämen würde. Seltsamerweise fehlte all das, und zwar vollständig.

„Möchtest du dich hinlegen?", fragte er.

Sie war bis in die Knochen erschöpft, doch sie wollte weder allein sein noch schlafen. So sollte der Abend nicht enden. Allerdings sah sie in ihrem verrotzten Zustand bestimmt nicht wie eine Versuchung auf zwei Beinen aus.

„Ich brauche dringend Nähe, Wärme und was zu essen." Eine Schokotorte wäre jetzt nicht schlecht.

„Damit kann ich dir behilflich sein. Wie wäre es mit einer Dusche? Von einem Bad rate ich dir ab, da dein Kreislauf zusammenbrechen könnte. Du bist im Moment sehr verletzlich, sowohl körperlich als auch emotional. Wir sollten keine Risiken eingehen."

„Duschst du mit mir?" Sie würde es nicht ertragen, wenn er sie jetzt abwies, er sich vielleicht doch vor ihrer Naivität ekelte und über sie urteilte.

„Moira", sagte er so beängstigend sanft. „Du bist eine starke Persönlichkeit, die vergessen hat, wie es ist, zu vertrauen, zu lieben und auf die eigenen Wünsche zu hören. Ich möchte dir helfen und du kannst mich nicht davon abhalten. Schließlich bin ich der Master in unserer Beziehung. Nicht du."

Beziehung? Was genau meinte er damit? Aber sie machte sich zu viele Gedanken. Sie musste den Augenblick willkommen heißen, und zwar einen nach dem anderen. Sie schnappte sich die Brandyflasche und trank mehrere Schlucke, bis das leichte Gefühl sich weiter in ihr ausbreitete. Dieses Mal war es ihr egal. Alexander würde ihr niemals etwas antun, was ihr schadete, und sie hatte keinen Grund, das in der momentanen Situation zu hinterfragen.

„Du hast zu viel an für eine Dusche", platzte es aus ihr raus. Nach dem tiefen Fall von gerade wollte sie zurück auf den Gipfel. Jetzt war sie leicht genug, um ihn zu erreichen.

Allerdings war ihr auch bewusst, dass sie erst nach und nach richtig begreifen würde, was es für sie bedeutete, sich endlich jemandem anvertraut zu haben.

Nicht jemandem, sondern ausgerechnet Alexander.

„Ist dem so?" Alexander umfasste ihre Wangen und küsste sie leicht auf die Stirn. Dann gab er ihr eine Taschentücherbox und stand auf. Sie zog mehrere heraus, putzte sich die Nase und nahm einen langen Atemzug. Alexander reichte ihr die Hand, die sie dankbar ergriff. Die Decke blieb auf dem Sofa zurück. Sie hatte keine Ahnung, was sie heute oder in den nächsten Tagen erwartete, doch sie blickte nicht über ihre Schulter, weil dort keine Schatten auf sie lauerten, nicht, wenn Alexander bei ihr war.

Er brachte sie in sein Badezimmer, das in Sandstein mit weißer Keramik gehalten war. Der Duschbereich war mit zwei Duschköpfen ausgestattet und die Badewanne stand frei vor dem bodentiefen Fenster. Ungewollte Zuschauer waren nicht zu befürchten, das stellte der Zaun im Garten sicher.

„Darf ich dich ausziehen, Master?" Moira wollte das Prickeln von vorhin spüren, sehnte sich nach der Erregung, die mit ihm so anders gewesen war als mit anderen Liebhabern.

Das waren auch keine Liebhaber für dich, sondern namen-
lose Gestalten, die du sporadisch an dich herangelassen hast,
wobei die Nähe nur körperlich gewesen ist, keinesfalls see-
lisch. Für sie musste es gewesen sein, als steckten sie ihre
Schwänze in eine Puppe.

Was, wenn es bei Alexander ebenso war? Und
dann traf sie seinen Blick und jeder Zweifel löste
sich in Nichts auf. Er würde das nicht zulassen, sie
sogar bestrafen, falls sie das versuchte. Und von
einer Sekunde zur nächsten kehrte die Erregung
zurück. Wahrscheinlich lag das an ihrem Seelencha-
os, an der emotionalen Übermüdung, an dem
Rausch des Gestehens. Ja, es war wie ein Rausch
gewesen, ihm alles zu sagen.

„Du nennst mich Master, süße Moira? Wir beide
haben etwas getrunken, also werde ich sanft zu dir
sein. Für meine sadistische, unerbittliche Seite ist an
einem anderen Tag noch genügend Zeit. Nur zu,
Irish. Trau dich."

Er ließ sich auf alles ein, was sie jetzt wollte. Die
beste Therapie, die sie sich vorstellen konnte.

Eigentlich war es keine große Sache, einen Kerl zu
entkleiden. Bei ihm jedoch …

Sie fasste an den Bund seines T-Shirts, um es ihm
über den Kopf zu ziehen. Obwohl sie sich auf die
Zehenspitzen stellte, musste er sich runterbeugen,
damit sie es schaffte. Ein Photoshopmodel mit ge-
wachster oder retuschierter Brust stand nicht vor
ihr, sondern ein echter Mann. Mit den Fingerspitzen
berührte sie das Haar, folgte der Linie, die in seiner
Jeans verschwand. Zum ersten Mal konnte sie sein
Tattoo richtig sehen. Ein schwarzer Panther schien
seinen Arm herunterzuschleichen, so realistisch war

das Tier gestochen. Ginger, die den Spitznamen Tattoomaus weghatte, würde begeistert sein. Ginger war die Künstlerin, die Moiras Rosen tätowiert hatte.

Moira richtete ihre Aufmerksamkeit zurück auf seinen Oberkörper. Er war kein Hulk, sondern gut austrainiert, genug, um bei seinem Anblick all die Zonen in ihrem Körper zu erreichen, auf die es ankam. Sie stellte gerade fest, dass es mehr waren, als sie gewusst hatte, denn das Prickeln auf den Innenseiten ihrer Unterarme überraschte sie.

Alexander erlaubte sich ein sexy Lächeln, das ihr Herz flattern ließ. „Du betrachtest mich, als wäre ich ein knuspriges Hähnchen, das du zuerst ablecken und dann verschlingen möchtest."

„Das ist keine schlechte Idee, Mr. Alexander." Beherzt öffnete sie die Schnalle seines Gürtels, wobei ihr das Bild vor Augen trat, wie einer der heißen Zwillinge das Leder aus den Schlaufen seiner Hose gezogen hatte, um Ophelia zu bestrafen. Wie würde es sein …

Alexander legte seine Hände auf ihre. „Das wird heute nicht passieren. Aber wer weiß schon, was morgen geschieht, Irish."

Er zog die Wärme seiner Berührung zurück. Gott! Sie hatte sich innerhalb kürzester Zeit in einen Berührungsjunkie verwandelt. Moira vermutete, dass er diesen Reiz bewusst einsetzte. Und sie war sich sicher, dass er es vollendet beherrschte. Noch nie war der Knopf einer Jeans so schwer aufgegangen wie bei ihm. Vielleicht war es ein spezielles Masterkleidungsstück, um arme Subs in die Verzweiflung zu treiben?

Anschließend öffnete sie den Reißverschluss, ging vor ihm in die Hocke und zerrte sowohl seine Hose als auch die schwarze Shorts nach unten. Er bewies Geschmack bei der Auswahl seiner Unterwäsche. Jetzt war sie allerdings auf Augenhöhe mit seiner Erektion, was bei ihr einen Hitzeschwall verursachte, der in ihre Wangen schoss.

Ob sie ...?

Alexander hatte jedoch offensichtlich andere Pläne, denn er fasste ihre Schultern und zog sie in eine aufrechte Position. Mochte er keinen Oralsex? Das fand doch jeder Mann geil, oder nicht? Er trat abwechselnd auf die Hosenbeine und stand nackt vor ihr. Ob sie dorthin schauen sollte? Oder durfte sie das nicht?

„Geh zum Schrank und zieh die zweitoberste Schublade auf."

Neugierde und Aufregung strampelten sich frei. Ohne darüber nachzudenken, gehorchte Moira ihm. Der Anblick der Utensilien ließ sie mehrere Male schlucken. Einmalhandschuhe, Desinfektionsmittel, Gleitgel, Gerten, Dildos, Vibratoren und ...

„Nimm die Handschellen und komm zu mir."

Er wollte sie fesseln! Ein Anflug von Panik rollte über sie, gepaart mit Erregung. Das war zu heftig, um es zu kontrollieren. Sie lief zu ihm zurück und wollte sie ihm reichen. Warum konnten ihre Gliedmaßen nicht wie aus Stein gemeißelt sein? Warum waren sie wie Wackelpudding, der auf einer Vibrationsplatte stand?

„Leg sie mir um."

Was?!

„Aber du bist doch der Master. Ich dachte ..."

„Die Fesselung dient nicht dazu, um mich zu unterwerfen, sondern um dein Vertrauen mir gegenüber zu festigen. Du wirst mich mit deinen Handlungen erregen. Wenn ich dich fixiere, wird es andere Auswirkungen auf dich haben, als wenn du es bei mir tust. An deiner Stelle würde ich dieses einmalige Angebot ausnutzen."

„Aber ich werde dich nicht schlagen!"

„Das würde ich dir auch nicht raten, Irish. Deine Hilfsmittel sind auf deinen Körper beschränkt. Zunge, Mund, Lippen, Hände oder deine Pussy. All das ist erlaubt."

Moira starrte auf die ungepolsterten Handschellen. Auf keinen Fall durfte sie sie zu eng schließen.

„Gib es dazu einen Schlüssel?"

„Er liegt in der Schublade im schwarzen Kästchen."

Sein Vorgehen trieb Moira erneute Tränen in die Augen, doch dieses Mal waren sie von der kuschligen Natur. Wenn sie nicht aufpasste, könnte sie sich in ihn verlieben. Das durfte jedoch keinesfalls geschehen. Mit einem gebrochenen Herzen wollte sie nicht nach England zurückkehren.

Sie wollte gerade nach seinem rechten Handgelenk fassen, da beugte er sich herab und küsste sie unendlich zärtlich auf den Mund, ohne das Geringste von ihr einzufordern.

„Hinter meinem Rücken, Irish", wisperte er, nachdem er seine Lippen von ihren gelöst hatte.

Wenn er es so verlangte! Das hatte den Vorteil, dass sie seinen Arsch gebührend beäugen konnte, und das tat sie erst einmal gründlich.

Ob sie ihn anfassen durfte? Das konnte sie gleich, sobald er gefesselt war. Hitze breitete sich zwischen ihren Beinen aus, bei der Vorstellung, was sie alles mit ihm machen konnte, mit diesem starken, dominanten Mann, während er sich unter ihrer Gnade befand. Er führte die Hände auf den Rücken, und sie fixierte zunächst sein rechtes Gelenk, indem sie die Schelle vorsichtig schloss. Dann tat sie das Gleiche mit dem linken Handgelenk. Sie überprüfte mit dem Finger, ob sie locker genug saßen.

„Tun sie dir auch nicht weh?"

Alexander bewegte die Unterarme. „Alles prima."

Sie stellte sich hinter ihn und umfasste seine Pobacke. Diese fühlte sich genauso knackig an, wie sie aussah.

„Möchtest du nicht das Wasser anmachen, Irish? Ich weiß, dass du trotz deiner Erregung frierst. Meinen Arsch kannst du noch ausreichend anstarren."

Oops! Erwischt!

„Sorry, Master", murmelte sie, was ihm ein ziemlich arrogantes Lachen entlockte. So ganz konnte er seine Rolle nicht abschütteln.

Rolle abschütteln? Sogar in Handschellen gab es keinen Irrtum, was seine Position anbelangte. Er führte hier die Regie, ob gefesselt oder nicht. Und selbst wenn sie sich erdreistete, ihm etwas anzutun, was er nicht wollte, würde sie ihm früher oder später entgegentreten müssen, und dann wäre sie diejenige in Stricken. Außerdem hatte er klar dargelegt, was er von ihr erwartete. Das war sein Safeword. Moira musste Alexander mit Respekt behandeln, weil er ihn ebenso verdiente wie sie. Sie verstand auf einmal, was er hiermit alles bezweckte. So konnte sie ein Verständnis für die Verantwortung aufbringen, die ein vernünftiger, dominanter Mann, der den Titel Master nicht nur aus Spaß trug, sich bei jeder Session auflud.

Sie schaltete das Wasser an beiden Duschköpfen ein und spürte die ganze Zeit seinen Blick auf ihrem Hintern. Wahrscheinlich malte er sich in leuchtenden Farben aus, was er demnächst mit diesem Körperteil anfangen wollte, der dann sicherlich genauso leuchten würde, nachdem Alexander mit ihm fertig war. Sie konnte es kaum erwarten!

Durfte sie ihn herumkommandieren? Wie weit reichten ihre jetzigen Freiheiten? Moira drehte sich Alexander zu und ihr Blick landete genau auf seinem prallen Geschlecht. Alexander war sich seiner Ausstrahlung sehr sicher und er hatte auch jeden Grund dazu. Amüsiert hob er die Augenbrauen, rührte sich allerdings nicht von der Stelle. Einfach machte er es ihr nicht. Er war ihr zwar entgegengekommen, doch den Rest des Weges musste sie allein beschreiten, bis sie ihn erreichte.

Das ist falsch! Du bist nicht mehr allein. Nicht hier, an diesem Ort, und schon gar nicht mit Alexander.

„Es wäre nett, wenn du dich zu mir gesellen würdest, Master, damit ich dich waschen kann, sofern ich das darf." Sie war stolz, dass sie die Hürden geschickt umschifft hatte. Das war deutlich und folgsam zugleich gewesen.

Alexander trat auf sie zu, mit einem wahrhaft raubtierhaften Gang. Kein Wunder, dass er ausgerechnet einen schwarzen Panther für die Zierde seines Körpers gewählt hatte. Sie erkannte, dass man auch in

Fesseln nicht vollkommen hilflos war, dass es vor allem eine Sache des Kopfes war, wie man sich dabei fühlte.

Vertrauen, Zuneigung, Liebe …

Ihr Herz schlug aufgeregt, und Moira war sich sicher, dass Alexanders Puls gleichmäßig und ruhig war. Er drängte sie unter einen der viereckigen Duschköpfe. Sie schmiegte sich an seine Vorderseite und umschlang ihn mit beiden Armen. Es tat so unglaublich gut, ihn zu halten, während das warme Wasser auf sie niederprasselte. Moira saugte das Gefühl dieser absoluten Geborgenheit in sich auf. Die Kälte in ihr war wie eine Lebensform gewesen, die sie nach und nach vollständig infiziert hatte. Doch für die emotionale Leere in ihr war kein Platz mehr. Jetzt war es Alexander, der immer mehr Raum beanspruchte. Er hinterließ jedoch keine Trostlosigkeit, sondern Linderung, Hoffnung und Zuversicht. In diesem Moment begriff Moira, dass sie ihm nicht schaden wollte, ungeachtet, dass sie es könnte. Und wenn sie gefesselt wäre, würde auch Alexander sie nicht zerstören. Seine Intentionen waren lustvoller Natur, nicht dazu da, um sie zu erniedrigen oder ihr etwas anzutun, was sie innerlich ruinieren würde.

„Du bist sehr geschickt, Master. Ich verstehe, was du mir mitteilst, obwohl du es nicht ausgesprochen hast."

„Learning bei doing ist die effektivere Methode."

„Ich möchte dich jetzt waschen. Möchte meine Hände über diesen genialen Körper gleiten lassen, um dich besser kennenzulernen."

„Dann tu es, Irish. Ich bin ganz dein."

Sie nahm sich vom Duschgel aus dem Spender, der an der Wand angebracht war, und musste sich wirklich zügeln, nicht mit seinem Geschlecht anzufangen. Stattdessen suchte sie sich die Körperstelle aus, die ihr für den Anfang am unverfänglichsten erschien. Sie wusch seinen Bauch.

„Du bist süß, weißt du das eigentlich?"

„Süß wie Honig oder süß wie der Apfel aus dem Paradies?"

„Warum nicht beides? Sünde schließt Unschuld nicht aus, Moira."

Sie glitt mit den Händen höher, um seinen Brustkorb zu waschen. Mit den Daumen strich sie über seine Brustwarzen, die auf der Stelle hart wurden. Dieser Zustand war aber nicht vergleichbar mit seinem geschwollenen Schwanz, der von seinem Körper abstand. Er war ausreichend groß und dick und würde sich sicherlich gut in ihr anfühlen. Zum Teufel damit! Moira hatte lange genug widerstanden. Sie fasste nach seiner Erektion und seifte sie langsam ein, während sie ihm tief in die Augen sah. Das war heiß! Das, was sie in den Händen hielt, war mehr als heiß. Alexander an sich war heiß. Ihr war heiß.

Er stöhnte leise, als sie ihn massierte, ganz ohne Hast, denn schließlich konnte er ihr nicht so leicht entkommen. Moira war überrascht von der Gier, die sie förmlich überfiel. Noch nie hatte sie einen Mann gefesselt und sie hatte auch noch nie einen Master intim berührt. Irgendwie war es mit Alexander besonders nah, als wäre er ein Teil ihres Herzens, ihrer Seele.

Vorsichtig seifte sie seine Hoden ein und spülte danach den Schaum gründlich von seinem Geschlecht. Einerseits wollte sie ihn so sehr. Andrerseits genoss sie diese Verführung viel zu sehr, um sie bereits zu beenden. Normalerweise hatte sie den Fick schnell hinter sich bringen wollen, denn eine andere Bezeichnung verdiente ihr bisheriges Sexleben nicht. Zum ersten Mal ließ sie sich Zeit, um wirklich jede Nuance zu verinnerlichen.

Sie umfasste seinen Nacken, um ihn zu küssen, während sie ihren Körper an seinen schmiegte. Allerdings war es auch frustrierend, dass er seine Finger nicht benutzen konnte. Sie gierte nach seiner Berührung, nach seinen starken Händen, die ihr gaben, wonach sie sich verzehrte. Sie drang mit der Zunge in seinen Mund ein, während sie sich an ihm rieb, was ihre Nippel schrecklich pochen ließ, von ihrer Klit ganz zu schweigen. Ohne dass er sie bewusst anfasste, war sie unfassbar geil. Seine Lippen waren so weich und fest und würden sich fantastisch anfühlen, wenn er an ihren Brustwarzen saugte oder an ihrem Kitzler.

Sie ging vor ihm auf die Knie, folgte dabei mit den Fingerspitzen der Kontur seines Körpers, bevor sie sie leicht in seine knackigen Pobacken bohrte. Das warme Wasser umfloss sie ebenso wie seine Persönlichkeit. Moira sah zu ihm hoch, und sein arroganter Augenausdruck ließ ihren Magen flattern, ehe sie seinen erigierten Penis in den Mund nahm.

Er stieß einen Atemzug aus, sobald er die feuchte Hitze ihres Mundes spürte. Diese Lustwelle schwappte nicht nur über ihn, sondern riss auch Moira fort. Sie nahm ihn so tief auf, wie sie es schaffte, hoffend, dass sie es gut machte, wenn sie es langsam tat. Sie behielt diesen bedächtigen

Rhythmus bei, als sie ihren Kopf vor- und zurück-bewegte. Sein Stöhnen war ungezügelt und die pri-mitiven Laute trugen zu ihrer Erregung bei. Am liebsten würde sie sich mit einer Hand zwischen die Beine greifen und es sich selbst besorgen, während sie ihn befriedigte. Wenigstens eine zaghafte Stimu-lation. Ihre Hand rutschte nach unten.

„Das ist verboten, Irish." Seine leise Stimme war unfassbar befehlsbetont. Er stellte ihren Gehorsam nicht infrage, sie jedoch schon. Denn wie wollte er sie daran hindern?

Trotzdem erstarrte sie instinktiv in der Bewegung.

„Möchtest du wirklich herausfinden, was ich ma-che, falls du mir nicht Folge leistest, Sub? Ich kann vielfältig bestrafen, und einiges davon wird dir überhaupt nicht gefallen, das versichere ich dir. Lass dich nicht von den Handschellen täuschen."

Eigentlich sollte sie einen Anfall von Zorn oder zumindest Aufsässigkeit verspüren. Aber ihr verrä-terischer Verstand schickte all diese kribbelnden Impulse durch ihren Leib, die ihr äußerst deutlich aufzeigten, dass sie seine Dominanz alles andere als abstoßend oder beeinträchtigend empfand. Sie war befreiend! Diese Erkenntnis zu akzeptieren, war zwar nicht leicht, allerdings auch nicht so schwer, wie sie es vermutet hätte.

Als ob dir eine andere Wahl zur Verfügung stünde! Schließlich hat Alexander deine Gedanken erobert, ganz, wie sein Name es verspricht.

„So ist es brav, Irish." Spöttisch lächelte er auf sie herab.

Inzwischen waren beide Hände zurück auf seinem Po und sie bekämpfte den Drang, ihn zu kneifen.

Aber sie konnte ihn anders foltern und tat es auch. Abwechselnd saugte sie fest an seiner Eichel und leckte sie, bis sein Stöhnen lauter wurde, und er die Lider schloss, um sich ihr hinzugeben.

Sie nahm ihn wieder tiefer auf, und dieses Mal bewegte sie sich schnell, nahm eine Hand zur Hilfe, um seine Länge zu massieren. Sein ganzer Körper spannte sich an, und sie hörte auf, küsste ihn stattdessen auf die Oberschenkel, ehe sie es wagte, zu ihm hochzusehen.

Pure, nackte Gier schlug ihr entgegen, welche ihren Leib in Aufruhr versetzte. Sie sollte wirklich aufhören, den Panther zu necken, denn er stand kurz davor, sie anzuspringen.

„Soll ich weitermachen, Master?" Moira wartete seine Antwort nicht ab, sondern leckte dieses Mal an der ganzen Länge entlang, bis sie seine rasierten Hoden erreichte.

Er zuckte zusammen, sobald sie mit der Breite ihrer Zunge und leichtem Druck darüberstreichelte, während sie seinen Schwanz mit der Hand stimulierte. Sie marterte ihn noch ein wenig, bis sie ernst machte.

Trotz seiner Härte lag die Haut samtig unter ihrer Zunge, als sie über die Eichel leckte und dann saugte. Tief nahm sie ihn anschließend auf und schenkte ihm den besten Blowjob ihres Lebens. Es war nicht nur heiß für ihn, sondern auch für sie. Verflucht geil, um es auf den Punkt zu bringen.

Moira entschied, dass sie ihn jetzt genug gequält hatte, und bewegte ihren Kopf schneller vor und zurück, bis sich erneut sein gesamter Körper anspannte, er sich ihr entgegenstreckte, so weit es ihm möglich war.

Sie liebte es, wie er stöhnte, ihren Namen murmelte und dann fast aufschrie, als er kam.

Nie hätte sie gedacht, dass sie es einem Mann erlauben würde, in ihrem Mund zu kommen, doch bei Alexander war es anders.

Es passte einfach.

Sein Orgasmus beflügelte sie, auch dass sie nicht wusste, was er jetzt mit ihr machen würde. Sie war furchtbar erregt und konnte kaum klar denken. Moira löste sich von ihm, und er griff nach ihren Händen, um ihr aufzuhelfen.

Überrascht starrte sie ihn an. „Bist du Houdini?"

Er lachte und zog sie auf die Füße. Die Handschellen baumelten an seinem linken Handgelenk.

„Sie haben einen Notverschluss."

„Du hast gemogelt!"

„Bei BDSM spiele ich oft mit den Sinnen der Subbie, und nicht immer ist alles so, wie es auf den ersten Blick erscheint. Das macht den Reiz aus."

Er befreite sich von der vermeintlichen Fesselung und legte sie auf die Bank, die vor dem Duschbereich stand. Moira glaubte, vor Anspannung zu platzen, und konnte es kaum erwarten, dass er etwas sagte, tat oder ihr einen Befehl erteilte.

„Wie fühlst du dich?"

„Erleichtert, erregt, neugierig und ein wenig ängstlich."

„Stell dich mit dem Rücken vor mich. Ich werde dich jetzt waschen und danach essen wir was. Später zeige ich dir eine neue Welt, doch dazu musst du ausgeruht sein."

Kapitel 6

Alexander betrachtete Moira, die völlig fertig in seinem Bett lag und schlief. Die Erschöpfung forderte ihren Tribut und der Schlaf würde zur Heilung beitragen. Eigentlich hatte er sich mit David beraten wollen, aber er konnte sie nicht allein lassen und wollte es auch nicht. Sie war vorhin enttäuscht gewesen, dass er nicht weitergemacht hatte, denn sicherlich hatte sie sich die wildesten Szenarien mit ihm ausgemalt, doch für das, was er mit ihr vorhatte, musste die Wirkung des Alkohols vergangen und sie wieder bei Kräften sein. Schließlich hatte Moira viel zu verarbeiten.

Was diese Dreckschweine ihr angetan hatten! Der Gedanke daran ließ ihn noch nicht zur Ruhe kommen. Sie hatten Moiras Leben zerstört, die nach dieser Tortur ihre Unbeschwertheit und das Vertrauen in die Zukunft verloren hatte. Das waren verfickte Profis gewesen, denen ein dermaßen junges und vertrauensvolles Mädchen nichts entgegensetzen konnte.

Solche Ratten suchten sich ihre Opfer gezielt aus und wurden süchtig nach dem Kick, den ihre Perversitäten auslösten. Bestimmt war Moira nicht die erste und einzige arme Seele, die jemals in ihre Fänge geraten war. Sie mussten Spuren hinterlassen haben, und es gab sicherlich auch Frauen, die das Verbrechen angezeigt hatten. Er verstand jedoch die Gründe, warum Moira, und bestimmt unzählige andere es nicht getan hatten. Für einen Gang zu den Cops brauchte man starke Nerven, einen Rückhalt in Form eines Menschen, der einem keine Vorwürfe machte, und Ärzte sowie Polizisten, die sehr viel Fingerspitzengefühl bewiesen, und daran mangelte es meistens erheblich.

Allerdings standen Alexander Ressourcen zur Verfügung, die Moira niemals gehabt hatte. Falls jemand etwas über die Schweine herausfinden konnte, dann war es Joe. Alexander wusste zwar noch nicht, was er mit eventuellen Informationen anfangen würde, doch das würde er entscheiden, wenn es so weit war.

Ohne aufzuwachen, drehte Moira sich auf die andere Seite. Sie war ziemlich blass, aber ein paar Tage am Pool und ausgiebige Wanderungen mit ihm würden ihr guttun und Farbe auf ihre Wangen zaubern und auf diesen entzückenden Arsch, den sie hatte. Ein undefinierbares Gefühl breitete sich in ihm aus, während er sie betrachtete.

Sie hatte sich ihm anvertraut, und es war viel eher geschehen, als er es gehofft hatte. Der Damm in ihr war unvermittelt explodiert. Es war einfach zu viel in zu kurzer Zeit passiert, sodass ihre Schutzmechanismen ebenso außer Kontrolle geraten waren wie ihre Gier nach Freiheit und einem glücklichen unbeschwerten Leben. Alexander legte sich zu ihr, kuschelte sich an ihren wirklich kuschelnswerten Körper und endlich schlief auch er ein.

***

Noch ehe er die Augen aufschlug, spürte Alexander, dass Moira ihn anstarrte. Er sah sie an, und sie lag ihm zugewandt, ihr Gesicht zwei Handbreit von seinem entfernt. Sie lächelte wie ein zuckersüßer Engel. Er mochte das durchaus, allerdings gierte seine dunkle Seite nach dem Teufelchen in ihr. Man sagte zwar, dass man sich vor seinen Wünschen hüten sollte, doch er wusste genau, was er wollte. Er wollte Moira, und natürlich nicht nur einen Teil, sondern alles von und in ihr. Alexander wollte all die Sehnsüchte herauskitzeln, die sie über die Jahre vergraben hatte, bis sie sich nicht mehr vor ihnen fürchtete.

Und was ist, nachdem sie nach England zurückgekehrt ist?
Darauf wusste er keine Antwort. Falls sie ihren Wohnsitz in den Staaten hätte, wäre es wesentlich einfacher, ein paar Wochen weiter zu denken. Aber möglicherweise war die begrenzte Zeit in ihrem Arrangement die spezielle Zutat, die es besonders reizvoll machte. Und wahrscheinlich hatte das auch dazu beigetragen, dass Moira sich ihm anvertraut hatte. Wenn sie wieder in ihrem gewohnten Umfeld eintraf, würde sie endlich ihr Leben genießen können und früher oder später den Mann finden, der perfekt zu ihr passte. Der Gedanke versetzte ihm einen unerwarteten Stich.

„Wie geht es dir?", fragte er und streichelte ihr über die Wange.

„Ich kann noch nicht damit umgehen, dass ich mich so befreit fühle, und habe Angst, dass die Beklemmung zurückkehrt. Außerdem weiß ich nicht, ob ich mich wirklich fallen lassen kann, ohne dabei die ganze Zeit an damals zu denken."

„Es gibt nur einen Weg, um das herauszufinden, Irish. Welcher wäre das?"

„Ich muss mich dir hingeben."

„Möchtest du das?"

„Ja, Master."

„Bist du ausgeruht und körperlich fit? Vollkommen loszulassen ist anstrengend, aber wir nehmen uns die nötige Zeit, egal, wie lange es dauert."

„Ich denke schon."

„Im Kühlschrank stehen Smoothies. Eine kleine Stärkung kann nicht schaden, ehe ich mich deiner annehme." Ihr schläfriger Zustand änderte sich von einer Sekunde zur nächsten. „Hol dir einen, trink ihn aus, vergiss den Gang zum Badezimmer vorher nicht und anschließend wartest du im Wohnzimmer auf der Mitte des Teppichs. Nackt und in einer demütigen Position, bis ich zu dir komme und dir was anderes sage."

Sie umfasste sein Gelenk und schmiegte sich gegen die Handfläche, ehe sie ihn auf die Fingerspitzen küsste.

„Ja, Master." Dann lächelte sie ihn an. „Es ist ungewohnt, Sex auf diese Weise zu planen, allerdings verflucht aufregend. Das ist keine schnelle Nummer, sondern mit Mühe, Sorgfalt und Erregung verbunden, die bereits lange vorher einsetzt, ehe es richtig losgeht. Und Sex ist wirklich nicht der geeignete Begriff dafür. Das, was du mit mir vorhast, ist eine Verführung de luxe, die all meine Empfindungen beansprucht."

Falls Alexander auch nur den geringsten Zweifel an Moiras devoter Veranlagung gehabt hätte, wären diese in dieser Sekunde ausgemerzt worden. Da war dieses Leuchten in ihren Augen, die Vorfreude auf das Unbekannte, das Sehnen nach seinen Zuwendungen, egal, wie diese ausfallen würden. Aus freiem Willen legte sie ihre Unversehrtheit in seine Hände. Zum ersten Mal seit einer Ewigkeit respektierte sie das eigene Verlangen und hieß ihre Begierden und somit ihn willkommen. Alexander war sich bewusst, was das bedeutete, welch großes Geschenk sie ihm gewährte. Aber ahnte sie, was er ihr antun könnte, wenn er es wollte? Und wie er das wollte! Wie tief er in sie einzudringen beabsichtigte, damit sie sich nie wieder mit weniger zufriedengeben würde. Was Schmerz und Lust in ihr auslösen konnten und auch das Spiel mit ihren Sinnen. Mit diesen würde er beginnen, erst aufhören, sobald sie losgelassen hatte, sodass sie die Pein als das erfasste, was sie war: wunderschön, rein und geradlinig. Sie ließ keinen Raum für Schnörkel, die sie zurück in ihren Verstand brachten. Nein, das würde ihr nicht gelingen, weil er es nicht zuließe.

Moira schwang die Beine aus dem Bett, und sie war sich ihres Körpers bewusst, das war deutlich zu sehen an der anmutigen Art, mit der sie es tat, aus dem alleinigen Grund, um sein Auge zu erfreuen. Alexander hörte das Rauschen des Wassers, anschließend wie sie in den Küchenbereich hinübertappte und ein paar Minuten später nur eine absolute Stille. Er wusste, dass es in ihrem Inneren ganz anders aussah. Dort war gar nichts ruhig oder lautlos.

Auch er ging ins Bad, zog sich danach eine schwarze Sweatpants über und trödelte mit allem herum, bis er ins Wohnzimmer lief oder vielmehr schlich, wenn er ehrlich war.

Ihr kniender Anblick raubte ihm kurzfristig den Atem, dermaßen schön war sie. Das dunkle Haar hing frei bis zur Mitte ihres Rückens, und ihre zart geröteten Wangen zeigten unmissverständlich, wie nervös sie wirklich war. Ihre Titten senkten und hoben sich deutlich unter ihren tiefen Atemzügen, während sie darum kämpfte, gelassen zu wirken. Und da wären noch ihre zitternden Finger, die sie auf ihre Oberschenkel presste. Ihr Blick fiel auf ihn und blieb auch dort, als er zum Sideboard ging, um ein paar nützliche Utensilien zu holen.

Dieser miese Master! Es kam Moira vor, als würde sie seit Stunden mitten auf dem Teppich hocken. Der zunächst weich erscheinende Flor hatte mittlerweile die Beschaffenheit von Schmirgelpapier und fraß sich munter in ihre Haut vor. Zumindest fühlte es sich so an. Und nachdem Alexander sich endlich herbequemt hatte, sprach er sie weder an, noch schenkte er ihr besondere Aufmerksamkeit. Stattdessen latschte er an ihr vorbei und zog die oberste Schublade des Sideboards auf, das hinter dem Esstisch stand. Moira versuchte, sich auf etwas anderes als auf ihn zu konzentrieren. Beim Zählen der Teppichschlaufen war sie bereits gescheitert. Nie hätte sie gedacht, dass es ihr so schwerfallen könnte, stumm zu bleiben. Sie redete doch eigentlich gar nicht gerne, aber im Moment musste sie die Lippen aufeinanderpressen, damit ihr kein Roman aus dem Mund blubberte.
Sie lechzte danach, jetzt aufzustehen und ihn zu berühren. Noch besser wäre es jedoch, wenn er sie berührte. Sie wollte eine Menge und bekam nichts. Ihr Verstand hatte in den vergangenen Minuten oder Stunden, wer wusste das schon so genau, aus-

reichend Zeit gehabt, um sich alle möglichen köstlichen Schreckensszenarien bis ins kleinste Detail auszumalen.

Was machte er dort nur? Moira bemerkte, dass sie auf ihrer Unterlippe herumbiss und ihre Hände zu Fäusten geballt hatte. Sie konnte diese Ungewissheit nicht länger ertragen. Das war noch schlimmer, als würde er sie mit einer Gerte züchtigen, denn dann würde sie an seinen Intentionen nicht mehr herumrätseln müssen. Ob er ihr heute richtig wehtun würde? Und würde es ihr gefallen? Vielleicht mochte sie Schmerz überhaupt nicht und dachte lediglich, dass sie ihn begehrte. Möglicherweise biss sich Alexander an ihr die Zähne aus und jagte sie als Scheinsubbie vom Grundstück. Warum nur musste sie hysterisch werden? Das Kichern barst als Prusten über ihre Lippen, welches allerdings augenblicklich verstummte, weil Alexander sie jetzt anstarrte, obwohl das nicht die richtige Bezeichnung war für das, was er mit seinem Blick machte.

Am liebsten wäre sie vor der glühenden Invasion geflüchtet, die überall auf ihrer Haut explodierte. Es war ihr ohne seine Aufmerksamkeit bereits schwergefallen, sich nicht von der Stelle zu rühren. Im Moment war es nahezu unmöglich. Seine Brauen waren genauso spöttisch nach oben gezogen wie seine Mundwinkel.

Und wie heiß er aussah, in der tief sitzenden Sweatpants! Das Spiel seiner Muskeln war ebenso verführerisch, wie es sein aus Granit gemeißelter Gesichtsausdruck war, der zudem höchst konzentriert wirkte. All diese Stärke würde sich ausgiebig mit ihr beschäftigen. Erst jetzt bemerkte sie den

Strick in seinen Händen und die Gerte, die der aus Violas Gemälde verdächtig ähnlich sah. Zufällig war seine Wahl nicht auf dieser gelandet. Er wollte sie tatsächlich schlagen!

Von wegen latschen! Alexander setzte sich in Bewegung, in dieser fließenden Weise, die seine Gefährlichkeit höchst erotisch untermalte. Sie war ja so was von aufgeschmissen. Irgendwie hatte Moira seine Wirkung auf sie unterschätzt. Schließlich war sie es gewohnt, alles in einem festen Griff zu halten, auf keinen Fall nachzugeben oder den Halt etwas zu lockern. Jedoch standen ihr bei Alexander keine Zügel zur Verfügung, an die sie sich klammern konnte. Falls sie sich irgendwo festhalten durfte, dann nur an seinen mehr als geeigneten breiten Schultern.

Moira versuchte, sich aus dem Tornado seiner Persönlichkeit zu befreien. Leider misslang es ihr auf ganzer Linie. Das wäre nicht schlimm, wenn er es nicht genau wüsste. Doch seine Arroganz ließ keinen Zweifel daran, dass er sie beängstigend zutreffend einschätzen konnte.

Mist!

Wie ein König, wie ein Eroberer, wie Sex auf zwei Beinen blieb er vor ihr stehen. Mit der Klatsche der Gerte hob er ihr Kinn an, sodass sie ihm in die Augen sehen musste. Er gewährte ihr nicht den Luxus, die Lider zu schließen.

„Bist du konzentriert, Irish? Mit deinen Sinnen nur bei mir?"

Wieso musste ihr Mund dermaßen austrocknen? Und seit wann konnte sie nicht mehr nachdenken?

Ihr Verstand war absolut leer. Ihr Wortschatz lag bei null.

„Offensichtlich hat es dir momentan die Sprache verschlagen. Allerdings bin ich mir sicher, dass du schreien kannst und es auch wirst." Er lächelte richtiggehend fies.

Die Zeit schien stillzustehen, während er sie niederstarrte. Natürlich versuchte Moira, ihm standzuhalten, sich von seinen psychologischen Tricks nicht beeinflussen zu lassen, aber das war schier unmöglich.

„Steh auf, Irish." Er ließ die Gerte genau dort, wo sie war, während sie sich damit abstrampelte, einigermaßen geschmeidig auf die Füße zu kommen. Am liebsten hätte Moira die Gerte weggeschlagen. Doch ganz so risikobereit war sie nicht und zügelte mühsam ihre Reflexe.

„Missfällt dir die Lage, in der du steckst?" So fließend war seine Stimme, so geschliffen und voller Kalkül.

„Nein."

„Sondern?"

„Es fällt mir schwer, sie zu akzeptieren. Ich habe es mir leichter vorgestellt."

„Du bist also ganz bei mir und versuchst nicht, dich hinter irgendwelchen Mauern zu verstecken." Er schenkte ihr ein Lächeln.

„Ich habe keine andere Wahl, als mit all meinen Sinnen bei dir zu sein. Es ist unmöglich, sich mit etwas anderem als dir zu beschäftigen."

Er legte die Gerte auf den Boden. „Streck die Hände aus."

Sie tat es und rechnete damit, dass er ihre Handgelenke fesseln würde, doch stattdessen warf er ein Ende geschickt über den offen liegenden Balken über ihrem Kopf, zog an dem Seil, bis es auf beiden Seiten gleich lang war.

„Du hältst dich daran fest, und ungeachtet der Heftigkeit der Reize wirst du nicht loslassen. Hast du mich verstanden?"

„Ja, Master."

„Stell die Füße auseinander und fass so weit oben an, dass du noch bequem stehen kannst."

Er wartete, bis sie es getan hatte, ehe er sich hinter sie stellte, so dicht, dass er sie gerade so eben nicht berührte. Dennoch spürte sie seine Körperwärme, die Kraft und Sicherheit, die ihm innewohnte und die es ihr leichter machte, ihm zu vertrauen. Er fasste in ihr Haar, nicht um es zu packen, sondern um es anzuheben. Als die Spitzen ihre Schultern streichelten, erfasste sie ein Schaudern, welches sich noch verstärkte, als er mit den Lippen über ihre Haut strich. Er steckte die Strähnen mit einer Klammer fest.

Die Liebkosung überraschte sie in ihrer Heftigkeit, weil sie stark darauf reagierte, als das Gefühl durch ihren Körper lief. Das Kribbeln beschränkte sich nicht auf die berührten Stellen, sondern breitete sich aus und hinterließ ein absolutes Wohlempfinden.

„Du bist sehr empfindlich. Das gefällt mir, Irish. Meine süße Kitty."

Er umfasste ihre Handgelenke und presste sich an ihre Rückseite. Sein Oberkörper war hart und beinahe heiß im Vergleich zu ihr. Das musste die Aufregung sein. Jetzt lag sein Mund auf der rechten

Seite ihrer Schulter, ehe er ihren Hals erreichte. Moira konnte nichts dagegen tun, dass sie unglaublich zitterte, weil sie ihn so unendlich eindringlich spürte. Es gelang ihr auch nicht, die genaue Ursache für diese Reaktionen zu analysieren. Zu viel ging in ihr vor. Sie war ihm hilflos ausgeliefert und das war ein verflucht befreiendes, geiles Gefühl. Das, was sie jahrelang entsetzt hatte, war bei Alexander plötzlich einfach, viel einfacher, als sie es vor ihm für möglich gehalten hätte. Und wenn sie ehrlich war, hatte sie dieses innere Loslassen für unerreichbar gehalten. Zwar lag noch ein langer Weg vor ihr, doch die ersten Schritte hatte sie genommen.

Mit den Fingerspitzen strich er an den Innenseiten ihrer Arme entlang. War sie schon immer dermaßen übersensibel gewesen?

„Du hast eine ganz wunderbare, weiche Haut, die sicherlich hübsch anzusehen ist, wenn meine Zeichnungen sie zieren." Sein Atem fächerte über ihren Nacken.

Oh Gott! Wollte er sie umbringen? Sie war bereits jetzt jenseits von aufgeregt.

„Besonders auf deinem saftigen Arsch. Was sagst du, Irish?"

Er erwartete doch nicht ernsthaft eine Antwort darauf? Inzwischen war er mit den Händen bei ihren Schultern angekommen und umspannte unvermittelt mit der rechten ihre Kehle.

„Wie dein Puls rast. Das ist höchst anregend. Ich mag es, wenn du diese Art der Angst vor mir hast, denn sie lässt dich deine Lebendigkeit spüren. Du merkst sicherlich jeden deiner Atemzüge, jeden deiner Herzschläge und hörst jede Nuance aus meiner

Stimme heraus. Du weißt nicht, was ich mit dir machen werde, obwohl du dir bereits alles in leuchtenden Farben ausgemalt hast. Doch das hier ist kein Gemälde, kein Traum, keine Fantasie. Ich bin ebenso real, wie du es bist." Er ließ die Hand, wo sie war, und rutschte mit der anderen über ihren Bauch, bis er ihr Geschlecht erreichte.

Der Zugriff war leicht für ihn, und sie keuchte auf, sobald er ihre Klit sanft berührte.

„Und da du Schwierigkeiten dabei hast, wenn du kommst, verbiete ich es dir. Egal, wie weit ich dich treibe, du wirst deinen Orgasmus zurückhalten."

Natürlich scherzte er nicht. Aber was wollte er damit erreichen? Vielleicht trieb das andere devote Frauen in den Wahnsinn, jedoch nicht sie. An ihr war diese Übung verschwendet. Möglicherweise war es heilsam für Alexander, dass er auch mal danebenliegen konnte. Allerdings stoben diese Gedanken kreischend aus ihrem Kopf, sobald er sie etwas fester stimulierte. Moira erkannte gerade, dass ihr aufgeputschter Körper unbedingt Erlösung wollte und ihn richtiggehend einforderte. Am besten sofort. Mist, das würde doch kein Spaziergang werden, sondern eine Wanderung im alpinen Gelände, mit ausgesetzten Stellen und reißenden Bächen, bei der man mit einem falschen Schritt abstürzen konnte.

Er lachte direkt neben ihrem Ohr. „Stellst du momentan fest, dass dich noch heute die Gerte küssen wird, weil du dich ausnahmsweise Mal nicht kontrollieren kannst? Und das ist erst der Anfang, Irish."

Er erhöhte den Druck auf ihrem Hals etwas, und das war so heiß! Seine Fingerkuppen teilten ihre

Schamlippen, und er drang mit einem Finger in sie ein, um die Nässe anschließend auf ihrem Kitzler zu verteilen. Obwohl Moira das Seil mit aller Kraft festhielt, drohte sie abzurutschen. Ihre ganze Konzentration war darauf gerichtet, ihre Position zu halten, sodass sie nichts mehr übrighatte, um den Höhepunkt zurückzudrängen.

Zudem stimulierte Alexander sie perfekt. Er war weder grob, noch handelte er überhastet. Dann zupfte er an ihren Nippeln, und zwar alles andere als sanft. Ihr Körper und ihr Verstand brachen unter den Reizen, der ungewohnten Situation und der unerbittlichen Art seiner Verführungskünste ein. Sie war ihm hoffnungslos ausgeliefert, etwas, das er gnadenlos ausnutzte. Der Schmerz in ihren Nippeln sandte verstörende Signale durch ihren Leib, weil es sich so gut anfühlte und mit dem Pulsieren in ihrer Klit vermischte. Und dann kam sie! Nichts vermochte das Zucken und Stöhnen aufzuhalten, das sie ebenso packte, wie Alexander es gerade mit ihrem Haar machte. Dazu das Wissen, dass er sie jetzt züchtigen würde, dass sie geradewegs in seine Falle gerannt war, erhöhte den Genuss um einiges.

Ihre Arme und Finger waren so verkrampft, dass sie sich nicht mehr länger halten konnte und den Strick losließ. Alexander hörte erst auf, ihren Kitzler zu massieren, als der heftige Orgasmus abklang. Für eine Sekunde war es totenstill, ehe sie den wilden Takt ihres Herzschlags wahrnahm, der alles andere ausblendete.

„So gehst du also mit den Wünschen und Befehlen deines Masters um! Bitte mich um eine Bestrafung, die deinen Sünden gerecht wird." Sein Mund an ihrem Hals machte sie verrückt. Nicht nur Alexanders Atem, der über ihre Haut fächerte, die liebkosenden Lippen, sondern ebenfalls, was er sagte.

Noch war sie in der rosaroten Wolke des körperlichen und seelischen Wohlbehagens gefangen, aber diese löste sich unter seinen Worten allmählich auf. Seine stahlharten Arme umschlossen ihren Oberkörper, und dieses Attribut traf auch auf seine Stimme sowie seinen Willen zu.

Moira McGallagher, du steckst in ernsthaften Schwierigkeiten.

Sie war der festen Überzeugung gewesen, dass Alexander ihr jede Entscheidung abnehmen würde, dass er sie fesseln und ihr keine Wahl lassen würde, als sich in ihr Schicksal zu ergeben. Was für ein Irrtum! Stattdessen musste sie für ihren Lustschmerz arbeiten, denn er schenkte ihr diesen nicht einfach, sondern forderte ein hohes Maß an Gegenleistung. Aber ihn darum zu bitten, dass er sie züchtigen sollte, weil sie sich nicht beherrscht hatte ...

Wie verflucht erregend war das! Jedoch ebenso Furcht einflößend.

„Sei dir über eins klar, Irish. Alles, was du tust, oder auch nicht, hat Konsequenzen. Mir werden diese Folgen deines Handelns immer gefallen, ob du ebenso empfindest, ist fraglich. Äußerst fraglich, um bei der Wahrheit zu bleiben."

Ihr Körper vibrierte noch von den Nachwehen der Erfüllung, während ihr Verstand sich mit dem Gesagten auseinandersetzte.

„Bitte bestrafe mich, Master. Ich verdiene es." War das ausreichend? War es das, was er hören wollte?

Oder verlangte er eine detaillierte Beschreibung der Schläge? Anzahl? Heftigkeit? Körperstellen?

„Das tust du in der Tat. Und da du eine klägliche Selbstdisziplin beweist, werde ich dich wohl fixieren müssen."

Das war einerseits erleichternd, andererseits beunruhigend.

„Arme nach oben."

Jetzt wusste sie, warum das Seil so lang war. Er umwickelte zunächst ihr rechtes Handgelenk mit dem weichen Strick, vollführte einen komplizierten Knoten und zog an dem anderen Ende, bis er ihren Arm streckte. Wenig später war er offensichtlich zufrieden mit dem Resultat. Sie konnte gerade so eben auf den Fußsohlen stehen, die Position war unbequem. Doch sie beschäftigte sich mental nicht mit diesem Umstand, sondern mit ihm. Alexander hob erst die Gerte auf, anschließend umkreiste er sie schleichend. Das war nicht zum Aushalten. Die Reaktionen ihres Körpers trafen Moira unvorbereitet. Nie hätte sie gedacht, dass sie so beben könnte, dass ihre Muskeln ein Eigenleben entwickelten und Alexander deutlich zeigten, wie es wirklich um sie bestellt war. Und dann war da dieses Verlangen, die Vorfreude auf das Unbekannte, auf den Schmerz. Würde er ihr einfach nur wehtun oder den Schmerz so gestalten, dass sie ihn als pure Lust empfand?

Sie schaffte es nicht, weder ihn noch sich einzuschätzen. Eigentlich müsste sie gesättigt und ein Höhepunkt ausreichend sein. Jedoch gierte sie nach mehr, egal, was es war. Sie konnte nicht genug bekommen von Alexander, seiner Dominanz, dem Mann an sich. Wie ein Junkie reagierte sie auf ihn, und sie war dieser Sucht ausgeliefert, weil er derjenige war, der die Erfüllung nicht nur in den Händen hielt, sondern in seiner gesamten Persönlichkeit.

Er blieb vor ihr stehen, und sie traute sich nicht, ihm in die Augen zu sehen, da sie ahnte, was sie dort entdecken würde. Natürlich ließ er ihr dieses Benehmen nicht durchgehen.

„Nicht doch, Irish. Du weißt, was ich will."

Am liebsten wäre ihr eine Binde, denn dann könnte er sie nicht mit Blicken foltern. Sie stieß einen wirklich verzweifelten Atemzug aus, bis sie sich der Intensität in den Tiefen seiner Iriden stellte. Mit Wucht prallten seine Intentionen gegen sie, arbeiteten sich in sie vor, bis sie aufgab, sich dagegen zu wehren. Moira begriff auf der Stelle die Ehrlichkeit in seinen Absichten. Rohes, reines Verlangen schlug ihr entgegen. Er zeigte ihr deutlich, was er zu tun gedachte, obendrein, wie heiß es ihn machte. Mit der linken Hand umfasste er ihr Kinn, die Zuwendung so zärtlich. Moira sog die Wärme seiner Hand, die liebevolle Berührung förmlich in sich auf. Aber es gab noch mehr in seiner Mimik zu entdecken. Respekt, Zuneigung und Zuversicht. Was ihr auch durch Alexander geschah, sie war bei ihm in Sicherheit, und dabei spielte das Safeword nur eine unbedeutende Rolle. Alexander ließ sie los und trat hinter sie. Moira versuchte, sich zu wappnen, zu erahnen, wo die Gerte sie nächstes Mal treffen würde und wie schmerzhaft es sein würde.

Das Leder erwischte sie auf der rechten Seite ihres Pos, und zwar ganz sanft, sodass das Brennen beinahe ausblieb. War das nur die Einleitung oder würden sich gleich Feuerzungen in ihr Fleisch fressen?

Alexander zog das Schlaginstrument nicht sofort zurück, sondern ließ es auf der Kurve ihres fantastischen Arsches liegen, wartete, bis Moira hörbar ausatmete. Sie war so verfickt wundervoll, sowohl äußerlich als auch innerlich. Warum musste sie in Großbritannien leben? Allerdings war das eine Frage, die die Session störte. Damit würde er sich später beschäftigen. Sie hatte für ihn nur ein Mensch sein sollen, der Hilfe brauchte. Nicht mehr, aber auch nicht weniger. Doch es war alles anders gekommen.

Verfluchter David!

Verfluchter Alec!

Verfluchtes Veto!

Er holte ein bisschen stärker aus, dennoch patschte die Gerte mehr auf ihrem Arsch, als dass sie klatschte. Sie reagierte trotzdem heftig auf seine Bemühungen, so unerfahren und überwältigt, wie sie war. Die von ihm ausgelösten Emotionen überrollten sie förmlich. Es gelang ihr nicht, sich auf etwas Bestimmtes zu konzentrieren, genau, wie es seine Absicht war. Manchmal brachte er eine Sub mit sadistischer Freude zum Heulen, doch das hatte er mit Moira nicht vor. Er würde den Schmerzlevel heute gering halten, sodass sie alles genießen konnte, was er ihr antat.

Und bei Gott! Das hatte sie sich wirklich verdient. Allerdings wusste sie das nicht und erwartete Schreckliches. Ihr Orgasmus von vorhin hatte ihm schon ganz gut gefallen, aber das konnte sie noch besser. Er liebkoste ihren Po mit dem Leder, bis sie sich immer mehr entspannte, sich völlig in die Session fallen ließ, zumindest, so weit wie es ihr möglich war. Ob er sie während ihres Aufenthaltes in den Subspace bringen konnte? Oder reichten dazu die Wochen nicht aus? Um dieses Ziel zu erreichen, müsste sie ihm bedingungslos vertrauen, und das brauchte Zeit und eine gehörige Portion an Fingerspitzengefühl. Auf einmal befürchtete er, dass er von dem ersteren nicht ausreichend zur Verfügung hatte. Diese Gedanken waren neu und beunruhigend, vor allem weil sie ihn vollkommen unvorbereitet heimsuchten. Was war nur los mit ihm? Auch darauf wusste er keine Antwort.

„Gefällt dir das?"

„Sehr sogar. Ich habe es mir anders vorgestellt. Zwar habe ich geahnt, dass Schmerz erotisch sein kann, doch in einer Fantasie ist es völlig anders. Obwohl du mir ja noch nicht wirklich wehgetan hast, Master. Aber nun habe ich eine Ahnung, wie es sein kann."

Er umfasste ihre linke Pobacke, bohrte seine Fingerkuppen fest in das nachgiebige Fleisch, sodass sie zusammenzuckte. „Hast du das? Das bezweifle ich, Irish. Schmerz ist vielfältig. Ich kann dich alles fühlen lassen, was ich nur will, angefangen bei einem kaum spürbaren Brennen, so wie jetzt, bis hin zu einer tosenden Invasion, die alles von dir verlangt. Ich nehme von dir, wonach auch immer ich giere, um meinen Durst zu stillen."

Moira spannte ihren Körper an, in dem sinnlosen Versuch, das starke Zittern zu unterdrücken.

„Welcherart sind deine Begierden, meine schöne Irish? Ein Hauch von Federn oder Feuerküsse, die sich den Weg in dein Inneres bahnen und deren Essenz erst nach einer Weile verblasst?"

„Ich weiß es nicht, Master", wisperte sie.

„Du weißt es nicht." Er packte in ihr Haar und zog ihr den Kopf in den Nacken. „Dann finden wir gemeinsam heraus, wonach du dich insgeheim verzehrst."

Er ließ sie los und fing an, sie mit der Gerte zu lieben. Die leichten Hiebe trafen ihren Arsch, ihre Beine, ihren Bauch und ihre Titten. Der Ausdruck in ihren Augen war ein Fest für seine Sinne. Die Angst, das Vertrauen und die Gier. Da er nicht hart zuschlug, konnte er ihre Vorderseite einbeziehen. Alexander mochte es zwar durchaus, auch richtig schmerzhaft zuzuschlagen, doch das tat er bevorzugt auf einem gut gepolsterten Po oder auf der Rückseite der Oberschenkel. Aber das hier … Das hier war exquisit.

Der sanfte Schmerz verband ihn mit ihr und sie ließ sich immer stärker in das Spiel fallen. Mittlerweile variierte er die Treffer, manche setzte er ein wenig nachdrücklicher, jedoch tat er nichts, was wirklich sehr peinigte.

Alexander war sich bewusst, dass er sie belohnte und nicht bestrafte. Aber genau das war die richtige Vorgehensweise bei ihr. Die Session besänftigte auch ihn, gab ihm das, was er anscheinend brauchte. Er merkte, wie die innere Unruhe, die ihn in den letzten Monaten schrecklich geplagt hatte, verblasste. Stille breitete sich in ihm aus. Manchmal fühlte er das, nachdem er einer Sub so richtig den Arsch versohlt hatte. Doch an diesem Tag war alles anders. Vielleicht lag es an Moira.

Inzwischen zögerte Moira nicht mehr, ihm in die Augen zu sehen, wenn er vor ihr stand. Bei den ersten Treffern hatte sie jedes Mal reflexartig die Lider geschlossen. Er konnte nicht nur erkennen, dass ihre Angst immer weiter verschwand, er konnte es spüren.

Gott! Er wollte sie unbedingt ficken, sich in ihr vergraben, bis sie eins wurden. Alexander ließ die Gerte auf den Boden fallen. Dann packte er ihre Pobacken, um sie hochzuheben.

Automatisch umschlang sie mit den Beinen seine Hüften. Die Hitze ihrer Pussy sickerte durch den Hosenstoff. Mit dem linken Arm umfasste er ihren Oberkörper und löste mit der rechten Hand die Knoten, indem er an den Enden zog.

„Halt dich an mir fest."

Sie legte die Arme um seinen Nacken.

Alexander küsste sie, ehe er sie zur Couch trug, um sich hinzusetzen. „Zieh mir die Hose runter und reite mich."

Moira stützte sich mit den Knien auf dem Sofa ab, und er hob seinen Arsch an, damit sie den Stoff über seine Hüften zerren konnte. Sein Schwanz berührte ihr sehr nasses Geschlecht.

„Mach es langsam, Irish. Ich will jeden Millimeter, den ich in dich eindringe, auskosten. Und du wirst mir die ganze Zeit in die Augen sehen. Falls du dich diesmal nicht beherrschst, werde nur ich kommen, du jedoch keinesfalls." Angesichts ihrer Mimik konnte er sich ein Schmunzeln nicht verkneifen, denn sie war offensichtlich der festen Meinung, dass sie kein weiteres Mal kommen konnte.

Nun, dieser These stellte er sich mit Freude. Frauen konnten immer mehrere Male kommen, wenn man sich genügend Zeit ließ und sie ausreichend stimulierte. Leider hatten viele Männer dazu schlichtweg keine Lust. Doch die Mühe lohnte sich.

Ausnahmslos!

Er umfasste seine Erektion mit einer Hand, bis ihre Wärme seine Eichel erfasste. Sie suchte Halt an seinen Schultern, als sie seine Wünsche befolgte. Dieser Blick! Er erspähte neben der Gier einen Hauch von Unsicherheit in den Tiefen ihrer grüngrauen Augen. Es war niemals leicht, sich selbst in die Seele sehen zu lassen, während man nackt und verletzlich war, und das auch im übertragenen Sinn.

Das Gefühl, in ihr zu sein, ließ ihn bereits stöhnen, noch ehe Moira sich bewegte. Die zarte Röte auf ihren Wangen gefiel ihm viel besser als ihr blasser, gehetzter Zustand, den sie gehabt hatte, als er sie vom Airport abholte.

„Hast du je einem Mann in die Augen gesehen, als er dich gefickt hat? Oder war dir das zu intim?"

„Ich habe es vermieden."

„Dann werden wir das so oft wiederholen, bis du es ebenso liebst wie ich." Mit einem Grinsen zog er den Vibrator hervor, den er vorhin unter dem Kissen versteckt hatte, und schaltete ihn ein. „Ich will, dass du an deinen Nippeln zupfst, und zwar nicht sanft, während du mir deine Reitkünste demonstrierst. Und lass dich nicht ablenken. Durch gar nichts. Spür mich, spür dich und lass dich von uns davontragen."

Er hielt die breite Spitze des Sextoys an ihre Klit, und sie zuckte zusammen, was wahrlich kein Wunder war, denn das Spielzeug vibrierte stark und zum Glück auch leise. Mit der linken Hand stützte er sie an der Hüfte. Alexander konnte den Moment nicht nur mit seinem Blick erfassen, als sie ihre Brustwarze berührte. Er wusste, wie geil sich das anfühlte, die geschwollenen Nippel zu zwirbeln. Ihre Brüste hob er sich für die nächste Session auf.

Die Farbe in ihren Wangen nahm zu, sobald sie anfing, sich zu bewegen, all die Reize auf sie einstürmten und sie mit ganzer Kraft versuchte, den Blickkontakt nicht abzubrechen. Auch das war sehr viel aufreibender, als sie es sich zuerst vorgestellt hatte.

Wie absolut geil sich das anfühlte, in ihrer engen Pussy zu sein, ihr leises Stöhnen zu hören und sie dabei zu beobachten, wie sie den Kampf gegen sich selbst verlor. Alte Gewohnheiten ließen sich nur schwer abschütteln. Bislang fiel es ihr nicht leicht, sich fallenzulassen. Allerdings reagierte sie nicht mehr panisch darauf, sondern ging weitaus entspannter damit um. Irgendwann würde sie weder zurückblicken, noch beim Sex darüber nachdenken, dass Loslassen etwas Negatives für sie war. All die schrecklichen Erinnerungen würden durch bessere ersetzt werden, bis sie ganz und gar verblassten. Ein erneuter Stich bohrte sich in sein Herz, weil er nicht dabei sein würde, wenn Moira zu der Frau zurückfand, die sie früher gewesen war.

„Darf ich dich küssen, Master?" Bittend schaute sie ihn an. Es sollte verboten werden, gleichzeitig so süß und verrucht auszusehen.

„Noch nicht. Erst nach deinem Orgasmus. Wie dicht bist du dran?" Er wartete gespannt, ob sie ihm die Wahrheit sagte.

„Sehr dicht."

„Wolltest du dich so um meinen Befehl herumschlängeln?"

„Nein, Master." Ihre Finger bohrten sich in seine Schulter. „Auf jeden Fall nicht absichtlich. Bitte ..."

Das war die Wahrheit, auch, dass sie inzwischen unbedingt kommen wollte und ihr das gerade äußerst bewusst war.

„Du darfst mich küssen, nachdem du gekommen bist."

„Aber ..."

„Leg es nicht darauf an, Irish." Es machte ihn noch heißer, als er den Anflug von Trotz in den Abgründen ihrer Augen entdeckte. Zukünftig würde er diese Eigenschaft weiter herauskitzeln. Sie war schon dazu verdammt, über seinen Knien zu liegen. Früher oder später würde sie erkennen und auch verstehen, wie sehr sie das brauchte. Von ihm ganz zu schweigen. Ein Spanking zur Bestrafung war etwas völlig anderes als eines zur Belohnung. Viele Subs brauchten aber genau das, um richtig ausgeglichen zu sein. Da war ein Sehnen in ihnen, das nach einer harten Hand verlangte, sodass die Züchtigung sie befreite, damit sie selbst mit sich im Reinen waren. Bei Paaren, die BDSM auslebten, entwickelte sich das Gespür für die gegenseitigen Bedürfnisse manchmal erst nach Jahren, manchmal sofort. Wenn ein erfahrender Top auf eine unerfahrene Bottom traf, war es einfacher für den führenden

Part. Doch dieser trug auch eine gewaltige Verantwortung. Das war den wenigsten Subs bewusst.

Frustriert seufzte Moira, sodass er die Lippen aufeinanderpressen musste, um das Lächeln zurückzuhalten. Da saß eine sehr innerlich zerrissene kleine Subbie auf ihm, welche gerade darum kämpfte, die Oberhand über ihre Gier zu behalten, und höchst bezaubernd scheiterte.

Sie wusste gar nicht, wie verflucht heiß das aussah, aber auch … unschuldig. Diese Mischung gefiel ihm mehr, als er es für möglich gehalten hätte. Irgendwie war sie genau das, was er zwar nicht gewollt, jedoch gebraucht hatte. Zuweilen bissen einem die eigenen Sprüche gehörig in den Arsch.

„Ich weiß nicht, ob ich es schaffe." Sie wurde für einen Moment stocksteif, ehe sie ziemlich laut stöhnte und ihre Fingernägel in seine Schulter bohrte.

„Du kannst das, Baby. Ansonsten versohle ich dir im Anschluss in der Lobby den Hintern. Würde dir das gefallen?"

Und dann schlug der Orgasmus bei ihr zu, und dadurch, dass sie sich eigentlich auf alles Mögliche konzentrieren musste, konzentrierte sie sich auf gar nichts davon, sondern spürte nur.

Sie kam lange, laut und wunderschön. Er konnte sich nicht mehr beherrschen und wollte es auch nicht. Alexander schaltete den Vibrator aus, warf ihn zur Seite und packte in ihr Haar, ehe seine Lippen auf ihre krachten. Willig öffnete sie den Mund. Sie war atemlos und er wusste, dass die Nachwehen des Höhepunkts noch spürbar für sie waren. Es fühlte sich geil an, mit der Zunge in ihrem Mund

und gleichzeitig mit seinem Schwanz in ihrer Vulva zu sein.

„Knie dich auf die Couch", befahl er ihr, nachdem er den Kuss beendet hatte.

Moira löste sich von ihm, und als er hinter ihr kniete, streckte sie ihm ein paar Sekunden später den wirklich heißen Po entgegen. Erneut in sie einzudringen torpedierte seine Selbstbeherrschung, zudem sie in dieser Position enger war. Alexander kostete es aus, bis er sich ganz in ihr versenkt hatte. Anschließend umfasste er ihre Hüften und schloss die Augen, um sich nur auf das Gefühl zu konzentrieren, das die Reibung in ihm auslöste, aber auch ihre Wärme und ihr zerbrechlicher Körper. Das Letztere galt ebenso für ihr Herz und ihre Seele.

Pures Glücksempfinden breitete sich in ihm aus, ausgehend von der Stimulation seines Schwanzes. Und dann musste er sie ansehen. Ihre schmale Taille, die in schönen Kurven zu ihrem Becken überging, die prallen Arschbacken und ihre zarte Haut, die er mit Spuren zeichnen wollte. Er liebte ihren Hals und ihr langes Haar. Alexander löste die Spange, sodass die seidigen Strähnen über seine Handfläche flossen, ehe er sie zusammenfasste und festhielt, während er Moira zunächst langsam und tief fickte.

Die Gier zu kommen, steigerte sich mit jedem Stoß, bis sie seinen Verstand auslöschte. Die Sekunden, bevor der Orgasmus einsetzte, waren die besten, dieses Pulsieren, der Körper geflutet von Endorphinen war der geilste Rausch, den es gab. Seine Muskeln verhärteten sich, und er erhöhte die Geschwindigkeit, bis er wieder die Lider schließen musste, weil das Gefühl nichts anderes zuließ. Seine

Hoden zogen sich zusammen, und der Damm brach, im wahrsten Sinne des Wortes. Alexander ließ ihr Haar los und packte fest ihre Hüften, während er seinen Samen in sie hineinspritzte. Er kostete den Fick bis zum letzten Zucken aus und hielt dann atemlos inne.

Alexander zog seinen Schwanz aus ihr, und sie plumpste mit einem Seufzer auf den Bauch, ehe sie sich auf die Seite drehte. Er legte sich zu ihr und sie lächelte ihn nicht an, nein, sie strahlte ihn an. Das Leuchten erreichte ihre Augen, und ihre Gesichtszüge waren ganz sanft. Wortlos zog er sie zu sich, sodass sie mit dem Kopf an seiner Schulter lag. Er wusste, dass sie nicht nur seit Ewigkeiten wieder den Sex richtig genossen, sondern ebenfalls das erste Mal in die Welt des BDSM reingeschnuppert hatte und dass sie davon noch viel mehr wollte. Sie würde es auch bekommen – von ihm. Irgendwie musste das machbar sein.

Mit den Fingerspitzen streichelte er über Moiras Rücken und sie stieß ein wahrhaft niedliches Seufzen aus. Alec hatte ihm gestanden, dass Sienna das ebenfalls machte, und er froh war, dass sie nicht wusste, wie sehr ihn das jedes Mal aus der Bahn warf, weil er dann glaubte, sein Herz müsste bersten. An dem Abend hatten David, Alec, Richard, Liam und Alexander ein paar Scotchs zu viel getrunken. Es kam nicht oft vor, dass Alec Blicke in seine Innenwelt zuließ. Musste so ein Sadistending sein. Da hatte das Schicksal die beiden Richtigen zusammengebracht. Sienna hatte den strengen Master wirklich von der ersten Sekunde an herausgefordert und Alec hatte die gegenseitige Eroberung nicht verhindern können. So war das mit der Liebe; sie war unberechenbar, genau wie es sein sollte.

Ihm brannten noch eine Menge Fragen auf der Seele, einschließlich der, was nach der Nacht mit den Pissern aus ihrer damaligen besten Freundin Stacy geworden war. Doch er wollte Moira jetzt nicht belasten. Sie war entspannt, glücklich und erleichtert. Eine Frage könnte diesen Zustand auf der Stelle zerstören. Manches musste warten.

„Hat dir alles gefallen, Irish?" Daran gab es zwar keinen Zweifel, jedoch war es nie verkehrt, die Eindrücke durchzusprechen, vor allem am Anfang. Diesmal sah sie ihm ohne Scheu in die Augen und er erspähte neu erwachte Stärke in den grüngrauen Tiefen.

„Ich habe davon geträumt, mich einem Mann zu unterwerfen. Doch es wirklich zu tun, beschämt meine Fantasievorstellungen. Jede Sekunde war unfassbar eindringlich und hat mich meiner Gegenwehr beraubt. Normalerweise habe ich sofort die Mauern hochgezogen, jedoch hat das bei dir nicht funktioniert. Sobald zwei Steine standen, hast du sie eingerissen. Außerdem habe ich mir Dominanz nicht zärtlich vorgestellt. Aber genau das ist sie. Zumindest bei dir."

Er küsste sie auf die Haare und versuchte seinerseits, eine eigene Mauer hochzuziehen. Denn das warme Gefühl, das sich immer weiter in ihm ausbreitete, war zum Scheitern verurteilt. Kontinente trennten sie.

„Wie sieht es mit härteren Schlägen aus? Hast du Angst vor ihnen? Oder ist da etwas in dir, das sie herbeisehnt?"

„Ich sehne sie herbei. Angst verspüre ich, allerdings ist sie nicht finster, sondern durchzogen mit … Sternenstaub." Sie kicherte zuckersüß. „Außerdem würdest du ein prächtiges Einhorn abgeben." Das Prusten war alles andere als unterwürfig.

BOMPF! Und da zerbröselte der Mörtel und die Kontinente rückten zusammen.

„Ein Einhorn? Ah, Irish, du hast das Einhorn gerade am Schweif gezogen. Wusstest du, dass es sie auch mit Reißzähnen gibt und sie am liebsten irische Frechdachse beißen?"

„Und wusstest du, dass irische Frechdachse es genau darauf anlegen?"

„Darüber reden wir, nachdem du mit einem heißen Arsch und sehr geläutert über meinen Knien liegst." Auf einmal merkte er, dass er Durst hatte und es ihn nach Eis gelüstete. Zum Glück war er bestens dafür ausgerüstet.

Eine halbe Stunde später lagen sie auf der Schaukel im Garten, löffelten Eis, und Moira hatte noch immer keine Ahnung, was er auf dieser Schaukel mit ihr anstellen konnte. Die Velcro Straps, die an den vier Ketten hingen, entdeckte sie erst, nachdem sie ihr Schokoladenkaramelleis zur Hälfte verschlungen hatte. Er verschluckte sich an seinem Minzeis wegen ihres preisverdächtigen Gesichtsausdrucks.

Kapitel 7

Rachel grinste Moira an und wirkte äußerst zufrieden. Moira teilte dieses Gefühl, denn sie hatten noch ein paar Gemälde umgehangen und das Resultat war gelungen. Jedes Bild hatte genügend Raum, um für sich selbst zu wirken, doch erst die Anordnung machte es perfekt. Im Moment standen sie im *Catalan Vault* vor Iris. Natürlich nicht die echte Iris, stattdessen die gemalte Version. Eigentlich sollte es Moira beschämen, die Freundin so nackt und verletzlich zu sehen. Iris kniete dem Betrachter zugewandt und hielt eine Gerte auf den Händen, die sie jemandem darbot. Moira korrigierte den ersten Eindruck. Iris war nicht nur verletzlich, sondern auch stolz und selbstbestimmt. Neben ihr lag eine Irisblüte auf dem Boden. Viola hatte das geschickt angeordnet, denn so schweifte der Blick des Beobachters über das ganze Gemälde.

Ob Alexander allen von ihren Problemen erzählt hatte?

Rachel runzelte die Stirn und pustete eine Haarsträhne aus ihrem Gesicht. „Geht es dir gut? Irgendwas bedrückt dich. Das sehe ich dir an." Rachel steckte in Shorts und einem Top und sah ihrerseits müde, aber auch unglaublich glücklich aus. „Ist es nur der Ort? Oder bin ich es?"

„Nein!" Rachel war einfach nur eins: liebenswert. „Ich bin mit Problemen hierhergekommen und frage mich …"

„Ich verstehe! Du denkst, dass David, Alec oder Alexander deine privaten Dinge wie ein Klatschblatt breitgetreten haben."

Wenn Rachel es so aussprach, hörte es sich entsetzlich an, traf jedoch den Nagel auf den Kopf. „Irgendwie schon."

„Das würden sie niemals tun. Was auch immer Alexander herausgefunden hat, ist bei ihm sicher aufgehoben. Natürlich reden die drei über Probleme, doch sie teilen Geheimnisse ansonsten mit niemandem."

Auf einmal verstand Moira ihre Bedenken nicht mehr, dennoch hakte sie nach. „Also wissen Olivia, Sienna und du nicht, was mit mir geschehen ist?"

„Ich schwöre es. Aber eines muss ich dir leider sagen." Rachel lächelte grimmig. „Was immer deine Bürde ist, sie werden alle Hebel in Bewegung setzen, um dir zu helfen. Und das ist keine leere Phrase. Manchmal kann das beängstigend sein. Allzu oft ist es sehr bequem, den Kopf in den Sand zu stecken. Man gewöhnt sich mit der Zeit daran. Etwas zu ändern ist anstrengend, jedoch auch verflucht erleichternd. Das erkennt man allerdings erst im Nachhinein." Rachel seufzte. „Ich habe heute Bridget-frei, und Liam hat mir aufgetragen, dass ich mich an den Pool legen soll."

Moira verstand nicht, was daran so schwer war.

„Er hat mir gestern mitgeteilt, dass er es leid ist, mein Gejammere wegen meiner Figur zu hören, die nicht mehr so ist wie vor der Geburt. Und die Zwillinge sollen ihn darüber informieren, ob ich seinen Befehl befolgt habe. Miese Petzen."

Sie verzog das Gesicht.

„Soweit ich das beurteilen kann, hast du keinen Grund, um dich zu genieren. Du siehst toll aus." Rachel strahlte diese Lebensfreude aus und ihr praller Po sowie das beneidenswerte Dekolleté passten zu der quirligen Dunkelblonden mit den hellen Strähnen. Schönheit kam in vielen Formen daher.

„Das hört sich fast so an, als würde ich nach Komplimenten schmachten. Aber ganz ehrlich … Ich bin zutiefst verunsichert, was mich angeht. Du verstehst das bestimmt nicht, mit deiner super Figur."

„Kennst du irgendeine Frau, die mit sich wirklich glücklich ist? Die meisten Unzufriedenheiten entstehen aus inneren Unsicherheiten und haben selten äußerliche Gründe. Glaub mir, ich weiß, wovon ich rede. Bis vor …" Was tat sie da? Sie war gerade dabei, Rachel ihre Probleme aufzubürden. Anscheinend hatte die *Insel* eine Gehirnwäsche bei ihr verursacht.

„Ich weiß jetzt wiederum, was momentan in dir vorgeht. Du begreifst nicht, warum du mir etwas erzählen wolltest, was du sonst immer für dich behältst. Du redest nicht oft über deine Gefühle, oder vielleicht gar nicht. Aber du musst das verstehen, hier ist alles anders. Die Master der *Insel* verändern einen, sobald man sich auf sie einlässt. Sessions sind äußerst eindringlich und oft wirken sie Tage, manchmal sogar Wochen nach. Und Alexander ist sehr einfühlsam, bei allem, was er tut. Also hast du gar keine Chance, als dich zu verändern. Komm doch mit zum Pool. Bitte. Ich frage auch Sienna und Olivia, ob sie Lust haben. Was meinst du? Oder wolltest du heute noch arbeiten?"

„Ich habe viel weniger zu tun als gedacht und habe schon ein schlechtes Gewissen." Inzwischen war Moira klar, dass Iris sie nicht zum Arbeiten hierhergeschickt hatte. Die Freundin hatte einen Plan verfolgt und ihn bestimmt mit den Sullivans ausgeheckt. Gott! Ihr wurde bereits heiß, wenn sie nur daran dachte, dass die Brüder bald hierkommen würden, wissend, dass Moira nicht halb so verklemmt war, wie sie sich selbst präsentiert hatte. Und sie würden sofort wissen, was Alexander mit ihr getan hatte. Eigentlich wussten das eine Menge Menschen.

Rachel brach in ein herzerfrischendes Lachen aus. „Du bist geliefert, Moira. Dein Gesicht kann man lesen wie ein Buch. Willkommen im Club der Subs mit den Großbuchstaben und Wegweisern auf der Stirn. Also, wie sieht es aus?"

„Ich komme gerne mit." Außerdem beschlich sie das Gefühl, dass sie Seelenverwandte gefunden hatte, und wenn sie ehrlich war, wollte sie über die vergangenen Tage reden. Sie brauchte das unbedingt, damit sie besser verstehen konnte, was mit ihr geschehen war. Waren ihre Reaktionen ganz normal bei einer devot veranlagten Frau, die ihren Kink endlich auslebte? Oder war das bloß bei ihr so? Vielleicht war es auch ausschließlich Alexander, der das in ihr verursachte, und kein anderer Dominanter würde jemals die gleichen Emotionen in ihr auslösen. Warum mussten Gefühle nur dermaßen schrecklich kompliziert sein? Obendrein ließen sie sich nicht einfach identifizieren und vermischten sich oft zu einem unüberschaubaren Gemenge.

„Wir holen dich in einer halben Stunde ab." Rachel seufzte theatralisch. „Ich würde mich wahnsinnig gern mit Cocktails abfüllen, doch das kommt nicht infrage. Ich muss nachher nach Hause fahren."

***

Moira stellte sich in ihrem neuen mokkabraunen Bikini vor den Spiegel und rümpfte die Nase, wobei sie an die eigenen Worte denken musste. Anderen wohlgemeinte Ratschläge zu geben, war viel einfacher, als diese selbst zu befolgen. Ob sie besser aussehen würde, wenn sie ein paar Kilos den Garaus machte?

Du könntest Alexander fragen, ob er dich auf eine Streckbank legt und deine Größe um zehn Zentimeter erweitert, dann hättest du sogar die Beine, die du schon immer haben wolltest.

Sie zog den Bauch ein und grinste sich an. Miss World würde sie nicht werden, aber Miss Ugly auch nicht. Es hätte sie weitaus schlimmer treffen können. Moira zog sich ein T-Shirt und Sweatshorts über, ehe sie in Flip-Flops schlüpfte. Alexander wollte sie heute Abend sehen und hatte sie gefragt, ob sie den *Catalan Vault* mit ihm besuchen wolle, nicht als aktive Teilnehmerin, sondern als Beobachterin. Es war Anfängernacht, die Spiele würden leicht sein und sie nicht überfordern, hatte er ihr versichert.

Moira wusste noch nicht, wie sie sich entscheiden sollte. War das nicht eine Invasion in die Privatsphäre von fremden Menschen? Laut Alexander mochten es sehr viele Paare, wenn man ihnen dabei zusah, wie sie sich fallen ließen. Moira konnte sich das nicht vorstellen. Für sie war Sex stets privat gewesen, etwas, das sie nur mit einem Menschen teilen wollte. Davon hatte sie in den vergangenen Jahren immer geträumt. War sie wirklich bereit, Intimität aus dem Schlafzimmer in die Öffentlichkeit zu zerren? Allerdings würde sie die Antwort nie wissen, ohne es auszuprobieren.

„Auf der *Insel* kann alles passieren, wovon du dein Leben lang fantasiert hast, muss es jedoch nicht. Wir haben auch viele Paare, die in ihren Bungalows bleiben. Du entscheidest, Moira." Mit diesen Worten hatte Alexander sich heute Morgen von ihr vor ihrer Tür verabschiedet, nachdem er die Nacht mit ihr verbracht hatte. Das Frühstück war entspannt gewesen, und es war, als würde sie ihn schon seit Jahren kennen. Das war besonders seltsam und verwunderlich, weil sie niemals nie nicht jemanden so schnell an sich heranließ. Eigentlich war Iris die einzige Vertraute und sie hatte Iris am langen Arm verhungern lassen. Im Nachhinein betrachtet war das ziemlich egoistisch von Moira gewesen. Wenn Iris nicht eine wirkliche Freundin wäre, hätte sie Moira längst aufgegeben. Moira hatte das für selbstverständlich gehalten, dabei war eine derartige Verbundenheit ein höchst seltenes Geschenk, das man hegen und pflegen musste. Sie nahm sich fest vor, die Versäumnisse nachzuholen, sobald sie zurück in der Heimat war.

Ohne Alexander!

Das traf sie wie ein Schlag in die Magengrube.

In diesem Moment klopfte es an der Haustür, und sie hörte das fröhliche Geschnatter von drei Frauen, die ihre Traummänner gefunden hatten. Was, wenn auch Moira diesen gefunden hatte, aber nicht mehr daraus werden konnte, als es jetzt war? So wie sich das im Moment anfühlte, drosch gerade Mike Tyson auf sie ein.

Uhrgs!

Moira zwang ein Lächeln auf ihr Gesicht, was allerdings zu einem echten wurde, sobald sie vor Sienna, Olivia und Rachel stand, die sie sogleich stürmisch begrüßten.

„Ich brauch alsbald unbedingt ein paar Eiswürfel oder eher gesagt Eisbrocken", sagte Sienna.

„Hast du Alec gestern wieder geärgert?", fragte Rachel mit einem beinahe ehrfürchtigen Unterton.

Erst jetzt verstand Moira, wofür Sienna das Eis brauchte.

„Es kommt drauf an, wie man *Ärgern* auslegt."

„Anscheinend hat dein Master eine völlig andere Auffassung von diesem Wort als du." Olivia schlug Sienna spielerisch auf den Hintern, die der Dunkelhaarigen einen wahrhaft finsteren Blick zuwarf.

„AUA!"

„Spuck's aus. Was hast du angestellt?"

„Ich habe mich unterm Tisch versteckt, während er auf der Toilette war, und nach seinem Knöchel gegriffen, als er an mir vorbeigelaufen ist. Er hat geschrien und ist, ich schwöre es, einen Meter in die Luft gesprungen. Ich musste so hart lachen, dass mir die Tränen gekommen sind. Ihr wisst schon, weil er immer so kontrolliert ist und andauernd so düster dreinschaut. Die neuen Subs erstarren ausnahmslos bei seinem Anblick."

„Dein Triumph hat sicherlich nicht lange angehalten!" Rachels Augen erschienen plötzlich doppelt so groß.

„Er hat beim Arschversohlen die ganze Zeit über gelacht. Ich habe das auch versucht ... für dreißig Sekunden, oder so."

„Du hast genau das bekommen, was du wolltest. Also jammere nicht herum." Olivia grinste ziemlich bösartig.

„Wozu braucht man einen Master, wenn man solche Freundinnen hat?" Beide brachen in ein hexenartiges Gekicher aus, das deutlich zeigte, wie gern sie sich hatten. Sie hatten bestimmt keine Geheimnisse voreinander.

Unvermittelt legte Sienna ihr den Arm um die Schultern. „Falls dir unsere Flachsereien zu direkt sind, raus damit. Wir vergessen manchmal, dass es auch für uns nicht immer so einfach war, wie es momentan erscheint. Es lag ein langer, spankiger Weg vor uns. Aber wir brauchen den Austausch untereinander, um nicht in Selbstgrübeleien zu versinken. Devot zu sein, kann ganz schön schwer sein. Und schmerzhaft."

Sienna blickte so zerknirscht drein, dass es jetzt Moira war, die in ein wildes Gelächter ausbrach. Die gar nicht unterwürfigen Subs machten es einem leicht, sie zu mögen. Und da Moira keine Mauern mehr hatte, hinter denen sie sich verstecken konnte, machte es einfach nur Spaß, sich darauf einzulassen. Woher sie bis vor ein paar Tagen die Kraft genommen hatte, um sie immer wieder aufzubauen, war ihr momentan schleierhaft, denn es war die Energie nicht wert.

Sie schlenderten über die gepflasterten Wege und erreichten nach fünfzehn Minuten den Salzwasserpool.

„Das ist traumhaft." Ein Strandbereich mit weißem Sand, Palmen und einer kleinen Bar machten das Karibikfeeling komplett.

„Sollen wir uns dahinten hinlegen?" Rachel zeigte auf ein paar Liegen, die teilweise im Schatten standen, aber auch etwas abseits waren.

„Hast du Moira gesagt, dass das hier ein Nacktbereich ist?" Gerade als Olivia es aussprach, bemerkte Moira die beiden Frauen, die auf einer Decke lagen und sich keine Sorgen um weiße Bereiche auf ihrem Körper machen mussten.

„Offensichtlich nicht. Hast du ein Problem damit? Das verstehen wir."

„Alles gut. Ist ja schließlich nicht so, dass ich noch nie nackte Menschen gesehen habe."

„Ich sehe nackte Menschen", flüsterte Sienna, sodass sie vereint in Lachen ausbrachen. Wenn Frauen unter sich waren, verwandelten sie sich in Teenager. Das war schon immer so gewesen, würde immer so sein, und es war sinnlos, sich dagegen zu wehren. Und endlich lag keine Last auf ihrer Seele, die sie davon abhielt, Spaß in vollen Zügen zu genießen. Natürlich hatte sie noch einen steilen Anstieg vor sich, doch das Basiscamp war in Sicht, sodass es ihr nicht mehr unmöglich erschien, den Gipfel eines Tages zu erreichen.

„Ich hole uns ein paar Fruchtcocktails, Chips und Obst. Kommst du mit?", fragte Sienna.

„Klar." Sie liefen zur Bar, und Moira wollte im Boden versinken, weil einer der heißen Zwillinge dahinterstand und seine Aufmerksamkeit augenblicklich auf sie richtete. Schwarze Haare und blaue Augen. Himmel!

Meinst du nicht eher: Hölle? Im Himmel hat so einer definitiv nichts verloren.

„Marcus, das ist Moira."

Irgendwie mussten die beiden zu unterscheiden sein, denn Sienna hatte nicht eine Sekunde bei seinem Namen gezögert.

„Wir haben uns bereits gesehen, jedoch noch nicht miteinander gesprochen." Er lief hinter dem Tresen hervor und küsste Moira auf die Wange.

Warum nur musste ihr Blut so dämlich sein und in den unpassendsten Momenten in irgendwelche Regionen ihres Körpers rauschen, sodass sie sicherlich wie eine Vorzeigetomate für die weltweite Tomatenpopulation aussah? Sie musste gerade daran denken, was er und sein Bruder Ophelia angetan hatten. Anscheinend war sie eine schlimmere Voyeurin, als sie es sich eingestehen wollte.

Möglicherweise sollte sie sich das mit dem Entblößtsein überlegen und zurück in ihren Bungalow flüchten. Er trug das obligatorische schwarze T-Shirt und eine gut sitzende Jeans.

„Du kannst doch sprechen, Moira?"

Dabei hielt er Moiras Blick mit einer belustigten Überlegenheit gefangen. Er weilte nicht nur in der Hölle, er war der Fürst persönlich.

„Wie ein Wasserfall." Wenigstens hatte sie nicht gesagt, dass sie eine Wassermelone trug. Die ganze Situation war skurril und sie konnte ihre Nervosität nicht verbergen. Marcus zwinkerte ihr zu und zog sich in seine Bar zurück. Moira wollte so sehr einen Koalabären.

„Ladys, was darf ich euch bringen?"

Sienna gab die Bestellung auf. Moira zählte indessen die Grashalme. Ein paar Minuten später stellten sie alles auf einen Tisch, der vor ihren Liegen stand. Rachel und Olivia hatten es sich bereits bequem gemacht. In Bikinis!

„Ihr …" Moira musste schon wieder lachen.

„Wir konnten nicht widerstehen", sagte Rachel mit einem zerknirschten Unterton, während sie mit den Wimpern klimperte. Wenn sie ihren Master immer so ansah, fiel es ihm bestimmt schwer, hart zu bleiben.

„Ihr seid abgrundtief böse."

„Du hättest dein Gesicht sehen sollen, als du Marcus entdeckt hast und sogleich Pläne geschmiedet hast, wie du dich hinlegen kannst, ohne dass er dich bemerkt. Du kannst dich ausziehen, musst es jedoch nicht, es sei denn dein Master befiehlt dir etwas anderes." Olivia hielt sich den Bauch vor Lachen. „Das ist aber für uns nur so komisch, weil wir allesamt durch das Tal der Scham gekrochen sind. Es ist nicht einfach, die Hüllen fallen zu lassen, und damit meine ich nicht bloß die Kleidung. Außerdem wollten wir das Eis brechen, sodass du erkennst, dass wir deine Gefährtinnen sind. Du brauchst uns, wenn du gegen Alexander bestehen willst."

Moira griff nach einem Glas und drückte es Olivia in die Hand. Alle nahmen sich einen Fruchtcocktail und die Gläser stießen mit einem fröhlichen Klirren aneinander.

„Alle für eine, eine für alle. Euer glühender Arsch ist auch mein glühender Arsch."

Warum hatte Sienna es in einer Lautstärke brüllen müssen, dass man es quer durch die *Insel* hörte?

Impulsiv schaute Moira zu Marcus und sein Schmunzeln konnte man nur als raubtierhaft bezeichnen.

Wahrscheinlich würde er sie verpetzen!

Ihr Magen machte schon wieder dieses Saltoding, da sie sich vorstellte, wie eine Bestrafung aussehen könnte. Dabei wusste sie doch bereits, dass sie Alexander nicht einschätzen konnte.

Hilfe!

Alexander wartete ungeduldig darauf, dass Joe endlich in Davids Büro kam. Normalerweise war er immer auf die Sekunde pünktlich. Es machte keinen Sinn, ohne ihn anzufangen, und er wollte sich nicht wiederholen. Er musste zugeben, dass es schwer war auszusprechen, was Moira widerfahren war. Übelkeit und ein kaum kontrollierbarer Zorn nagten an seinen Eingeweiden. Angesichts Alexanders Anspannung lag Davids besorgter Blick auf ihm, und sogar Alec runzelte die Stirn.

Endlich klopfte es an der Tür und Joe schritt herein. Man sah ihm an, dass er ein Ex-Marine und es gewohnt war, oben in der Befehlskette zu stehen. Allerdings hatte er zum Glück kein Problem damit, sich anderen unterzuordnen. Er war David treu ergeben und achtete Alecs und Alexanders Stellung auf der *Insel*. Das machte ihn zu dem besten Head der Security, den man haben konnte. Er hätte in jedem Unternehmen anfangen können, hatte sich aber für sie entschieden. Joe hatte genug vom Krieg, von den Toten und dem Töten. Joe war es leid, immer unter Strom zu stehen. Er war zufrieden mit dem, was er hatte, und wollte es auch nicht anders haben. Vielleicht würde sich das irgendwann ändern. Allerdings nutzte er weiterhin seine weitreichenden Kontakte, falls es erforderlich war.

„Sorry. Da war ein kleiner Zwischenfall mit Tessa und Sue. Sie haben sich wegen irgendwas gestritten."

David würde später nachfragen, das wusste Alexander, doch jetzt würden sie sich erst einmal um Moira kümmern. Joe setzte sich auf einen der vier Stühle, der Startschuss, dass Alexander reden sollte.

Für Alexander war es kein Missbrauch von Moiras Vertrauen, denn sie konnten die Pisser nur endgültig aus ihren Gedanken verbannen, wenn er alles über sie herausfand, was es herauszufinden gab. Er brauchte Hilfe dabei und konnte das ebenso wenig allein schaffen wie sie. Moira hatte all die Jahre versucht, mit dem Schrecken klarzukommen, und wäre beinahe daran zerbrochen. Das durfte nicht wieder geschehen. Die Psyche war ein fragiles Gebilde, die auch die stärkste Person in die Knie zwingen konnte.

Alexander griff nach einem Wasserglas und trank einen Schluck, ehe er ihnen von den Drecksäcken erzählte. Als er fertig war, ließ sogar Alec durchblitzen, was er darüber dachte. Ein absolut angewiderter Ausdruck huschte über die harten Züge. David wirkte, als würde er das Glas in seiner Hand gleich zerdrücken.

Und Joe … Genauso musste er aussehen, bevor er jemandem, der es verdiente, die Kehle durchschnitt. Das war keine leichte Kost und sie lag ihnen bleischwer im Magen.

„Ihre Nachnamen kennt Moira wahrscheinlich nicht. Aber weiß sie noch, welches Datum an dem Tag war? Und was ist mit ihrer Freundin?"

„Das muss ich noch in Erfahrung bringen. Ich muss gestehen, dass ich nicht damit gerechnet habe, dass sie sich mir so schnell anvertraut."

„Moira war zu lange eingeschnürt und starke Gefühle lösen das oft aus. Der erste Knoten platzt und der Rest explodiert förmlich." Davids intelligenter Blick ruhte auf ihm. „Ich weiß, dass der *Federzirkel* mit einem Timothy zusammenarbeitet, wenn es um Informationen geht. Ich stelle den Kontakt zwischen euch her. Und auch Sean Carrigan hat Verbindungen."

Joe nickte. „Stacy ist auf jeden Fall ein Schlüsselpunkt. Ihr hat man nichts angetan? Und sie war allein mit einem von ihnen?"

„Soweit ich es bisher weiß, trifft das zu."

„Ich zapfe meine Quellen an und finde heraus, ob diese abartigen Ratten irgendwo aufgefallen sind. Ich teile deine Einschätzung, dass das Profis sind. Sie haben nicht nur genau gewusst, wonach sie Ausschau halten mussten, um ein geeignetes Opfer zu lokalisieren, sondern auch, welche Drogen sie einsetzen mussten, um Moira in einen willenlosen Gegenstand zu verwandeln, damit sie ihr das antun konnten. Sie haben Spuren hinterlassen, und die werde ich aufspüren."

Obwohl Alexander vorab gewusst hatte, dass auf Joe Verlass war, war es dennoch erleichternd, es aus seinem Mund zu hören.

„Wie macht sie sich sonst?", fragte David.

„Sie ist scheiße perfekt für mich."

Das beschrieb alles.

Alec und David grinsten wie zwei durchgeknallte Schwarzbären.

„Ihr seid furchtbar. Wisst ihr das eigentlich?"

„Um es mit Siennas Worten zu sagen: Es gibt für jeden Arsch die passende Handfläche. Manchmal muss eine Sub eine Menge auf sich nehmen, damit der Master seine stählen kann."

Alexander war sich sicher, dass Alec mit seiner Nägel in eine Zementwand schlagen konnte.

„Ich werde alle darüber informieren, dass sie Moira nicht zu zweit in die Ecke drängen dürfen. Sie ist tabu und mit Bedacht zu behandeln."

Auf der *Insel* herrschten strenge Regeln, und die Subs waren dazu angehalten, Mastern und Dominanten mit Respekt gegenüberzutreten; dasselbe galt natürlich andersrum. Aber eine unerfahrene Sub wie Moira könnte unwissentlich in ein Fettnäpfchen treten oder sich, im schlimmsten Fall, darin herumwälzen.

„Danke, David."

„Nichts zu danken, das weißt du. Ich überlasse es dir, mit den Sullivans zu reden, nachdem sie eingetroffen sind. Erst dann wird Joe sich mit Timothy in Verbindung setzen. Bis dahin hast du bestimmt auch mehr in Erfahrung gebracht. Du weißt am besten, wie du bei Moira vorgehen musst."

Da die Lawine ins Rollen gebracht war, spülte Erleichterung über Alexander hinweg. Für ihn was es schrecklich gewesen, sich ihre Geschichte lediglich anzuhören. Sie war damit fünfzehn Jahre allein gewesen. Jetzt wollte er nur eines: Moira. Es war Zeit, sie aus ihrem vergnüglichen Zustand am Pool herauszureißen.

Er nickte seinen Freunden zu und machte sich auf die Suche nach der kleinen Sub. Am besten malte er sich nicht aus, was Olivia, Rachel und natürlich allen voran Sienna ihr eingeflüstert hatten.

Kapitel 8

Draußen war es bereits dunkel, ebenso dunkel, wie es die Absichten ihres Masters waren. Alexander hatte ein paar Geschenke für sie mitgebracht, ehe sie den *Catalan Vault* aufsuchen würden.

„Du musst das passende Outfit tragen, Irish."

Ihre Vorstellung von angemessener Kleidung unterschied sich erheblich von seiner.

„Zieh dich aus, damit ich dich schmücken kann."

Das war keine Bitte, sondern ein direkter Befehl, der keine Interpretationsmöglichkeiten offenließ. Obwohl ihr das klar war, zögerte sie. Leicht fiel es Moira nicht, sich in ihre Rolle zu fügen, so aufregend diese auch war. Schließlich durfte er sie bestrafen und würde es zweifelsohne tun. Und so, wie er jetzt wirkte, stand er kurz davor, sein Recht als Master in ihrer Beziehung auszuüben.

Schluck!

Sie trat die Flip-Flops von den Füßen und zog sich zeitgleich das T-Shirt über den Kopf. Vielleicht sollte sie vorsichtshalber auf die Knie sinken und ihn mit diesem „Hab-mich-lieb-Rachelblick" anschmachten. Musste er sie mit diesem Steingesicht anstarren?

Sie zog sich den Rock über die Hüften und stand in ihren lindgrünen Dessous vor ihm. Die würde er ihr bestimmt lassen. Oder auch nicht! Das Halsband baumelte von dem Zeigefinger seiner rechten Hand und das unterstrich seine Ungeduld auf eine höchst beunruhigende Weise. Moira verstand ihre sexuelle Erregung angesichts seines dominanten Verhaltens nicht, aber bei allem, was ihr heilig war, es törnte sie hochgradig an.

Am liebsten würde sie sich richtig bockig benehmen, sodass er gar keine andere Wahl hatte, als sie übers Knie zu legen. Doch dieser Schuss konnte auch nach hinten losgehen. Topping from Below konnte eine Strafe nach sich ziehen, die nichts mit Lustschmerz zu tun hatte, stattdessen unangenehm wie ein Besuch beim Zahnarzt ohne Betäubung war. Da gab es dieses Gerücht mit der brennenden Kerze, die Alexander einer Sub, die das bei ihm versucht hatte, in den Arsch gesteckt hatte, ehe er sie auf der Rezeption festgebunden hatte. In einer stillen Minute würde sie ihn fragen, ob dieses Gemunkel der Wahrheit entsprach, jedoch nicht jetzt. Nein, jetzt auf keinen Fall.

Er sezierte sie gerade mit diesem Blick, der überall auf ihrer Haut kribbelte, bis ihre Oberfläche glühte.

Moira öffnete den Verschluss des BHs und streifte sich anschließend die Träger über die Schultern. Sie ließ ihn achtlos zu Boden fallen, ehe sie sich des Höschens entledigte.

Er machte wieder dieses Grabesstille-Ding mit ihr, was ihr mehr zusetzte, als sie es zugeben wollte. Sie wusste einfach nicht, wohin mit den Händen, und widerstand der gewaltigen Versuchung, die Arme vor der Brust zu kreuzen. Das würde ihm bestimmt nicht gefallen. Alexander machte eine Bewegung mit dem Finger, dass sie sich drehen sollte. Anmutig und elegant wollte sie es machen, stattdessen stolperte sie über ihre blöden unkooperativen Füße und hielt sich automatisch an seinem Hemd fest, das ein deutliches Ratschen von sich gab. Zwei Knöpfe kullerten über den Boden, und es hätte sie nicht gewundert, wenn sie dabei höhnisch gekichert hätten.

„Moira McGallagher ..." So fließend, so bedrohlich, so heiser war sein Tonfall.

Sie schwankte zwischen einem hysterischen Ausbruch und einer unfassbaren Gier hin und her. Wie sehr sie eine Züchtigung durch ihn herbeisehnte, wurde ihr in dieser Sekunde mit einer Urgewalt bewusst.

„... du steckst in gewaltigen Schwierigkeiten. Was soll ich bloß mit dir anstellen? Irgendeine Idee?"

Als hätte er irgendwelche Vorschläge nötig. Moira war sich sicher, dass er förmlich vor sadistischen Einfällen übersprudelte.

„Wenn ich einen nach Luft schnappenden Fisch gewollt hätte, hätte ich mir einen Goldfisch besorgt." Inzwischen lagen seine Handflächen auf dem unteren Teil ihres Rückens, direkt über ihrem Po. Das Halsband streifte über die Rundung. Sie starrte auf den Bereich zwischen seinen Schlüsselbeinen.

„Was immer du für angemessen hältst, Master." Ein Windhauch verfügte über mehr Kraft als ihre Stimme. „Gibt es denn einen Katalog über angemessene Züchtigungen bei Fehlverhalten? Und wird pro Knopf ausgeteilt?"

Ganz leicht verstärkte sich der Druck auf ihren Lendenwirbeln.

„Du weißt sicherlich, was ein Teaser bei einem Roman ist. Das posten sadistische Autorinnen auf ihren Facebook-Seiten, um den Appetit ihrer Leser anzuregen. Ich glaube, du hast dir auch einen derartigen Anreger verdient. Schließlich hast du keine Ahnung, was ich mit dir machen kann. Doch gleich wirst du es im Ansatz wissen."

Ehe sie überhaupt ausatmen konnte, hatte er ihren Nacken fest gepackt und sie über den Esstisch gebeugt. Die Tischkante presste in ihre Oberschenkel. Die Platte lag kalt und unnachgiebig unter ihr.

„Hey!"

Zuerst hörte sie das laute Klatschen, ehe der entsetzlich brennende Schmerz einsetzte. Da sie versuchte, sich hochzudrücken, ihm irgendwie zu entkommen, löste er den Griff um ihren Hals und krallte die Finger in ihr Haar. Der Schmerz war genug, um sie effektiv an Ort und Stelle zu halten. Sie erwartete einen sofortigen neuen Treffer, doch er ließ sich Zeit und lachte, so abgrundtief überlegen und dominant. Bevor sie darauf reagieren konnte, knetete er den malträtierten Bereich alles andere als sanft. Das war fast peinigender, als es der Schlag gewesen war, denn diese Pein war ziehend und reichte tiefer.

Und dann drosch er in schneller Reihenfolge drei Mal auf dieselbe Stelle ein. Zu ihrem Leidwesen kreischte sie, weit davon entfernt, seine Züchtigung mit stoischer Ruhe zu ertragen. So hatte sie sich das immer in ihren Fantasien vorgestellt und dass sie dabei allenfalls leise stöhnen würde.

Er umfasste ihre Schultern und richtete sie auf. Moira ahnte, dass er sie umdrehen wollte, damit er seinen scheiß Blick in ihre Augen bohren konnte. Das wollte sie auf keinen Fall, doch er brauchte sich nicht sonderlich anzustrengen, um ihre Befürchtungen zu erfüllen. Gleißende Intensität schlug ihr entgegen und sie konnte ihm nicht standhalten, starrte daher auf seinen Brustkorb.

„Sieh mich an, Irish."

Ihr bleib keine Wahl, als ihm Folge zu leisten. Es mochte vielleicht ein Spiel von Dominanz und Unterwerfung sein, aber Alexander nahm es ernst, ernster als sie gedacht hatte. Doch das war nicht das, was sie am meisten beunruhigte, sondern das unerwartete Bedürfnis, sich in seine Arme zu schmiegen, um Trost von ihm zu erfahren.

„Dir ist klar, dass du das verdient hast."

Heute war anscheinend der Tag der Erkenntnisse, denn sie begriff, dass irgendwas in ihr die Bestrafung nicht nur akzeptierte, sondern sie gebraucht hatte, damit etwas in ihr heilen konnte.

„Ja, Master. Ich verstehe, warum du mich gezüchtigt hast."

Alexander zog Moira in die Arme, und beinahe wäre sie in Tränen ausgebrochen, dermaßen eng fühlte sie sich mit ihm verbunden. Schmerz brachte eine Nähe, die sie vorher noch nie empfunden hatte. Aberwitzigerweise wollte sie mehr davon.

„Wenn du dich benimmst, werde ich dich mit einem erotischen Spanking belohnen. Falls nicht, belohne ich mich mit einem Spanking, bei dem du im Gegensatz zu mir alles andere als Lust fühlen wirst. Aber was auch immer ich dir heute Nacht antue, wird dich nicht unberührt lassen und viel von dir einfordern. Nun, wie möchtest du es haben?"

„Ich werde brav sein." Vermutlich! Und wie scheiß verführerisch ihr Hintern brannte. Das war auf seine ganz eigene Art beunruhigend.

„Das wird sich noch herausstellen." Er löste sich von ihr und nahm das cognacfarbene Halsband, das er vorhin auf den Tisch geworfen hatte.

„Halt deine Haare hoch." Er stellte sich hinter sie und Sekunden später schmiegte sich das weiche unterfütterte Leder um ihren Hals. Es hatte verschnörkelte Einkerbungen und zwei silberne Ringe, an die ihr Master alles Mögliche befestigen konnte. Nachdem er die Schnalle verschlossen hatte, prüfte er mit zwei Fingern, ob es nicht zu eng saß. Sie war sicher bei ihm, war es seit dem ersten Augenblick gewesen und würde es bis zu ihrer Abreise sein.

Schnell jagte sie den Gedanken an das Urlaubsende ins Nirwana. Nichts sollte ihr Zusammensein mit Alexander trüben. Zu Hause wäre es früh genug, in ein kaltes, dunkles Loch zu fallen. Aber möglicherweise geschah das gar nicht. Schließlich würde sie eine Sphäre an Licht und Wärme mit nach England nehmen. Daran konnte sie sich festhalten, auch wenn sie sich nicht an Alexander klammern konnte.

Er umfasste ihre Schultern, ganz sanft, und küsste sie auf den Nacken oberhalb des Schmuckstückes, denn genau das war es. Es war ein Symbol, ein Band, das sie äußerlich und vor allem innerlich mit ihm vereinte.

„Fühlt es sich gut an?"

Sie liebte die Gänsehaut, die seine samtene Stimme bei ihr verursachte, sobald er flüsterte. Jede Reaktion auf ihn war nicht nur oberflächlich, sondern eindringlich. Das überraschte sie stets aufs Neue. Ob sich sein Effekt abnützen würde?

Nein, niemals.

Dazu brauchte sie nur an Viola, Kim, Sally und Iris zu denken, die das ausstrahlten, was Moira spürte, sobald Alexander in ihrer Nähe war. Jetzt verstand sie die Blicke und Gesten, die die jeweiligen Paare ständig austauschten. Bei Olivia und Sienna hatte sie dasselbe beobachtet, sogar bei Rachel, obwohl Moira Liam noch nicht kennengelernt hatte. Doch selbst in seiner Abwesenheit hatten Rachels Handlungen auf der *Insel* Auswirkungen auf sie. Als wäre man in einer anderen Zeit und Dimension und der Alltag musste draußen bleiben. Irgendwie war es wie ein Rollenspiel, das eben nicht nur gespielt, stattdessen sehr echt ausgelebt wurde. Es gab Regeln, die sowohl den devoten als auch den dominanten Part schützten. Zumindest hier und im *Federzirkel.*

„Hände hinter den Rücken." Seine Stimme riss sie aus den Gedanken.

Aber wie wollte er ihr dann den Fetzen Stoff überziehen? Dieses durchsichtige Ding, das sie allenfalls im Schlafzimmer tragen würde.

Weil er es dir nicht anziehen wird! Seine Strafe ist ein bisschen tiefgehender als ein paar Hiebe auf deinen Po.

Trotz ihrer Bedenken gehorchte sie ihm, und gerade das entfachte ihre Erregung. Sie war klar bei Verstand und tat freiwillig etwas, das sie eigentlich nicht wollte und irgendwie doch. Alexander übte zwar Zwang auf sie aus, aber sie hatte die Macht, sich dagegen zu wehren. Allerdings wollte sie das gar nicht. Sie steckte in einem herrlich aufregenden Dilemma. Er traf Entscheidungen für sie, die sie seltsamerweise keinesfalls unterdrückten, sondern auf eine gewisse Weise befreiten. Anstatt hin und her zu überlegen, alles gegeneinander abzuwägen, beraubte er sie dieser Option.

Moira führte die Hände hinter ihren Rücken, und ein paar Minuten später waren ihre Handgelenke mit Manschetten umschlossen, die Alexander mit einer kurzen Kette miteinander verband. Diese wunderbare Hilflosigkeit breitete sich in ihr aus. Ihr Master umrundete sie schweigend, bis er vor ihr stehen blieb.

„Du siehst bezaubernd aus, und es gibt keinen Grund, etwas von dir zu verhüllen. Die anderen können sich an dir satt sehen, was sie auch tun werden." Seine Mundwinkel verzogen sich zu einem wahrhaft spöttischen Lächeln. Er reizte sie absichtlich, wollte, dass sie sich noch stärker in seinem Netz verfing, damit sie durch Eigenverschulden ein sehr intimes Rendezvous mit seinem Sadismus bekam.

Moira zögerte diesmal nicht, ihm direkt in die Augen zu starren.

„Wie lieb, gehorsam und devot du doch sein kannst, wenn du dir ein kleines bisschen Mühe gibst."

Trotz ihrer Bemühungen wäre ihr fast ein Protest über die Lippen geschlüpft, denn selten hatte sie mehr Willen bewiesen, als im Moment.

„Das *Catalan Vault* erwartet uns. Dort finden wir heraus, wie weit deine Mühe reicht, Irish." Er ging vor ihr in die Hocke und half ihr in die Flip-Flops. „Die sind nur für den Weg. Schließlich wollen wir Verletzungen vermeiden, die nicht durch mich verursacht werden."

Mit einer Hand streichelte er die Innenseite ihres rechten Schenkels. Seine Handlungen lullten ihren Verstand ein, sodass sie das Wort *Verletzungen* erst nach und nach begriff. Er wollte ihr bestimmt nur Angst einjagen. Leider funktionierte es.

„Vielleicht schmücke ich dich nachher mit ein paar Klemmen. Zum Beispiel hier." Er küsste sie auf die Klit, und auf der Stelle surrten Impulse durch ihren Unterleib, die zu drängend waren, um sie zu ignorieren. Dann stand er auf und zwickte ihre Nippel. „Und hier. Oh, das würde dir gefallen, nicht wahr?"

Sie stöhnte von dem Lustschmerz und ihr verräterischer Körper verlangte mehr davon. Als ihre Brustwarzen schrecklich pulsierten und geschwollen waren, versiegelte er ihre Lippen mit seinem Mund und küsste sie genauso, wie ein Master es ihrer Meinung nach tun sollte. Der Kuss war leidenschaftlich und erneuerte das Prickeln an den Körperstellen, die er gerade stimuliert hatte. Dass sie ihn nicht berühren konnte, war frustrierend, aber auch erregend.

Alexander trat einen Schritt zurück und musterte sie nachdenklich, ehe er den Arm um sie legte. Im Gegensatz zu ihr fühlte er sich heiß an.

„Niemand außer mir darf dich anfassen. Du sprichst nur nach Aufforderung, es sei denn, du möchtest dein Safeword sagen. Du kannst Gelb sagen, falls dir etwas zu viel wird. Es kann verstörend sein, wenn man Zeuge davon wird, wie jemand vor Schmerzen weint oder augenscheinlich zu Handlungen gezwungen wird, die er auf den ersten Blick nicht ertragen kann. Doch bedenke, alles, was im *Catalan Vault* geschieht, ist einvernehmlich."

„Und falls ein Dominanter das Safeword nicht beachtet? Er es nicht hört oder in seiner Gier zu heftig fortgetrieben wird?"

„Wir haben Aufpasser und alle Gäste geben aufeinander acht. Subs werden sich nicht direkt einmischen, aber Hilfe holen, die nie weit weg ist. Und die Strafen sind hart, sowohl körperlich als auch finanziell. Allerdings ist niemand unfehlbar. Sogar hier nicht. Doch wir tun alles, was möglich ist, damit jeder auf der *Insel* bekommt, was er möchte. Die Standards sind hoch und werden ausführlich erklärt, bevor die Gäste in die öffentlichen Spielbereiche dürfen."

„Ausnahmslos?"

Er zögerte einen Moment, ehe er antwortete. „Für die normalen Gäste, ja."

„Gehöre ich dazu?"

„Als du auf der *Insel* eingetroffen bist, nein. Du standest von Anfang an unter dem Schutz von David, Alec und mir."

„Eine Art Spezialauftrag?"

„Wenn du es so bezeichnen möchtest."

„Nehmt ihr solche Spezialaufträge andauernd an?" Vielleicht war sie gar nichts Besonderes für Alexander und er plagte sich des Öfteren mit Ich-trau-mich-nicht-Subs herum, die tief vergrabene Lasten mit sich durch die Gegend schleppten. War sie nur ein Job für ihn? Würde er sich nach getaner Arbeit die Hände waschen und sich dem nächsten Projekt zuwenden? War sie ein länderübergreifendes Masterding? Und es war für die Männer eine Frage der Ehre, sich gegenseitig zu helfen, wie bei irgendeinem Geheimbund, der sich an einen Kodex hielt.

Sie spürte etwas Außergewöhnliches bei Alexander, aber das mochte einseitig sein. Wahrscheinlich verlief sie sich in einem Labyrinth, bei dem natürlich der Ausgang von Anfang an festgestanden hatte. Hier wurde nichts verschoben. Ihr schwirrender Kopf machte sie noch verrückt.

Doch all das hörte auf, sobald Alexander sie auf die Veranda hinausführte und die kühle Luft über ihre Haut streichelte. Solarfackeln wiesen ihnen den Weg. Sollte sie nicht lieber einen Rückzieher machen? War sie wirklich bereit, anderen Menschen beim Sex zuzusehen? Aber irgendetwas stimmte nicht, denn Alexander schlug nicht die Richtung zum Haupthaus ein, sondern er brachte sie zu seinem Bungalow.

Er hatte lediglich ihr Kopfkino angefacht und wieder einmal mit ihren Ängsten und Sinnen gespielt.

„Du bist so gemein."

„Achte auf deine Worte, Irish. Sie könnten dir zum Verhängnis werden. Noch kann ich dich in den *Catalan Vault* bringen. Vielleicht legst du es darauf an."

„Nein, ich meine, bitte nicht, Master."

„Du willst lieber mit mir allein sein, ganz ohne Aufpasser?"

„Kein Aufpasser auf der Welt kann mich vor mir selbst schützen. Da ist diese Gier in mir, die du geweckt hast, und ich brauche etwas, das ich nicht verstehe."

Abrupt blieb er stehen und stellte sich vor sie, legte den Handrücken unter ihr Kinn und neigte ihren Kopf nach oben. Die Geste war ebenso zärtlich, wie es der Ausdruck in seinen Augen war. Alexander konnte wie Granit sein oder wie Samt. Manchmal beides zusammen.

„Ich verspreche dir, dass du deine Bedürfnisse schlussendlich begreifen wirst und sie als einen wichtigen Part deiner Persönlichkeit nicht nur anerkennst, sondern auch akzeptierst. Du wirst nicht länger verachten, was du bist. Sich nach Unterwerfung und Lustschmerz zu verzehren, ist nichts Anrüchiges. Allerdings behaupte ich nicht, dass es einfach wird. Anders zu sein, als es von einem großen Teil der Gesellschaft gefordert wird, ist nie leicht. Doch wenn du dir zum Beispiel die Ansichten der erzkonservativen katholischen Kirche ansiehst, erlauben sie den Beischlaf nur zur Fortpflanzung. Da ist es bereits verwerflich, sich oral zu befriedigen. Alles ist stets eine Sache der Toleranz und des gegenseitigen Respekts. Worauf du dich auch immer mit mir einlässt, es wird stets einvernehmlich und mit Zuneigung geschehen." Er schenkte ihr ein Lächeln, mit dem er zweifelsohne eine Polarkappe schmelzen könnte. „Vertraust du mir?"

Sie spürte, dass das eine weitreichende und tiefgreifende Frage war, die sich jedoch mit einem einzigen Wort beantworten ließ. Denn damit war alles gesagt und bildete das Fundament einer Beziehung, die man nicht so einfach einreißen konnte.

„Ja."

„Eine erfreuliche Antwort, Irish. Und wie ist es mit dem Vertrauen dir selbst gegenüber?"

„Ich … ich vertraue dir viel mehr."

„Warum?"

„Sowohl mein Bauchgefühl als auch meine Instinkte wissen, dass du mir nie schaden würdest." Und das meinte sie aus vollem Herzen. „Doch ich schaffe es mit Leichtigkeit, mir selbst sehr wehzutun, immer und immer wieder. Im Gegensatz zu mir würdest du mir das nie antun."

Alexander starrte auf das bezaubernde gefesselte Wesen, obwohl eigentlich er derjenige in Fesseln war, überwältigt von ihren Worten, ihrer Persönlichkeit, von der ganzen Frau. Er wusste nicht, wohin ihre gemeinsame Reise führen sollte. Doch nur der Moment war wichtig, weder die Vergangenheit noch die Zukunft. Es war nicht wichtig, was sein könnte, sondern nur das, was war. Im *Könnte* zu vegetieren war unbefriedigend, und ständig gegen Geister anzukämpfen, war von vornerein zum Scheitern verurteilt. Das *Ist* war das, was zählte. Er musste aufhören, an morgen zu denken, denn schließlich wusste er nicht, was das Universum für Moira und ihn bereithielt. Manchmal musste Schlimmes geschehen, sodass das Schicksal etwas Gutes daraus formen konnte. Seine Schwester Olivia hatte die Hölle durchquert, aber ohne diese verhängnisvolle Reise wäre sie vielleicht nie mit David zusammengekommen. Liam hatte alles verloren, ehe er Rachel und seine bezaubernde Tochter Bridget bekommen hatte. Alexanders Wege hätten sich nie mit Moiras gekreuzt, wenn sie niemals auf diese Pisser getroffen wäre. Man konnte die Vergangenheit sowieso nicht mehr ändern und traf in der Sekunde, in der die Ereignisse stattfanden, Entscheidungen, die einem in dem Moment am besten erschienen. Hinterher war man immer schlauer, sowohl im negativen als auch im positiven Sinn.

„Dann komm, damit ich dir beweise, dass dein Vertrauen in mich gerechtfertigt ist, und zwar bedingungslos." Er hätte noch ewig an dieser Stelle verharren können, gefangen in diesem besonderen Augenblick. Doch seine süße Beute musste ins Warme.

Mit dem Zeigefinger strich er über ihre Wange, wissend, dass sie die Berührung verinnerlichte. Moira war sehr aufgewühlt und das konnte sie nicht vor ihm verbergen. Sie nahm jede Stimulation in hochauflösender Fühlqualität wahr, genau wie es sein sollte, sobald ein Master einen Plan verfolgte.

Diesen Zustand würde er bis aufs Äußerste ausreizen, ehe er ihr Reize zufügte, die sie bis an ihre Grenzen brachten. Dicht zog er sie an sich, während sie zu seinem Bungalow liefen. Kurz bevor sie das Ziel erreichten, trafen sie auf Alec, der es sich nicht nehmen ließ, Moira gründlich zu betrachten. Alexander kannte ihn gut genug, um sein Amüsement zu bemerken. Moira dagegen ahnte nichts davon und zappelte unter der Aufmerksamkeit des Sadisten.

Sie würde sich gut als Dekoration im *Catalan Vault* machen und dabei das Auge jedes dominanten Mannes erfreuen. Ihr Unbehagen war eine sehr deliziöse Zutat. Alexander vermutete, dass es sie insgeheim anmachte. Doch bis sie sich das selbst eingestand, gab es eine Menge für ihn zu tun und eine Menge für sie zu akzeptieren.

„Sie ist genauso entzückend, wie ich sie mir vorgestellt habe. Hübsche Titten. Hast du sie schon übers Knie gelegt?" Alec sprach absichtlich von ihr in der dritten Person. „Ich vermute, noch nicht, denn sie sieht mich gerade an, als wollte sie mir in den Arsch beißen."

„Tut sie das?"

Moira stieß einen ziemlich gequälten Atemzug aus, verblieb aber ansonsten stumm, etwas, das ihr merklich schwerfiel.

„Ich werde das Versäumnis nachholen und dabei auch ihr ungebührliches Verhalten berücksichtigen. Sie muss eine Menge lernen."

„Wir sehen uns beim Frühstück. Vielleicht kann ich dein Werk bei dieser Gelegenheit bewundern." Alec schlenderte davon.

„Das war nur ein Scherz, oder?", wisperte sie so entsetzt, dass Alexander wirklich Mühe hatte, nicht zu lachen.

„Da muss ich dich leider enttäuschen. Das hängt wie immer allein von dem Grad deines Enthusiasmus ab, eine gute Sub zu sein."

Wahrscheinlich fragte sie sich gerade, was das sein sollte. Allerdings beabsichtigte er nicht, sie darüber aufzuklären. Für die Master der *Insel* war das ein fließender Bereich, individuell auf jede von ihnen zugeschnitten. Außerdem ließ er sich gerne überraschen. Zu viele Regeln schränkten ein und konnten das Zusammenspiel hemmen oder es sogar ganz zerstören.

Mittlerweile waren sie auf seiner Veranda angekommen und er brachte sie hinein. Er hatte bereits das richtige Szenario im Kopf. Vorher jedoch würde er ihre Angst ein wenig triggern, und zwar die, die Erregung bei Moira auslöste.

„Geh zum Teppich. Du weißt, was du dort tun sollst."

Erwartungsvoll sah sie ihm in die Augen. Das wurde er nie leid. „Ja, Master."

Sie war ein bisschen angepisst, doch diese Emotion würde sie bald vergessen, weil sich ihr Verstand und ihr Körper zu diesem Zeitpunkt mit ganz anderen Dingen beschäftigen würden.

Moira kniete sich ungelenk hin. Alexander versagte ihr seine Hilfe, da er wollte, dass sie sich darüber bewusst wurde, wie hilflos sie ihm ausgeliefert war, auch, dass sie es sehr mochte. Er holte die Matratze aus der Abstellkammer, die mit einem Latextuch bespannt war. Er zerrte sie in den Wohnbereich und ließ sie auf das Parkett fallen. Selbstverständlich starrte sie ihn inzwischen an, während ihr Verstand sich mit dem Latex beschäftigte. Auf die Mitte warf er ein Spannbetttuch aus Baumwolle, ehe er ihr mit einer Handbewegung andeutete, zu ihm zu kommen. Dann löste er die Kette der Manschetten.

„Bezieh die Matratze und leg dich anschließend mit dem Rücken nach unten darauf."

Obwohl ihr sicherlich ein ganzer Trupp an Fragen im Kopf herumschwirrte, schaffte Moira es, stumm zu bleiben. Er verschränkte die Arme vor der Brust und wippte mit den Zehen, sodass seine Schuhe ein schönes Geräusch auf dem Parkett machten. Sie zuckte von dem Tapp-Tapp zusammen, ehe sie sich zu kontrollieren vermochte. Ihr Blick huschte zu ihm. Ihr Erbleichen war entzückend und verflucht erregend. Alexander zwang seine Gesichtszüge in einen steinernen Zustand. Zum Glück ahnte sie nicht, wie schwer ihm das fiel.

Mit zitternden Fingern gelang es ihr kaum, ihre Aufgabe zu erfüllen. Normalerweise war es nicht kompliziert, eine Matratze zu beziehen, allerdings wenn man vor Aufregung bebte, sich obendrein die schlimmsten Schreckensszenarien vorstellte, dann konnten sich die einfachsten Dinge in komplexe Gebilde verwandeln. Während sie sich abkämpfte, bot sich ihm ausreichend Gelegenheit, ihren geilen Arsch zu betrachten, der ein wenig zu blass für seinen Geschmack war. Doch das konnte er mit ein paar Handgriffen ändern. Zudem baumelten ihre hübschen Brüste höchst ansprechend.

„Wird das heute noch was, Irish?"

Sie wusste es besser, als zu ihm zu schauen. Ihre Mimik war sicherlich keine Meisterleistung für eine Sub. Endlich war sie fertig und lag dort, wo er es ihr vor einer Ewigkeit befohlen hatte. Ihr Brustkorb hob und senkte sich unter ihren schnellen Atemzügen, während sie starr nach oben blickte. Er stellte sich an das Kopfende. Die nicht zufällig gewählte Lichtquelle ließ seinen Schatten auf sie fallen. Das allein reichte, um ihren hochgradig aufgelösten Zustand weiter zu steigern. Die Matratze war viel härter als der Durchschnitt und mit Schlaufen versehen. Er zog eine Augenbinde aus der Hosentasche und ließ sie in ihrem Gesichtsfeld baumeln, ehe er sich über sie beugte.

„Heb den Kopf an."

Nachdem sie es getan hatte, legte er die Augenmaske an. Sie war absolut blickdicht und groß genug, um Moira vollkommen die Sicht zu rauben.

„Du bleibst jetzt still liegen, während ich ein paar Utensilien für dich hole, die dir mehr oder weniger gefallen werden, wenn ich sie bei dir anwende." Er stand auf und lächelte auf sein williges Opfer herab.

Sehr, sehr hübsch und ein Fest für jeden seiner Sinne.

Oh Gott!

Moira schwor, dass sie in ihrem ganzen Leben noch nie so aufgeregt und erregt gewesen war wie jetzt. Sie riss die Augen weit auf, in der irrigen Hoffnung, irgendwas erfassen zu können. Die Dunkelheit war jedoch vollkommen. Allerdings war es nicht die kalte Finsternis, in die sie sich früher gerettet hatte, sondern eine völlig andere. Hier gab es keine Lautlosigkeit, keine Einsamkeit, kein Zurückziehen. Alexander war bei ihr und brachte ein Leuchten in die Schwärze. Dennoch ...!

Wenn sie doch nur etwas hören könnte außer sich selbst. Aber nein! Ihr Atmen machte einen Krach, als hätte sie einen defekten Blasebalg in der Brust, während das Blut in ihren Gehörgängen wie ein Gebirgsbach rauschte. Zum Glück sickerten allmählich weitere Geräusche zu ihr durch: Das Auf-und-Ab-Laufen ihres Masters, das Öffnen von Schubladen. War das die Kühlschranktür? Was immer er auch zusammensammelte, er kam mehrere Male zu ihr zurück, um die Gegenstände neben die Matratze zu legen. Es klirrte, manches fiel mit dumpfen Schlägen auf den Boden, sodass sie das Zusammenzucken ihres Körpers hasste. Irrtümlich hatte sie angenommen, dass sie eine Meisterin darin wäre, ihre Reaktionen im Zaum zu halten. Das, was ihr vor Alexander zur zweiten Natur geworden war, erwies sich nun als unerreichbar.

Ohne Vorwarnung packte er ihren rechten Fußknöchel. Sie schrie nicht nur vor Schreck auf, sie trat reflexartig nach ihm, was ihr einen scharfen Klaps auf den Oberschenkel einbrachte.

„Es tut mir leid, Master. Verzeih mir." Die Worte sagte sie instinktiv. Sie zwang ihre Glieder in einen kooperativen Zustand, obwohl sie zugeben musste, dass ihr das nicht besonders gut gelang. Er zurrte etwas um ihre Knöchel, und sie vermutete, dass es Manschetten waren. Anschließend zwang er ihre Beine in eine gespreizte Haltung, dann ihre Arme, sodass sie wie ein fixierter Seestern auf der Matratze lag. Dafür nutzte er also die daran angebrachten Schlaufen.

Doch er war noch nicht fertig. Er hob ihren Nacken an und fädelte etwas durch den rückwärtigen Ring des Halsbandes. Sekunden später konnte sie nicht einmal mehr den Kopf anheben, ohne dass sie sich selbst würgte. Moira spürte, dass er sie anstarrte, sein Werk bewunderte und ihr Zeit gab, sich mit der Situation auseinanderzusetzen. Sie sollte richtig begreifen, wie weit ihre Hilflosigkeit reichte. Und die reichte verdammt weit.

„Nur zu. Teste die Fesseln. Finde heraus, wie viel Freiraum ich dir gelassen habe."

So gut wie keinen. Moira presste die Lippen aufeinander, um das Bitten zu unterdrücken, dem Flehen keine Stimme zu geben, noch bevor er wirklich loslegte.

„Öffne deinen Mund, Irish."

Das hörte sich so simpel an!

„Das kannst du doch besser. Zwing mich nicht, dir eine Kieferklemme in den Mund zu schieben. Oder willst du das?"

Moira schloss die Lider, weil ihr das irgendwie Kraft gab, und öffnete sich ihm, versuchte, sich nicht vorzustellen, was er hineintun könnte.

„Streck die Zunge raus." Er musste es natürlich noch weiter treiben.

Sie spürte, dass er sich neben sie kniete, nachdem sie diesen schrecklichen Befehl befolgt hatte.

Du hast behauptet, dass du ihm vertraust! Also tu es auch gefälligst. Was, wenn er ihr in den Mund spuckte? Ihr Magen zog sich zusammen und dann berührte etwas ihre Zunge. Erleichterung flutete sie, denn es war süß.

„Lass die Schokolade zerschmelzen, Irish, ehe du sie runterschluckst."

Inzwischen saß er rittlings über ihr und küsste sie auf den Bauch, auf ihren Rippenbogen, ehe seine heißen Lippen erst ihren rechten, anschließend ihren linken Nippel umschlossen, um abwechselnd fest an ihnen zu saugen. Ihre Brustwarzen schwollen unfassbar an, denn er ließ sich Zeit dabei, biss sogar in sie hinein, bis sie glaubte, es nicht mehr aushalten zu können. Aber er belehrte sie eines Besseren und trieb diese köstliche Marter immer weiter, bis der Schmerz sie ganz durchdrang. Doch er kam nicht allein, sondern brachte eine höllische Lust mit sich.

Es tat unglaublich weh!

Es tat unglaublich gut!

Dann erfasste sie ein leises Klirren, ehe sein Mund die rechte Warze umschloss. Die Kälte traf sie wie ein Blitz. Ihre unfassbar glühenden Nippel zogen sich durch das Eis noch weiter zusammen, die Reize so gegensätzlich. Es war brennend und lindernd zugleich. Sie zerrte an den Stricken, versuchte, ihm irgendwie zu entkommen und sich ihm gleichzeitig entgegenzustemmen.

Seine Zunge leckte über die geschundenen, pochenden Spitzen, ehe er tiefer rutschte und ihre Klit fand. Und hier fühlte sich das alles weitaus intensiver an. Noch nie hatte ein Mann sie auf diese Weise oral genommen, sie in den Kitzler gebissen, hart daran gesaugt und den Lustschmerz mit Eis besänftigt, nur um wieder von vorn zu beginnen.

Und dann traf etwas Feuriges sie direkt über den Nabel. Die lodernde Pein erwies sich nach der ersten Schrecksekunde als nicht so schlimm, wie sie sich zunächst angefühlt hatte. Moira konnte nicht identifizieren, was das gewesen war. Öl? Nein, denn es hatte seinen flüssigen Zustand nach ein paar Augenblicken verloren. Das musste Kerzenwachs sein.

Vor ihrem inneren Auge sah sie, wie er eine weiße Kerze über sie hielt, die Flamme schrecklich bedrohlich, ehe er sie neigte und das Wachs auf ihre Haut tropfte, um sie zu schmücken. Erneut traf sie der Schmerz, diesmal auf ihrem rechten Oberschenkel, dann auf dem linken. Ihr Gehirn war noch damit beschäftigt, als er mit seinem teuflischen Spiel bei ihren Nippeln weitermachte. Sie bestand nur noch aus Gier, flehte ihn an, sie kommen zu lassen, endlich Gnade zu zeigen und sie zu erlösen.

„Das ist es, was du willst?"

Sie konnte nicht sprechen, weil er ihr in die Innenseite ihres Oberschenkels biss, als er mit dem Finger ihre Lustperle massierte. Die Agonie des Bisses drang nicht sofort zu ihr durch, denn zu sehr pochte ihr Kitzler, während ihre Brustwarzen zu zerbersten drohten.

Er wollte sie umbringen!

Das waren seine wahren Intentionen!

Alexander verwandelte sie in eine Kreatur, die nur noch spürte und von purer Leidenschaft befallen war. Es war herrlich! Ihr gesamter Leib vibrierte, wogegen ihr Herz förmlich vor Glück zerbarst. Jedes Nervende schickte verstörende Impulse durch ihre Glieder, um sich an der schönsten Stelle überhaupt zu sammeln. Sie konnte seine Berührungen kaum ertragen, außer denen auf ihrer Klit. Lava hatte ihr Blut ersetzt, und Alexander war der Herrscher, der es durch ihre Bahnen lenkte und das Ziel bestimmte. Moira zog an den Fesseln, aus dem alleinigen Grund, um sich Linderung zu verschaffen. Sie wollte sich aufbäumen, den Kopf anheben, ihre Schenkel schließen und ihre Finger in seinem Haar verkrallen. Doch sie war dazu verdammt, alles zu erdulden, was er ihr antat.

Inzwischen leckte er sie viel zu sanft, um einen Orgasmus zu erreichen, während er an ihren Nippeln zupfte oder sie schmerzhaft in die Oberschenkel kniff. Jeder Reiz blieb nicht für sich allein, sondern vermischte sich, sodass sie Schmerz von Genuss nicht mehr unterscheiden konnte.

Und dann ließ er ab von ihr!

Das war nicht sein Ernst!

Das durfte er nicht tun! Nicht jetzt!

„Master, bitte. Bitte bring es zu Ende." Erstaunt bemerkte sie die nassen Spuren auf ihren Wangen. Sie hatte nicht gespürt, dass Tränen ihr Gesicht benetzten.

„Das wäre viel zu einfach für dich."

Einfach!!! In diesem Moment empfand sie eine gleißende Wut, einen blinden Zorn, der beinahe ihren sowieso kaum noch vorhandenen Verstand endgültig ausschaltete. Sie durfte ihn keinesfalls beschimpfen, ihm sagen, was er für ein wirklich böser Mann war, der es sich zur Aufgabe gemacht hatte, sie zu quälen. Warum hatte er sie nicht einfach übers Knie gelegt und sie dann gefickt? In ihren Fantasien war es immer so gewesen – eine gradlinige Bestrafung mit anschließendem hartem Sex. Aber Alexander hatte einen völlig anderen Weg eingeschlagen, mit Schnörkeln, überraschenden Wendungen, und der Ausgang war längst nicht in Sicht.

„Ich lasse dich kommen, wenn du zufriedenstellend meinen Schwanz lutschst, allerdings ohne dass ich in dich abspritze. Das will ich in deiner engen Pussy machen. Also demonstriere mir, wie gut du diese Fertigkeit beherrschst."

Früher war sie der Dirigent über ihren Körper und ihren Höhepunkt gewesen, hatte ihn zugelassen mit der Begeisterung von jemandem, der sich dafür hasste. Doch mit Alexander durfte sie den Taktstock nicht einmal mit den Fingerspitzen streifen. Er schwang ihn meisterlich. Das war so schrecklich frustrierend, aber auch auf eine perfide Weise grässlich erregend. Moira wünschte sich beinahe, dass sie den Schalter in ihrem Kopf umlegen könnte, genau wie sie es vor diesem Sadisten mit Leichtigkeit gekonnt hatte. Da wäre es ihr schlichtweg egal gewesen, ob sie ihre schale Erfüllung erreichte oder auch nicht.

Er löste den Strick an dem rückwärtigen Ring des Halsbandes und hielt ihr etwas an die Lippen.

„Trink. Du hast bestimmt Durst von der Anstrengung."

Sie kokettierte ernsthaft mit dem Gedanken, den Kopf zur Seite zu drehen. Der Trotz fiel sie genauso aus dem Hinterhalt an wie jedes andere Gefühl. Sie war wirklich nicht mehr sie selbst.

„Wahre Demut seinem Herrn gegenüber fängt mit kleinen Gesten an. Falls du denkst, dass du bereits jetzt frustriert bist …", er grinste sie an, das spürte sie, „… glaub mir, Irish, das ist noch gar nichts." Mit jeder Silbe wurde seine Stimme ruhiger und somit bedrohlicher. „Du trinkst freiwillig oder ich zwinge dich dazu. Und dann ficke ich dich, bis ich komme. Allerdings werde ich dabei sicherstellen, dass du erst dann begreifst, was Frustration wirklich bedeutet. Dieses Verstehen beschränkt sich in diesem Falle nicht nur auf deinen Intellekt, der sich gerade aufbäumt, um mir die Zügel aus den Händen zu reißen. Nein, du wirst feststellen, dass etwas körperlich zu erfahren, weitaus lehrhafter und auch heilsamer ist."

Verfluchter Mistkerl!

Moira öffnete die Lippen, und ihre Niederlage wurde durch seine Hilfe bekräftigt, denn er stützte ihren Nacken. Wasser floss lindernd ihre Kehle hinunter und sie es trank es aus.

„Wenn du dir Mühe gibst, lernst du durchaus schnell."

Ganz so triumphierend brauchte er nicht zu reden!

Alexander starrte auf sein hilfloses Opfer herab, das irrtümlich angenommen hatte, dass Schmerz die einzige Marter war, die es erleiden musste. Moira hatte vor ihm nicht gewusst, dass Lust ebenso peinigend sein konnte. Vielleicht sogar noch schlimmer. Er stellte den Plastikbecher zur Seite und schob ihr den Schwanz zwischen die geöffneten Lippen. Im ersten Moment traf ihn die Kühle des Wassers, das sie gerade getrunken hatte. Doch schnell verwandelte sie sich in Hitze. Wenn er wollte, könnte er ihren Mund ficken, sie benutzen, bis sie würgte. Manchmal war das durchaus ein Spiel, das ihn befriedigte. Jedoch nicht mit ihr. Das behielt er sich vor, falls ihn eine Sub wirklich durch ihr Verhalten anpisste.

Moira dagegen hatte das nicht verdient. Er bewegte die Hüften langsam und zog sich jedes Mal zurück, sobald er merkte, dass er ihre Grenze erreicht hatte. Und dann hielt er still und ließ sie die Arbeit machen. Das war anstrengend für sie, da sie den Kopf anheben musste und den Winkel nicht so verändern konnte, wie sie es wollte. Da sie ihn nicht sehen konnte, musste sie sich allein auf ihr Gehör verlassen, auf ihre Instinkte, damit sie seine Order befolgte.

Allerdings musste auch er Selbstbeherrschung beweisen. Erst das machte das Spiel so verflucht perfekt. Alexander zog seine Erektion aus ihrem Mund, stützte sich auf ihren Handgelenken ab, presste sie stärker in die Matratze und küsste sie. Sie sollte zu keiner Sekunde vergessen, dass sie ihm gehörte, bis er sie aus dem Spiel entließ. Er saugte an ihrer Unterlippe und stieß dann tief mit der Zunge vor.

Atemlos beendete er den Kuss, ehe er sein Geschlecht in ihren willigen Mund steckte. Sie leckte über die Eichel, ehe sie ihn erneut lutschte. Pure Lust schoss durch ihn hindurch, bahnte sich ihren Weg, und wenn sie jetzt nicht aufhörte, konnte ihn nichts davon abhalten, ihre Haare zu packen und es zu Ende zu bringen. Doch sie merkte, wie dicht er davor war, zu kommen, und ließ von ihm ab.

„Gut gemacht, Irish. Du hast dir deine Belohnung verdient." Er drang in ihre Vulva ein, und hier war es noch heißer, als es in ihrer Mundhöhle gewesen war. Er löste die Fesseln nicht, sondern fickte sie, ohne, dass sie etwas dagegen tun konnte. Das war ihr sehr wohl bewusst und sie genoss, hör- und sichtbar, jede Sekunde davon.

Dass sie ihm vertraute, war keine leere Phrase ihrerseits gewesen. Alexander entfernte die Binde, und sie brauchte ein paar Augenblicke, ehe sie zu blinzeln aufhörte. Er umfasste ihre Wangen und blickte ihr tief in die Augen. Wenn die Dinge anders lägen und ihr Zusammensein nicht auf einen Zeitraum begrenzt wäre, wäre das der perfekte Moment, um ihr zu sagen, dass er sich in sie verliebt hatte. Doch das durfte er nicht. Das würde ihre Beziehung nur belasten und mehr daraus machen, als sie sein konnte.

„Du bist wunderschön, Moira", sagte er stattdessen.

Er rieb seinen Unterleib an ihrem, sodass er bei jedem Stoß ihre Klit streifte. Die etwas abgekühlte Gier loderte auf, und es war leicht, sie zum Höhepunkt zu bringen. Dieses Mal brauchte er ihr nicht zu befehlen, ihn dabei anzusehen. Sie tat es einfach.

Man konnte wirklich in den Augen einer Frau ertrinken. Das geschah gerade mit ihm. Ihre Klit zuckte und ihre Scheidenwände zogen sich pulsierend zusammen. Moira stöhnte leise und machte Geräusche, die nicht eindeutiger sein konnten. Ihr Orgasmus war heftig, lange und bezaubernd.

Er hielt still, nachdem sie fertig war. Moira belohnte ihn mit einem glücklichen Lächeln. Auch darin ertrank er. Alexander löste die Schnallen ihrer Handgelenksfesseln. Er wollte ihre Hände auf seinem Körper spüren. Sie umschlang ihn mit den Armen und er schob die Handflächen unter ihren Arsch. Falls er zu schwer für sie war, protestierte sie nicht. Er verlor die Kontrolle über seine Bewegungen, als seine Gier sich immer weiter durchsetzte. Hart klatschte seine Haut auf ihre, ehe er sie fest an sich presste, seine Stöße ruckartiger und kürzer wurden. Sein Höhepunkt ließ ihn nichts mehr hören oder sehen, reduzierte ihn auf die empfundene Lust, die ihn packte und fortzerrte. Er wusste nicht, wie lange das unglaublich geile Gefühl anhielt, ehe er zurückfand. Ihre weichen Brüste waren zwischen ihnen eingeklemmt, und sogar das fühlte sich so verflucht gut an.

Er durfte nie vergessen, wie stark, mutig und leidenschaftlich Moira war, aber zugleich auch zart, zerbrechlich und feinfühlig. Irgendwann würde der bei ihr angerichtete Schaden vollständig verblassen, und er konnte nicht dabei sein, um es mitzuerleben. Alexander hatte gedacht, dass Sonia ihn verletzt hatte, doch das war ganz anders gewesen im Vergleich zu dem Verlust, den er bereits jetzt empfand. Er brauchte einen Plan, und zwar einen verteufelt guten. Alexander zog sich langsam aus ihr zurück und befreite sie von den restlichen Fesseln.

Ächzend bewegte sie die Glieder. „Vor dir habe ich nicht gewusst, dass Sex dermaßen anstrengend und erfüllend sein kann." Sie leckte sich über die Lippen. „Master, habe ich mir eine Kleinigkeit zu essen verdient? Um ehrlich zu sein, könnte ich eine ganze Lasagne verschlingen. Oder einen knusprigen Master. Allerdings bräuchte ich dazu Ketchup."

Verfressenes Monster!

„Soll ich uns etwas in den Bungalow bestellen? Oder möchtest du ins Restaurant?"

„Hierher wäre schön. Ich glaube nicht, dass ich die Energie aufbringen kann, um mich anzuziehen und für mein Essen auch nur die kleinste Strecke zurückzulegen."

„Ich könnte dich mit einer Peitsche verfolgen, um deinen Enthusiasmus zu steigern."

„Wenn du darauf bestehst ..." Sie stieß einen wirklich bemitleidenswerten Seufzer aus.

„Dein Wunsch soll in Erfüllung gehen." Alexander wollte sowieso lieber mit ihr allein sein. Eigentlich hielt er gerne Sessions in *Catalan Vault* ab und hatte selten etwas gegen Zuschauer einzuwenden. Jedoch war mit Moira vieles anders und er verließ mit ihr bereitwillig die gewohnten Pfade.

„Was hältst du von Burgern und Pommes?"

„Dann solltest du damit rechnen, dass ich nicht gerade ladylike aussehe, während ich einen verschlinge."

„Ich gebe dir ein altes T-Shirt von mir, das du vollkleckern kannst. Hüpf schon mal unter die Dusche. Ich bestelle in der Zwischenzeit das Essen."

Sie schenkte ihm ein zauberhaftes Lächeln. „Danke, Alexander. Für alles."

Wenn er es nicht besser wüsste, könnte er das Brennen hinter seinen Lidern für Tränen halten.

***

Eine halbe Stunde später sah Moira so aus, als könnte sie noch eine Dusche gebrauchen. Vielleicht könnten sie den Abend mit einem Bad ausklingen lassen. Moira in Schaum war sicherlich ein sehenswerter Anblick.

„Ich hatte dich vorgewarnt."

Sie hatte nicht übertrieben, was das Kleckern anbelangte. Er reichte ihr eine Serviette, damit sie sich den Mund abputzen konnte. Wenn er ihr für jeden Fleck einen Schlag auf den Po verabreichen würde, würde dieser seine helle Farbe verlieren. Jetzt verstand er Alec und David, die oft Dinge bei Olivia und Sienna zum Niederknien fanden, die ein Außenstehender nicht begreifen konnte.

„Zieh das Shirt aus und den Morgenmantel an."

Moira stand auf. Er wurde es nicht leid, ihren biegsamen Körper zu betrachten. Männer wirkten dagegen wie Säulen.

„Setzen wir uns auf die Couch." Diese Gartenmöbel aus Polyrattan waren eine großartige Erfindung. Das Sitzmöbel hatte sogar eine verstellbare Rückenlehne und war ausreichend groß, um sich zu zweit darauf zu kuscheln.

Alexander schaltete die Laternen ein, die ein romantisches Licht verströmten, gerade hell genug, um die Stimmung nicht zu verderben. Jedoch würden das eventuell seine Fragen schaffen. Er gab zu, dass er zögerte, sie damit zu quälen und sie alles erneut durchleiden zu lassen. Allerdings konnte er es nicht dabei belassen. Sie hatten gemeinsam die Mauern eingerissen und mussten noch mehr dafür tun, dass sie diese nicht im Alleingang wieder aufbaute. Verflucht! Er wünschte sich wirklich, dass er sie begleiten könnte, ihr beistehen, wenn sie zurück im Trott war, ihr helfen, nicht in alte verhasste Gewohnheiten zurückzufallen.

„Du siehst so ernst aus." Fragend blickte sie zu ihm.

„Möchtest du einen Wein?"

„Sehr gerne."

Er holte eine Flasche Weißwein aus dem Kühlschrank und zwei Gläser, die er auf der Veranda füllte. Alexander reichte ihr eines und setzte sich neben sie.

„Du willst noch mehr über diesen Abend wissen, nicht wahr?" Sie trank einen großen Schluck. Erleichtert stellte er fest, dass sie ziemlich ruhig blieb und nicht zögerte, ihm direkt in die Augen zu sehen.

„Ja."

„Dann tu es. Stell mir weitere Fragen. Irgendwie möchte ich es sogar."

„Was ist eigentlich mit Stacy in dieser Nacht geschehen? Weiß sie, was mit dir passiert ist?"

„Ich habe keine Ahnung. Ich …" Sie trank das Glas leer und er nahm es ihr aus den jetzt zitternden Händen.

„Egal, was du mir erzählst, Moira, ich verurteile dich nicht. Das ist keine leere Phrase von mir. Ich kann nur erahnen, was du damals erleiden musstest.

Du bist diejenige, die den Horror wirklich durchlebt hat. Alles, was du anschließend getan hast, diente zu deinem Schutz. Niemand hat das Recht, über dich zu urteilen. Mir ist bewusst, dass die meisten Menschen es dennoch tun. Mit Ratschlägen sind sie schnell dabei, und zwar ohne sich in das Opfer hineinzufühlen. Sie gehen nur von sich aus, von ihrer unverletzten Seele, und sind viel zu sehr auf sich zentriert, um richtig zu verstehen, was mit dir geschehen ist."

Sie stieß einen tiefen Atemzug aus und lächelte ihn schief an. „Aus heutiger Sicht war es egoistisch, was ich getan habe. Doch ich war so am Boden zerstört, meine Persönlichkeit derart in Fetzen gerissen, dass ich bloß den eigenen Schmerz fühlen konnte. Ich habe meine armseligen Ersparnisse am nächsten Morgen abgeholt und bin nicht nur aus London geflüchtet, sondern auch vor mir, vor Stacy, vor dem, was die Ratten mir angetan haben. Ich bin einfach verschwunden, habe mein Mobiltelefon weggeworfen und jede Brücke hinter mir abgebrochen, in dem Versuch zu vergessen, mir einzureden, dass das niemals mit mir geschehen ist."

„Das ist verständlich. Du hast dir nichts vorzuwerfen."

„Wirklich nicht? Ich war so verwundet, dass ich gar nicht wissen wollte, ob mit Stacy alles in Ordnung war. Falls ich ihr mögliches Grauen auf meines hätte draufpacken müssen … Ich habe es einfach nicht gekonnt."

„Das verstehe ich. Außerdem warst du fast noch ein Kind. Du hattest jedes Recht, genauso zu handeln, wie du es getan hast. Gott, Moira. Es tut mir unendlich leid, dass du niemanden hattest, der dir damals helfen konnte. Hätte es einen derartigen Menschen gegeben, hättest du dich ihm anvertraut. Das weiß ich."

„Du bist der einzige Mensch, mit dem ich jemals darüber geredet habe. Obwohl *Reden* ein unzureichendes Wort ist. Ich habe dir mein zerborstenes Herz auf die Handflächen gelegt und du hast mir den Respekt vor mir selbst zurückgegeben."

„Wie heißt Stacy mit Nachnamen?"

„Walton."

„Weißt du ihren Geburtstag?"

„Ja. Sie ist am sechsten Februar 1984 geboren, genau zwei Monate vor mir. Daher kann ich mich noch daran erinnern. Wieso möchtest du das wissen?"

Er wog seine Antwort sorgfältig ab. Sich die Last von der Seele zu reden, war etwas anderes, als gegen die Pisser vorzugehen. Das könnte sie überfordern. Möglicherweise wollte sie es auch nicht, sondern war zufrieden mit dem, was sie erreicht hatte. Das war kein eigensüchtiges Verhalten, stattdessen reiner Selbstschutz. Sich an einen Pranger zu stellen, war nicht leicht und könnte das Gegenteil von dem erreichen, was er wollte.

Es war kein Wunder, dass Opfer die Tat oft für sich behielten. Die Gesellschaft machte es ihnen schwer und war schnell mit Vorurteilen und Vorverurteilungen zur Hand. Außerdem konnte es traumatisierend sein, sich fremden und erst recht vertrauten Menschen zu offenbaren, die das Fingerspitzengefühl eines Bullenhais hatten, der gerade ein Stück aus seiner Beute rausriss.

Alexander wusste zu diesem Zeitpunkt noch nicht, was er mit den Informationen anfangen würde, die Joe sehr wahrscheinlich herausfinden würde. Jedoch hatte er Freunde, auf die er sich verlassen konnte, und brauchte diese Entscheidung nicht allein zu treffen. Moira war immer auf sich gestellt gewesen.

Das hatte sich zwar in den letzten Tagen geändert, aber bis sie diese Veränderung verinnerlichte, war es ein mit Dornen bespickter Pfad für Moira. Für sie lauerte hinter jeder Biegung ein unerwarteter Schrecken. Es würde dauern, bis sie verstand, dass dem nicht so war.

„Weil ich die richtigen Männer kenne, die alles über die Dreckschweine herausfinden können, was es herauszufinden gibt. Doch du brauchst keine Angst zu haben, dass diese Informationen über dich herfallen. Wir besprechen gemeinsam, was wir mit ihnen anfangen."

„Was, wenn sie weitere Frauen …?"

Er fasste nach ihrer freien Hand und drückte sie. „Es ist nicht deine Schuld, Moira. Das hättest du nicht verhindern können, selbst wenn du Anzeige gegen Unbekannt erstattet hättest. Sie sind die Attentäter, nicht du."

„Du denkst, dass ich mich nur dann endgültig von ihnen befreien kann." Ihre Augen füllten sich mit Tränen. „Ich weiß, dass du recht hast. Aber es zu akzeptieren und mich auf diese Reise zu begeben, bei der ich nicht bestimmen kann, wohin sie führt, ist vielleicht zu kostspielig. Ich weiß nicht, ob ich dazu bereit bin."

„Du irrst dich. Du hast dieses Mal alles in der Hand, entscheidest, wo der Zielort liegt, mit wem du dort hingehst und was dann geschieht. Das verspreche ich dir."

„Bis dahin bin ich zu Hause. Ohne dich."

„Du bist längst nicht so allein gewesen, wie du es verständlicherweise immer empfunden hast. Der Aussperrende ist oft einsamer, als der Ausgesperrte es ist. Du hast Iris, und sie ist eine Freundin, die diese Bezeichnung verdient. Sie hat ständig eine Tür gesucht und sie schlussendlich auch gefunden. Es war zwar eine Geheimtür, die nicht einmal du gekannt hast, aber Iris hat sie aufgestöbert."

„Ich verdiene so jemanden wie Iris nicht."

„Warum sagst du das? Sie hat stets hinter deine Fassade geblickt und erkannt, was dort verborgen lebt. Außerdem hast du in den Sullivans starke Verbündete, sofern du sie an dich heranlässt. Es liegt nur an dir, wie es in England mit dir weitergeht."

„Ich glaube nicht, dass ich einen Prozess durchstehen würde."

„Der steht zu diesem Zeitpunkt nicht zur Debatte. Du bestimmst, falls wir überhaupt etwas herausfinden."

Das stimmte nicht ganz, doch es war besser, Moira nicht über jedes Detail zu informieren. Joe kannte Mittel und Wege, um Menschen verschwinden zu lassen. Das war einfacher, als mancher sich eingestehen wollte. In einem großen Land war dies um einiges leichter als in Europa.

„Triffst du immer die richtigen Entscheidungen?"

„Nein. Es gibt zwar keinen schlimmeren Stimmungskiller als Expartner, doch es ist nur fair, wenn ich dir von Sonia erzähle. Bei ihr habe ich tief in die Scheiße gegriffen, und damit meine ich nicht sie, sondern mich. Sie hat nicht den Hauch einer devoten Ader in sich. Ich wollte das jedoch nicht einsehen, dachte, dass ich sie überzeugen könnte, Lustschmerz auszuprobieren, aus dem alleinigen Grund, weil ich meine sadistischen Tendenzen infrage gestellt habe. Das Einzige, was ich damit erreicht habe, ist, dass sie mich jetzt aus vollem Herzen hasst und verachtet. Und es wäre eine Lüge mir selbst gegenüber, wenn ich behaupten würde, dass ich das nicht verdiene. Mit einigem Abstand weiß ich, dass ich weder unsterblich in Sonia verliebt war, noch, dass ich jemand anderes sein kann, nur um einer Norm zu entsprechen. Auf Dauer kann man sich nicht unbeschadet verleugnen. Irgendwann zerbricht man daran. Wenn Herz und Seele nicht im Takt schlagen, bleibt immer etwas auf der Strecke, mal mehr, mal weniger."

Sie starrte ihn auf eine höchst eigenartige Weise an, ehe sie deutlich sichtbar ihren ganzen Mut zusammennahm. „Was ist mit uns? Schlagen unsere Herzen im selben Takt?" Eine Träne tropfte von ihren Wimpern und landete auf ihrer Wange.

„Das weißt du doch, Irish. Vom ersten Moment an."

Kapitel 9

Der Tag der Ausstellung

Hör auf, an dir herumzuzupfen. Du bist perfekt. Deine Kleidung ist perfekt. Dein Haar ist perfekt." Der Rock und die Jackenbluse waren aus edler saphirgrüner Wildseide, mit Knöpfen, die mit dem Stoff überzogen waren. Der Rock ging bis zu ihren Knöcheln und hatte einen verdeckten Schlitz an der Seite.

Moira wusste zwar, dass Alexander recht hatte, denn sie hatte das Beste aus sich herausgeholt, doch ihre innere Unruhe war dermaßen gewaltig, dass sie keine zwei Sekunden stillhalten konnte. In einer halben Stunde öffnete die Vernissage offiziell ihre Pforten und sie würde den Sullivans gegenübertreten. Und Sean! Oh Gott! Er würde sich bestimmt mit Alec verbünden und immer in ihrem Nacken lauern, aus dem einzigen Grund, um sie zu verunsichern.

Für die Sullivans war es kein Geheimnis, welcherart Moiras Beziehung zu Alexander war. Sie dagegen erkannte erst nach und nach, was alles mit ihnen zusammenhing und wie tiefgehend ihre Dominanz sowie Fürsorge reichten. Ja, sie hatte es bereits vorher gewusst, jedoch nicht wirklich verstanden, was es bedeutete, eine devote Frau zu sein, die sich gerne den Arsch versohlen ließ.

Sie warf einen verstohlenen Blick auf Alexanders fähige Hände, der ihr bisher dieses Vergnügen vorenthalten hatten. Dabei war das ihre Urfantasie: ein richtiges Spanking über den Knien eines starken Mannes. Natürlich bemerkte er, wo genau ihre Aufmerksamkeit lag, denn er verzog die Mundwinkel zur dominanten Version eines Lächelns. Und wie er im Smoking aussah! Das war zu viel für sie! In Jeans und T-Shirt war er Sex auf zwei Beinen, doch der schwarze Zwirn verstärkte diese Ausstrahlung mehr, als gut für sie war. Wenn sie sich vorstellte, wie er die Manschettenknöpfe löste, das Jackett auszog und sich zum Schluss die Ärmel des weißen Hemds hochkrempelte, wurde ihr Höschen nass. Er könnte ihr den Rock hochschieben, ihr das besagte Höschen bis zu den Knien runterziehen, um dann diese stählerne Handfläche auf ihrem Arsch tanzen zu lassen.

Was musste sie bloß anstellen, damit er genau das endlich tat? Allerdings wusste sie, dass sie ihn nicht dazu zwingen konnte. Sollte sie das versuchen, würde er sich eine Strafe einfallen lassen, die höchstwahrscheinlich nicht nur ihren Mund austrocknete. Ihre sprudelnde Quelle in den unteren Regionen ihres Körpers würde sich innerhalb von Sekunden in die Wüste Gobi verwandeln. Und vermutlich würde sie währenddessen weder Freuden- noch Lusttränen heulen, sondern die von der fiesen Art. Ein Master wie er einer war, konnte sicherlich allerlei Arten von Heulkrämpfen auslösen.

„Mach zwei weitere Knöpfe deiner Bluse auf."

Aber dann würde man ihren BH sehen können und viel zu viel Dekolleté. Allerdings ließ sein Befehl durchaus Interpretationsmöglichkeiten. Sie öffnete die beiden unteren Knöpfe und bereute es in derselben Sekunde. Wie schaffte er es nur, sie in einem Moment liebevoll wie ein Teddy zu betrachten und im nächsten Moment wie ein hungriger Grizzlybär vor ihr zu stehen?

„Das ist zwar ein Klischee, doch manchmal ist das genau richtig. Zieh den Slip aus. Sofort, Irish."

Sie entdeckte unendlich viele fiese Möglichkeiten in seinen Iriden. Falls sie ihm nicht gehorchte, stand sie kurz davor, eine Seite von ihm kennenzulernen, die ihren jetzigen Zustand empfindlich stören würde.

„Mir ist es egal, wie du auf der Vernissage auftauchst. Dir auch?" Irgendwie war es ihm gelungen, sie gegen die Wand zu drängen. Er stützte die Handflächen neben ihrem Kopf ab. Noch vor ein paar Wochen wäre sie hierbei in sich selbst hineingekrochen. Doch die aktuelle Moira liebte sein Vorgehen viel zu sehr. Er nahm einen tiefen Atemzug, wie ein Tier, das seine Beute witterte. Mit einiger Mühe streifte sie den Slip ab und zerknüllte ihn. Der Schlitz war zwar lang, jedoch nicht so sehr, dass man ihre intimen Körperteile dadurch erspähen konnte. Nur sie beide wussten, dass sie nichts darunter trug.

Hoffentlich bleibt das auch so.

Er fasste an den Stoff ihrer Bluse und öffnete mit ruhigen Bewegungen die beiden oberen Knöpfe, ehe er die unteren zumachte.

„Dein Kreuz gefällt mir." Er berührte den silbernen Anhänger. „Wir wissen jedoch, was für ein verdorbenes kleines Luder du bist." Mit der rechten Hand schlüpfte er in ihren BH. Alles, was nötig war, um ihre Lust wie ein Flächenbrand zu entfachen, war ein festes Zupfen an ihrem Nippel. Jetzt besaß sie allerdings kein schützendes Höschen mehr. Eigentlich besaß sie sowieso keinen Schutz gegen ihn. Kleidung war lediglich ein schmückendes Beiwerk, das er nur so lange an ihr duldete, wie es ihm in den Kram passte.

„Mir scheint, dass es dir nach einer richtigen Züchtigung gelüstet. Du hast Glück, dass sich unsere Präferenzen in der Mitte treffen. Jedoch bin ich mir unsicher, ob du genau weißt, worauf du dich so unbedarft einlässt." Er beugte den Kopf, bis seine Lippen ihre fast berührten. „Doch später wirst du es wissen, während der Schmerz sich den Weg zunächst durch deine verführerischen Arschbacken bahnt und sich dann von dort aus ausbreitet."

Alexander richtete sich auf, und sie stellte gerade fest, dass er es meisterlich beherrschte, auf vielerlei Weise zu lächeln. Die momentane ließ ihren Magen Saltos ausführen, wobei ihr Puls fröhlich raste.

„An dieser Angst in deinem Blick kann ich mich nie satt sehen. Denn sie hat ihren Ursprung in Erregung. Ich brauche dir nicht zwischen die Beine zu fassen, um herauszufinden, wie nass du bist."

Warum machten seine Worte sie nicht wütend? Sollten sie das nicht eigentlich? Wieso brauchte er nur mit den Fingern zu schnippen und sie schmiegte sich mit Freuden an ihn, anstatt vor ihm zurückzuweichen?

Weil du das, was er ist, liebst und dich danach verzehrst. Andere mögen das vielleicht nicht verstehen, allerdings reicht es, wenn er und du die Art eurer Beziehung begreifen. Sie lässt keine Missverständnisse zu, denn du hast dich ihr und Alexander geöffnet, hast ihn hineingelassen, ihn eingeladen, und nun willst du, dass er bleibt. Am liebsten für immer.

Jedoch verkannte sie nicht die Gefahren, schließlich war sie überwältigt von ihm, und Urlaubslieben waren meistens nicht für die Ewigkeit. Alles war neu und berauschend für sie, besonders, weil sie Jahre in einem dunklen Emotionsloch verbracht hatte. Möglicherweise verrannte sie sich in eine Illusion. Gewissheit würde sie nur erlangen, wenn sie Alexander an ihren Gefühlen teilhaben ließ. Aber manchmal war es einfach nicht der richtige Moment.

Alexander legte den Arm um sie. Von außen betrachtet waren sie ein ganz normales Paar. Doch das täuschte gewaltig.

Zu viele Dinge beschäftigten sie im Augenblick. Dabei sollte sie sich nur auf die Vernissage konzentrieren. Das Flugzeug der Sullivans hatte sich um ein paar Stunden verspätet. Daher hatte sie keine Zeit gehabt, vorher mit Viola zu reden.

Hoffentlich gefiel ihr die Anordnung der Bilder.

Hoffentlich hatte Moira alles richtig gemacht.

Hoffentlich waren ihre Hände nicht schweißnass, wenn sie John, Dean, Miles und Sean begrüßte.

Und wie sollte sie den Brüdern gegenübertreten, die gemeinsam mit Iris Initiatoren ihres Aufenthaltes auf der Insel waren? Sie hatten sie mit der Absicht hierhergelockt, dass sie sich endlich jemandem anvertraute, der ein Verhörspezialist war und genau wusste, wie er vorgehen musste, ohne ihr zu schaden.

Hätten die Sullivans die geringste Chance gesehen, hätten die Brüder sicherlich einen Master aus dem *Federzirkel* auf sie angesetzt. Doch sie hatten gewusst, dass Moira sich niemals darauf eingelassen hätte.

Unvermittelt blieb Alexander stehen und stellte sich vor sie. „Woran denkst du gerade? Du bist stocksteif, und ich sehe nicht nur, dass dich etwas Gewaltiges bedrückt, ich spüre es."

„Ich habe Angst, ohne dich nach Hause zurückzukehren."

Sein Blick war schrecklich ernst. „Momentan gibt es für dieses Problem noch keine Lösung. Hätte ich geahnt, dass sich die Dinge so zwischen uns entwickeln, hätte ich mich dir nicht genähert. Diese starke Anziehungskraft zwischen uns hat mich ebenso unvorbereitet getroffen wie dich. Mehr kann ich dir zurzeit nicht anbieten, doch das bedeutet nicht, dass es so bleiben muss."

Empfand er etwa genauso wie sie? Diese Antwort konnte alles oder nichts bedeuten.

„Es ist wichtig, dass du in dein gewohntes Leben zurückfindest. Erst dann weißt du, was du wirklich willst. Wir beide brauchen den Abstand, um zu wissen, ob es Liebe ist, die wir füreinander empfinden."

Sie musste sich an ihm festhalten, angesichts der Wucht des Gesagten. „Das ist der seltsamste Liebesschwur, den ich jemals gehört habe. Andere sagen einfach nur: Ich liebe dich."

„Diese Worte werde ich dir erst schenken, wenn wir uns über unsere Gefühle im Klaren sind, Irish. Aber es ist ein Anfang. Das Ende finden wir gemeinsam, egal, wie es schlussendlich ausfällt."

Glück surrte durch ihr Herz und ihre Seele und machte sich prickelnd auf ihrer Haut bemerkbar. Eine gemeinsame Zukunft war möglich, obwohl sie sich im Moment nicht vorstellen konnte, wie es durchführbar sein sollte. Doch Alexander war immerhin Alexander. Die Angst vor dem Morgen fiel von ihr ab, denn es gab keinen Grund, ihn zu fürchten. Was immer die Zukunft auch für sie bereithielt, Moira war nicht mehr allein. Eigentlich war sie es sogar in der Vergangenheit nicht gewesen, sie hatte es nur nicht erkannt. Sie hatte es vorgezogen, als Emotionseremit zu leben, sich dabei wie ein Gladiator aufgeführt, der jeden zerstückelte, der auch nur in die Nähe ihres Waffenarms gelangte.

Alexander küsste sie zart auf die Stirn, ehe er nach ihrer Hand fasste und seine Finger mit ihren verschlang.

„Mir scheint, du trödelst absichtlich herum, um das Aufeinandertreffen mit den Sullivans zu verschieben. Sag mir, Moira, haben die Brüder deine Fantasien angeregt? Die von der dunklen Art?"

Himmel noch mal!

Dieses Geheimnis war sie nicht bereit zu teilen, weil es peinlich, unmöglich und unfair gegenüber ihren Ehefrauen war. Sie konnte nichts dafür, dass sie das ständig gemacht hatte.

„Irish?" Er erhöhte den Druck seiner Hand etwas. Alexander erwartete eine ehrliche Antwort, obwohl er sie doch anscheinend kannte. Egal, was sie tat, sie würde mit den Füßen feststecken und mit jedem gesagten oder ungesagten Wort tiefer einsacken, bis nur noch ein Blubbern von ihr übrigblieb, eventuell nicht einmal mehr das.

Ihn anzulügen machte ebenso wenig Sinn wie Schweigen. Im Gegensatz zu ihr beherrschte er diese Grabesstille meisterlich, genau wie der Master, der er war.

„Ja, das habe ich. Mit John und Dean. Aber …"

„Da gibt es kein Aber. Ich weiß, dass du dich niemals als echte Moira an sie rangemacht hättest. Dazu bist du viel zu anständig. Verheiratete oder liierte Männer sind für dich ein Tabu."

Hoffentlich fragte er nicht nach, um detailliert zu erfahren, was sie sich zusammengesponnen hatte. Im Grunde genommen stellte er sowieso jede Wunschvorstellung bei Weitem in den Schatten. „Allerdings …"

Oh! Inzwischen konnte sie diesen sanften Tonfall genau einschätzen. Er mochte wie Rosenöl an einem herabtropfen, doch er hinterließ Spuren, die sich nicht so einfach entfernen ließen.

„… komme ich bei Gelegenheit auf diese dunklen Träume zurück."

Natürlich würde er das!

Er beugte sich verschwörerisch zu ihr. „Vielleicht schon heute Nacht."

Großartig! Als wäre sie nicht bereits höllisch nervös. Jetzt würde sie Schwierigkeiten haben, sich auch nur für eine Minute auf die Ausstellung zu konzentrieren, ihre Gedanken stattdessen darauf fokussieren, was er mit ihr machen könnte.

„Du bist ein richtig böser Master."

„Als würdest du es anders wollen, Irish. Auf diese Feststellung komme ich ebenfalls zurück, eventuell eher, als es dir lieb ist."

Blubb! Blubb! Blubb!

Sie war ja so was von aufgeschmissen.

Inzwischen hatten sie beinahe das Haupthaus erreicht und erst jetzt nahm sie die vielen Fackeln und Gäste bewusst wahr. Joe und Nash standen vor der Eingangstür und kontrollierten jeden Gast persönlich. Ob es jemals einen Zwischenfall auf der Insel gegeben und sich jemand ins Ressort geschlichen hatte, der hier nichts zu suchen hatte? Wenn sie sich vorstellte, dass Fotos geschossen und ins Netz gestellt wurden, fühlte sie Übelkeit in sich aufsteigen. Sie hätten die Brisanz, einen Menschen zu zerstören, ihn gesellschaftlich zu ruinieren.

Joe winkte Alexander und sie durch und wünschte ihnen einen schönen Abend. Viola und John standen am Empfang. Viola trug ein rotes bodenlanges Kleid mit schmalen Trägern und ein Samthalsband mit einem silbernen Federanhänger. Sie war wunderschön. Sobald sie Moira entdeckte, stieß sie ein ganz und gar mädchenhaftes Quietschen aus und stürmte ihr entgegen, so schnell es das elegante Kleidungsstück erlaubte. John lächelte auf eine Weise, die seine tiefe Liebe seiner Frau gegenüber widerspiegelte. Dean, Kim, Miles und Sally standen etwas abseits und waren in eine Unterhaltung vertieft.

„Moira." Viola fiel ihr um den Hals und betrachtete sie prüfend. „Geht es dir gut?" Sie lachte. „Natürlich geht es dir gut. Du siehst fantastisch aus. Und danke, danke, danke, dass du die Gemälde so hervorragend verteilt hast. Du hast dir viele Gedanken gemacht. Und Rachel auch." Sie holte tief Luft. „Entschuldige. Ich bin nur schrecklich nervös und quassel wie ein Wasserfall." Ihr Blick huschte zu Alexander.

„Alexander, das ist Viola Sullivan, wie dir bestimmt schon aufgefallen ist, und ihr Mann John." Oder hätte sie ihn als Master vorstellen sollen? Sie kannte sich wirklich nicht mit der Etikette aus. Man hörte immer so viel von Regeln, die es in der BDSM-Welt gab, doch anscheinend verlangte das niemand auf der *Insel* und wahrscheinlich auch nicht im *Federzirkel.*

John ließ es sich nicht nehmen, Moira auf beide Wangen zu küssen und sie anschließend gründlich zu mustern, ehe er sie anlächelte. Was er entdeckte, gefiel ihm offensichtlich.

Die Männer begrüßten sich per Handschlag und sahen sich für ein paar Sekunden in die Augen. Irgendwie tauschten sie stumme Informationen aus und wirkten zufrieden mit dem Resultat.

„Wie geht es Violett?", fragte Moira. Es fiel Viola bestimmt nicht leicht, von ihrer Tochter getrennt zu sein.

„Sie ist bei Keith und Alexis. Du müsstest sehen, wie Keith mit ihr umgeht." Sie lachte wirklich schadenfroh, was ihr einen Blick von John einbrachte, der sogar Moiras Herzschlag beschleunigte. „Wenn er sie hält, könnte man meinen, Violett wäre eine Bombe. Alexis drückt sie ihm ständig in die Hände. Sie ist ganz schön sadistisch für eine Sub. Aber Keith liebt Violett. Wie könnte er auch nicht! Doch ich vermisse sie sehr." Ihre Augen füllten sich mit Tränen, sodass John sie in die Arme zog.

„Kleines. Keith schickt dir stündlich Fotos von Violett und sogar von Giotto. Wenn wir nachher im Bungalow sind, kannst du dir dutzende ansehen. Unserer Tochter und unserem Hund geht es gut. Aber verflucht, sie fehlt mir auch schrecklich. Und das Pelzmonster ebenfalls."

Moira hatte John stets distanziert betrachtet, doch jetzt fielen ihr die einzelnen Nuancen auf, die sie früher immer ignoriert hatte. Er war nicht nur ein Master, sondern vor allem ein liebender Mann und Vater. Er war ein Mensch mit Gefühlen und Wertvorstellungen, der für seine Familie einfach alles tun würde. Und er hatte auch für Moira viel getan. Unbemerkt von ihr hatte er sie offensichtlich nie ganz aus den Augen gelassen.

Viola schien anscheinend Moiras früheres Verhalten nicht übel zu nehmen. Doch wie dachten Sally und Kim darüber? Moira würde es verstehen, wenn sie ihr distanziert gegenübertreten würden. Das könnte sie ihnen nicht einmal vorhalten. Sie würde nur das Echo bekommen, das sie verdiente.

„Moira", rief Sally gerade und lächelte sie herzlich an.

Oh Mann. Das trieb ihr schon wieder Tränen in die Augen, die allerdings irgendwie erstarrten, weil sie jetzt die Aufmerksamkeit von Dean und Miles hatte, die sogleich auf sie zutraten und sie selbstredend eindringlich musterten. John übernahm die Vorstellung. Miles und Dean ließen es sich nicht nehmen, Moira ebenso zu begrüßen, wie John es getan hatte. Kim war etwas zurückhaltender als Sally, doch Moira konnte keine Feindseligkeit bemerken.

Als wären die Sullivanbrüder noch nicht ausreichend, kamen gerade Sean und Hazel durch die Tür. Natürlich hatte der unheimliche Sean nichts Besseres zu tun, als augenblicklich Moira sein geballtes Interesse zu schenken. Das war so gemein und verunsichernd! Aber seltsamerweise überstand sie sogar das, vor allem weil Hazel ihrem Master höchst undevot in den Po kniff.

„Kommt ihr Ladys kurz ohne uns aus?", fragte John.

„Wir passen gegenseitig aufeinander auf", verkündete Sally, wobei sie Sean beäugte, als wäre er ein Behälter mit Nitroglyzerin.

Es war erleichternd, dass nicht nur sie bei ihm so fühlte!

„Sollen wir uns was zu trinken holen? Dahinten ist eine Sektbar, die auch ganz viele Sirupe im Angebot hat. Und Tische mit Fingerfood." Kim deutete in den Raum rechts von ihr.

„Wir sehen uns gleich, Irish." Alexander küsste sie sanft auf die Lippen, und wenn Blicke Abdrücke hinterlassen würde, dann hätte Moira welche von den grinsenden Sullivanfrauen und Hazel, die am breitesten von allen grinste.

Sie setzten sich in Bewegung. Sobald sie außer Hörweite waren, flüsterte Viola Moira zu: „Du hast dir aber einen tollen Kerl geangelt. Alexander sieht nicht nur umwerfend aus, er hat diese besondere Ausstrahlung. Und wie er dich ansieht …"

„Wie sieht er mich denn an?"

„Als wärst du die Liebe seines Lebens", antwortete Sally, woraufhin Viola, Kim und Hazel nickten.

„Fang jetzt bloß nicht an zu weinen. John wird mir die Haut abziehen, wenn er herausfindet, dass es meine Schuld ist." Viola schaute sie schuldbewusst an.

„Hier, trink das." Kim schnappte sich einfach eins von den gefüllten Gläsern und drückte Moira das dunkelrote Getränk in die Hand. Eigentlich sollte sie am besten keinen Alkohol trinken, da sie nicht wusste, was Alexander noch für sie geplant hatte.

Aber ein oder zwei Drinks würden nicht schaden. Außerdem brauchte sie einen Stimmungsaufheller. Das war Violas Abend und nichts sollte ihn trüben.

Sie alle stürzten die erste prickelnde Erfrischung hinunter, als würde es kein Morgen geben.

„Du brauchst dir keine Sorgen zu machen." Hazel seufzte und machte ein schmatzendes Geräusch mit den Lippen. „Du bist jetzt ein offizieller Schützling des *Federzirkels*, des *Sadasias* und, wie mir scheint, auch der *Insel*. Es kann gar nicht düster für dich enden."

„Richtig", stimmten Sally, Kim und Viola zu.

„Wir wissen, dass du etwas Schlimmes erlebt hast, aber auch, dass es dir nun viel besser geht. Du warst ständig traurig und gehetzt bei den wenigen Malen, an denen wir dich gesehen haben. Und jetzt strahlst du wie der hellste Stern. Was immer da zwischen Alexander und dir läuft, er hat gar keine andere Wahl, als sich in dein Sonnensystem ziehen zu lassen. Falls er es nicht freiwillig tut, wird Sean ihn schubsen."

„Nicht nur er", sagte Viola.

Auf einmal sah die Zukunft alles andere als beängstigend aus. Moira war wirklich nicht mehr allein.

„Setzt euch", sagte David zu Dean, John, Miles und Sean. Alexander hatte sich die Sullivans als integre Männer vorgestellt, doch sie übertrafen seine Erwartungen. Ihnen haftete diese ruhige Überlegenheit an, die keinesfalls ein negatives Attribut darstellte. Er musste zugeben, dass ihn Sean etwas nervöser machte. Mit ihm spielte man nicht herum, und ihn als Feind zu haben, wäre keine leichte Kost.

Alexander hatte mit Moira noch einmal durchgesprochen gesprochen und sie gefragt, ob sie wirklich wollte, dass sie alles über die Schweine herausfanden, was es herauszufinden gab, und ob er die Sullivans einweihen durfte. Sie hatte mit den Antworten gezögert und sehr lange darüber nachgedacht.

„Ich brauche Hilfe für meinen weiteren Weg und du darfst ihnen alles erzählen, was ich dir erzählt habe. Aber ich selbst kann das nicht."

Das verstand Alexander vollkommen. Moira hätte als junges Mädchen keinen Prozess überstanden, und das traf auch jetzt zu. Sie sollte selbst das Tempo bestimmen, wann und wie sie sich offenbaren wollte. Moira würde sich die Vertrauten gründlich aussuchen, die wirklich bereit waren, ihr zu helfen, und nicht nur eine reißerische Geschichte hören wollten, über die sie urteilen konnten.

„Du hast dich Moiras angenommen." Johns Blick konnte Steine zerschneiden. „Und du warst sehr erfolgreich. Ich habe Moira noch nie so glücklich gesehen. Danke."

„Sie ist eine tolle Frau und ..." Alexander konnte sich gerade soeben davon abhalten, seine Gefühle in die Welt hinauszuposaunen. Nicht nur Moira hatte sich verändert, das Gleiche traf auch auf ihn zu. „Sie hat sich mir anvertraut und ist einverstanden, dass ich euch einweihe. In alles. Sie selbst schafft es nicht."

Er erzählte ihnen, was mit ihr geschehen war. Sogar er hatte Schwierigkeiten, den Horror auszusprechen und seine Emotionen im Griff zu halten.

Schockiertes Schweigen beherrschte die Stimmung für einige Sekunden. John räusperte sich und Miles wurde sichtlich bleich. Dean und Sean sahen so aus, als müssten sie gleich kotzen.

„Ich stelle den Kontakt zwischen Timothy und Joe her", sagte John und tauschte einen Blick mit Sean aus.

„Ich würde mich gerne da reinhängen. Meine Verbindungen sind noch etwas weitreichender als Timothys." Seans Stimme war absolut neutral und zeigte deutlich, was für ein gefährlicher Mann er war.

Wer immer die Wichser waren, sie sollten sich lieber im letzten Loch verkriechen. Doch selbst dort würde man sie aufspüren, daran zweifelte Alexander keine Sekunde mehr. Und sobald das geschah, konnte niemand ihnen mehr helfen. Ihr Schicksal war besiegelt, auf die eine oder andere Weise, das erkannte Alexander glasklar in den Gesichtern aller Anwesenden. Das, was mit Moira geschehen war, nahmen sie alle persönlich. Sie verharrten ein paar Momente in grimmigem Schweigen, jeder von ihnen mit seinen eigenen Rachegedanken beschäftigt.

„Für den Augenblick ist alles besprochen. Lasst uns zurück auf die Vernissage gehen und Violas Abend genießen", sagte David. „Deine Frau ist genauso entzückend, wie ich sie mir vorgestellt habe, John. Ich bin froh, dass das Schicksal uns zusammengeführt hat. Sally und Kim sind ebenso zauberhaft und Hazel ist ein süßes Monster."

Früher hätte Alexander das mit dem Schicksal für Blödsinn gehalten. Jetzt betrachtete er das Wort, und vor allem, was dahintersteckte, mit ganz neuen weit geöffneten Augen.

„Ich würde gern noch was mit dir besprechen." John schaute Alexander an.

„Gerne."

David warf Alexander beim Rausgehen einen amüsierten Blick zu. Irgendwie konnte Alexander sich des Eindrucks nicht erwehren, dass er vor dem Vater der Braut saß. Auf jeden Fall breitete sich ein Anflug von Nervosität in ihm aus. Das war lächerlich! Dennoch schaffte er es nicht, das Gefühl zu unterdrücken, das sich mit einem beschleunigten Herzschlag bemerkbar machte.

„Normalerweise wäre es respektlos, dich derart früh auf dieses heikle Thema anzusprechen. Doch der Umstand ist ein besonderer, und ich hoffe, dass wir das ausgiebige Kennenlernen noch nachholen."

John Sullivan war nach Alexanders Einschätzung vieles, aber kein Mann, der Zeit damit verschwendete, um den heißen Brei herumzureden. Wollte er ihm jetzt vor den Kopf knallen, dass er sich zum Teufel scheren sollte, weil er nicht gut genug für Moira war? Alexander konnte kaum glauben, dass ihm dieser Gedanke durchs Hirn schoss.

„Was immer du sagen möchtest, nur zu."

„Mir ist nicht entgangen, dass es gewaltig zwischen dir und Moira gefunkt hat. Was ihr füreinander empfindet, ist keine reine Spielbeziehung." Fragend sah John ihn an.

„Was soll ich darauf schon erwidern? Schuldig auf ganzer Linie. Es hat mich in dem Augenblick erwischt, als ich sie am Airport gesehen habe. Sie war so zerbrochen und trotzdem wunderschön. Vielleicht gerade deswegen."

„David hat mit mir über dich gesprochen." John hob die Hände. „Keine Sorge. Er hat mir keine Geheimnisse verraten, nur dass du eventuell eine Veränderung brauchst. Ich möchte dir daher ein Angebot machen."

Fünfzehn Minuten später war die Welt so rosarot wie nie zuvor.

„Haben wir einen Deal?", fragte John.

„Den haben wir."

Sie besiegelten den Pakt mit einem Handschlag.

„Wir besprechen die Details morgen. Aber wir werden uns sicherlich einig. Ich würde mich freuen, wenn du mir in den nächsten Tagen in Ruhe das *Catalan Vault* zeigst. David hat mir davon vorgeschwärmt."

„Sehr gerne." Alexander nahm einen tiefen Atemzug und versuchte, seine Freude zu kontrollieren, die er am liebsten in die Welt hinausposaunen würde.

„Lass uns unsere Schiavas suchen. Wenn sie zu lange unter sich bleiben, bringen sie sich immer in Schwierigkeiten."

Schiavas? Das hörte sich um einiges schöner als Sklavin an. Alexander wusste, dass John den Begriff lediglich im übertragenen Sinne meinte. Viola war nicht das, was man in der BDSM-Szene als Sklavin betitelte. Das würde John und auch Viola zu sehr einschränken. Er kannte bloß zwei Paare, die wirklich 24/7 auslebten. BDSM war so vielfältig, und ihn widerten diejenigen an, die meinten, dass nur ihr

Kink der richtige wäre. So einige nahmen sich selbst viel zu ernst.

Sie standen auf und gingen in die Ausstellungshalle. Moira hielt ein Sektglas in der Hand und lachte über irgendwas, das Sienna sagte. Viola verschluckte sich an ihrem Drink und konnte sich gerade noch eine Serviette vor den Mund halten.

„Es ist weitaus schlimmer, als ich befürchtet habe. Sie bilden bereits ein Rudel." John seufzte tief.

„Ob sie schon eine Rudelführerin gewählt haben?"

„Glaub mir, diese Position nehmen sie zusammen ein. In einer stillen Stunde erzähle ich dir ein paar Geschichten von Chili, Keksen, Eseln und Wombats. Deine Welt wird nicht mehr dieselbe sein."

Wenn Alexander es nicht besser wüsste, würde er glauben, dass fast so etwas wie Angst in Johns Stimme mitschwang. Er musste sich irren. So furchtbar konnten sie nicht sein. Sally war so süß, Kim so stolz und Viola so lebenslustig. Hazel könnte wirklich ein umherwandelndes Ärgermonster sein. Doch sie würde es kaum mit Sean aufnehmen können, falls sie anders wäre. John, Dean und Miles besaßen diese ruhige Autorität, die jede Sub wortlos beeindruckte. Was sollten sie schon Schlimmes anstellen?

Erst jetzt bemerkte er Alec, Dean, Miles und Richard, die in eine intensive Unterhaltung vertieft waren. Von Sean war nichts zu sehen. Wahrscheinlich war er bei Joe. Alexander schätzte ihn so ein, dass er kein Mann war, der Missionen auch nur eine Sekunde aufschob.

Moira erstarrte in der Bewegung, sobald sie Alexander ansah, ehe sie wirklich wie die Sonne selbst strahlte. Er hatte mit John vereinbart, dass sie Moira nichts von ihren Plänen mitteilen würden. Sie sollte ein bisschen Zeit erhalten, damit sie sich über ihre Gefühle im Klaren wurde. Das galt ebenso für ihn.

Ihre Wangen erröteten noch ein wenig mehr. Anscheinend hatten die Ladys bereits mehr als ein Glas getrunken. Da er nicht vorhatte, Moira auf der Stelle zu verschleppen, würde der Alkohol seine Wirkung verloren haben, wenn er sich ihrer annahm.

Er beugte sich zu ihr herab, um ihr ins Ohr zu flüstern: „Ich erlaube dir kein weiteres Glas, Irish. Ansonsten kann ich nicht mit dir machen, was ich eigentlich vorhabe. Es ist nur zu deinem Besten."

„Das sagen sie immer", sagte ausgerechnet Sally, die sogleich die Hand vor ihren Mund hielt und zuckersüß kicherte. Die drei Sullivanfrauen waren jede für sich wunderschön. Sie alle hatten ein Federtattoo unter dem Schlüsselbein.

„Ja, genau." Hazel grinste ihn spitzbübisch an. Ob sie wirklich so nonchalant war? Nein, das war sie nicht. Sie schluckte sichtlich, als er ihr direkt in die hübschen Augen sah.

„Ich glaube, ich muss mich ein wenig mit Sean unterhalten. Du könntest dann durchaus ein Thema sein."

Sie leerte ihr Glas. Er kannte diesen Ausdruck auf ihrem Gesicht nur zu gut von Sienna.

„Möchtest du auch Sekt?", fragte Viola und hielt ihm ein Glas hin.

„Nein danke. Ich habe heute noch einiges mit Moira vor. Alkohol würde nur meine Sinne vernebeln. Das wäre ein Jammer. Ladys! John!" Er fasste nach Moiras Hand und zog sie fort von ihren

Schwestern des Unheils. „Wir zwei sehen uns jetzt sehr genau jedes Bild an, und du wirst mir zeigen, welches Szenario du dir für später wünschst. Vielleicht geht dein Wunsch in Erfüllung, Schiava."

„Schiava?"

„Das ist italienisch für Sklavin. Ein Ausdruck, den die Maestros des Federzirkels nutzen."

Er spürte die Blicke des Rudels in seinem Rücken. Sollte John sich mit ihnen herumplagen, schließlich hatte er die nötige Kompetenz, um mit ihnen fertigzuwerden.

Morgen würden sie mehr Zeit miteinander verbringen, doch heute wollte er sich um seine ganz besondere irische Blüte kümmern.

„Was soll es sein, Irish?"

Sie schaute sich kurz um und zog ihn Richtung eines Gemäldes, mit dem er nicht gerechnet hatte. Es hatte den Namen *Vertrauen*. Ein Rappfohlen lag im Stroh und das Muttertier beschnüffelte es. Alexander musste sich räuspern, um seine Ergriffenheit zu kaschieren.

„Ich möchte, dass du etwas mit mir machst, das mich weit aus meiner Wohlfühlzone zerrt, sodass ich mein Vertrauen in dich beweisen kann, vor allem mir selbst gegenüber."

Er verstand genau, was sie damit bezweckte. Moira wollte, dass er sie auf die Probe stellte, sodass sie die Angst verlor, sich in ihre alten Verhaltensmuster zu flüchten, sobald sie nach Hause zurückkehrte.

„Du willst, dass ich dich weit aus deiner Kuschelzone hole, Irish?"

„Ja, Master."

„Du verlangst eine Menge. Nicht nur von dir, sondern vor allem von mir."

„Ich weiß, dass ich kein Recht habe, etwas Derartiges von dir einzufordern. Das sollte nicht respektlos erscheinen. Verzeih mir."

Sie sah ihm direkt in die Augen, und er konnte in ihren erkennen, dass es sie viel gekostet hatte, ihn darum zu bitten. Moira hatte offensichtlich im Vorfeld sehr gründlich über ihre devote Seite nachgedacht. Auf die leichte Schulter nahm sie ihr Anliegen nicht.

„Da gibt es nichts zu verzeihen, Schiava. Was genau willst du? Eine dermaßen brisante Bitte muss jedoch mit der nötigen Etikette vorgetragen werden."

Moira benötigte mehrere Sekunden, bis sie begriff, was er damit meinte. Würde sie über ihren Schatten springen können? Sich über ihre Scheu hinwegsetzen und sich nicht an den anderen Gästen stören? Einfach das tun, was ihre Seele wollte, obwohl ihr Verstand ihr das Gegenteil einflüsterte?

Sie fasste nach seinen Händen und er ließ sie. In dem Rock war es schwierig, auf die Knie zu sinken. An ihrem Griff spürte er, wie nervös sie war. Aber sie zog es durch und konzentrierte sich nur auf ihn.

Das war so verflucht sexy und wunderschön.

„Würdest du mich später so hart anfassen, wie immer es dir beliebt, Master?", flüsterte sie. Ihre Stimme zitterte nur ein wenig, doch ihr Körper tat es deutlich sichtbar.

Er löste seine rechte Hand von ihrer und umfasste stattdessen ihr Kinn. Alexander beugte sich leicht zu ihr herab, als er wieder einmal in ihren Augen versank. Es war unmöglich, es nicht zu tun.

„Hart anfassen? Wonach du gierst, geht bei Weitem darüber hinaus. Sag es mir."

Ihr Brustkorb hob und senkte sich unter den schnellen Atemzügen, während sie kurz die Lider schloss, ehe sie seinen Blick suchte. „Ich möchte ein Rapegame, eine gespielte Vergewaltigung."

Dabei konnte er es nicht belassen. Sie musste den wahren Grund aussprechen.

„Warum, süße Irish?"

„Weil ich mit dir die ganze Zeit über in Sicherheit bin und es jederzeit durch die Safewords beenden oder verlangsamen kann. Ich brauche die Gewissheit, dass diese Fantasie nicht doch einem kranken Hirn entspringt, weil mich die Schatten der widerlichen Wichser noch irgendwie in ihrem Griff halten, ihre ekelhaften Finger nach mir ausstrecken und erneut gewinnen. Ich will diese Erinnerungen durch etwas Schönes, Erregendes ersetzen. Denn das wäre es mit dir. Ich will mich nicht mehr von meinen eigenen Bedürfnissen insgeheim ekeln."

Alexander wog das Für und Wider ab. Dieses Rollenspiel war ein Szenario, das sich viele Subs wünschten, und auch Frauen, die eigentlich nur auf Vanilla standen. Manche Übergänge waren in dieser Hinsicht fließend. Es gab keine Regeln, wo BDSM anfing oder aufhörte.

Nicht jeder wollte sich in eine Schublade stecken lassen und seinem Sex eine Zuordnung geben.

„Du bist dir ganz sicher, Irish? Wenn ich einmal anfange, dulde ich keine halbherzige Hingabe deinerseits. Dann will ich das Gesamtpaket und nehme es mir auch mit der nötigen Entschlossenheit."

„Ich bin mir absolut sicher. Bitte nimm dir von mir, bis ich völlig loslassen muss. Beraube mich meiner Zweifel, die ich an mir selbst habe."

„Dann soll es so sein. Allerdings muss zuerst die Wirkung des Alkohols verfliegen." Alexander zog sie auf die Füße und verlegen starrte sie auf seine Schulter. Natürlich war ihre Handlung nicht unbemerkt geblieben, aber sie brauchte nicht mit geringschätzigen oder ungläubigen Reaktionen zu rechnen. Wer die *Insel* besuchte, war entweder devot oder dominant, manche auch beides. „Hast du Hunger?"

„Mhmmm."

„Dann lass uns gleich das Büfett plündern. Doch zunächst …"

„Können wir nicht sofort …"

„Nein, können wir nicht. Zuerst beweist du mir, dass du wirklich bereit bist, mir zu geben, was ich von dir verlange." Er fasste sie an den Schultern und drehte sie dem Bild zu. „Du wirst es zulassen, da ich es will und mich dein Gehorsam überaus geil macht. Mal sehen, wie heiß es dich macht."

Es war ein Jammer, dass der Rock trotz des Schlitzes zu eng war, um ihn ganz nach oben zu ziehen. Doch es gab auch andere Möglichkeiten, um an sein Ziel zu gelangen.

Moira konnte nicht glauben, dass sie das gerade wirklich getan hatte. Sie traute sich nicht, sich umzuschauen, und hatte ihren Blick zuerst nur auf Alexanders Schulter geheftet, jetzt jedoch starrte sie das

Gemälde an, weil er sie mit starken Händen umgedreht hatte. In ihrem Kopf herrschte angesichts ihres Mutes ein surrendes Chaos, das allerdings augenblicklich zum Stillstand kam. Alexander öffnete bereits den Knopf ihres Rocks, und im ersten Moment war der Impuls, ihm auszuweichen, beinahe überwältigend.

„Nicht doch", wisperte er an ihrem Ohr. „Das hier ist nicht verhandelbar, sofern du bekommen willst, worum du gerade gefleht hast. Wir tauschen eine Fantasie gegen die andere aus. Du lieferst zuerst."

Vielleicht hätte sie ihn aufgehalten, wenn sein Vorgehen nicht so überaus erregend wäre.

Eventuell hätte sie ihn aufgehalten, wenn sie in einer Galerie stehen würden und nicht auf der *Insel*.

Möglicherweise hätte sie ihn aufgehalten, wenn ihre Klit nicht wie verrückt pochen würde.

Und schon machte er angesichts ihrer ausbleibenden Gegenwehr den Reißverschluss auf. Er presste sich so dicht an sie, dass die Hitze seines Körpers ihren nackten Po berührte und sie sich seiner Erektion sehr bewusst wurde. Damit verhinderte er auch, dass ihr der Stoff von den Hüften rutschte.

„Spreiz deine Beine. Sofort!"

Er plante erneut, sie umzubringen. Das hier geschah tatsächlich und Moira wurde von ihrem eigenen Verlangen schier überwältigt. An diesem Ort konnte etwas geschehen, das woanders einen Arrest und eine Gerichtsverhandlung nach sich ziehen würde.

Dennoch!

Zunächst hörte sie das Stimmengewirr der anderen Besucher überlaut, war sich überbewusst, dass sie nicht allein mit Alexander war. Doch das stoppte abrupt, sobald er mit seiner Hand unter den vorderen Bund rutschte, bis seine Finger ihre Klit berührte. Moira konnte weder das Stöhnen, so leise es auch war, noch das Zusammenzucken unterdrücken. Das war allerdings nichts gegen das Gefühl seiner Finger auf ihrer Lustperle, seines starken Körpers hinter ihr und seiner Dominanz, die einfach überall spürbar war, so kribbelnd und belebend. Obendrein weckte diese Kombination die widersprüchlichsten Emotionen in ihrem Leib und in ihrem Verstand. Es war teuflisch verboten, was er mit ihr machte, und fühlte sich daher teuflisch gut an.

„Sieh mal einer an, du kleines lüsternes Ding. Du trägst ein Symbol der Unschuld um den Hals und bist zwischen den Schenkeln pitschnass. Meiner Meinung nach stellt das bei so einer wie dir keinen Widerspruch dar."

Einerseits hoffte sie, dass ihr Master sie nur ein wenig stimulieren würde, um seinen Standpunkt zu verdeutlichen, andererseits war da diese unkontrollierbare Lust, die jedes Schamgefühl nachdrücklich ausschaltete. Alexander presste seinen Mund gegen ihren Hals, während er mit zwei Fingern ihren Kitzler umkreiste, bis sich ihre Bedenken in Luft auflösten. Inzwischen konnte sie das Verlangen nicht mehr zurückdrängen, verlor sich unter seiner geschickten Vorgehensweise und hörte auf zu denken, bis er stillhielt.

„Möchtest du kommen, Irish?" Seine Stimme hatte einen bedrohlichen Unterton. Wie gerne würde sie jetzt ein Nein sagen oder vielmehr stammeln. Das wäre viel sicherer. Doch sie war nicht mehr die Herrscherin ihrer Sinne, sondern er war der Alleinherrscher.

„Ja, bitte, Master."

„Dazu hast du zu viel an." Ehe sie begriff, was er genau damit meinte, zog er mit einem Ruck den Rock über ihre Hüften, dass der ihr bis zu den Knien rutschte, und erstickte jeden Protest mit seinen kundigen Fingern, die zielgerichtet dorthin zurückkehrten, um sie jeglicher Gegenwehr zu berauben. Doch tief in ihrem Inneren wusste sie, dass sie seine Verführung jederzeit beenden konnte, sofern sie es wirklich wollte. Er würde ihr das Safeword nicht vorhalten, sondern es akzeptieren. Sein Körper verdeckte sie zwar nach wie vor, aber niemandem konnte entgehen, was er mit ihr machte. Und dann presste er die andere Hand auf ihren Mund, erstickte ihre Schreie, ihr Stöhnen, das Stottern seines Namens.

Das steigerte ihre Erregung noch weiter, obwohl ihr das vorher unmöglich erschienen war. Das Pochen zwischen ihren Beinen wurde unerträglich, und sie würde zerbersten, falls sie versuchte, sich dem Orgasmus entgegenzustemmen. Ihr Körper würde es ihr nie verzeihen, selbst wenn ihr Verstand das Gegenteil behauptete. Doch Denken wurde sowieso überbewertet.

Ihre Klit zog sich zusammen, das Pochen verwandelte sich in ein Pulsieren, und genau in diesem Moment trat Alexander einen Schritt zurück, um sie an den Schultern zu umfassen.

Jetzt wollte sie ihn umbringen!

Wie konnte er nur!

„Sei vorsichtig mit dem, was du gleich sagst, Irish. Diesen Rat spreche ich nicht oft aus, sondern lasse kleine angepisste Subs mit Freuden kopfüber ins Verderben stürzen, sodass sie die Konsequenzen ihres unbedachten Mundwerks auf der Stelle zu spüren bekommen. Ob du mit oder ohne Rock auf der Ausstellung verbleibst, hängt von dir ab. Falls es ohne ist, umso besser für mich. Das erspart mir die Mühe, ihn dir nachher von deinem hübschen, willigen Körper zu zerren."

Sie hörte an seiner Stimme, dass er nicht nur lächelte, sondern breit grinste. Wahrscheinlich funkelten seine Augen wie Edelstahl und bildeten einen starken Kontrast zu seiner restlichen Mimik.

Sie war so unfassbar sauer!

„Du bist in der perfekten Stimmung für das gewünschte Szenario. Schließlich macht es nur richtig Spaß, wenn deine Gegenwehr echt wirkt. Nicht wahr?"

Erstick doch an den eigenen Worten, du sadistischer, fieser, hinterhältiger Bastard!

„Moira? Ich erwarte eine Reaktion oder soll ich für dich entscheiden?"

Er musste es, wenig überraschend für sie, auf die Spitze treiben, mit Schürhaken in der Wunde herumstochern, um seine überlegene Stellung weiter zu verdeutlichen. Allerdings bekräftigte dies ebenso ihre devote Natur, dass es ihr auf eine völlig perverse Weise gefiel, was er mit ihr anstellte.

Das war hochgradig frustrierend!

„Ein kleiner Dank deinerseits könnte mich positiv beeinflussen."

Ihr Stolz bäumte sich wie ein ungezähmter Hengst auf, der sich jedoch mit allen vier Hufen auf dem Boden wiederfand und sich in einen zahmen Wallach verwandelte, sobald Alexander sie herumwirbelte, sodass sich sein scheiß Blick in sie vorbohrte.

„Ich danke dir einfach für alles, Master. Diese Erfahrung bereichert mein tristes Dasein."

Seine Augenbrauen hoben sich, aber ansonsten war seine Mimik aus Granit gemeißelt. „Ich versichere dir, dass dein roter, wunder Arsch dich später weitaus mehr vervollständigen wird, als du es dir jemals vorgestellt hast."

Leider blickte sie an ihm vorbei. Es waren ausgerechnet David, Dean und John, die zu ihr rüberschauten und sich nicht die Mühe machten, ertappt auszusehen. Selbstredend trat Alexander zur Seite, versagte ihr zwar den Schutz seines Körpers, jedoch nicht den des Masters. Er war bei ihr und genau genommen war das alles, was zählte.

„Master, bitte."

Er deutete ihr mit einer Handbewegung an, dass sie sich anziehen durfte.

DURFTE!!!

Eigentlich sollte sie aus dem Raum stampfen, ihre Sachen packen und nach Hause zurückfliegen. Stattdessen straffte sie ihre Schultern und versuchte, möglichst unauffällig den Rock wieder dort hinzubekommen, wohin er gehörte. Eine Minute später hatte er den Arm um sie gelegt und schlenderte mit ihr Richtung Büfett, als wenn nichts geschehen wäre. Alexander ließ es sich jedoch nicht nehmen, zunächst auf die drei Männer zuzusteuern.

„Du hast eine wirklich hübsche Pussy", sagte Dean.

„Dem kann ich nur zustimmen." John lächelte auf eine wahrhaft diabolische Weise.

„Sind die Tomaten in England so rot wie ihr Gesicht?" Davids Mundwinkel zuckten.

„Ich werde nachher sicherstellen, dass ihr Hintern ebenso aussieht. Mindestens. Komm, Irish. Sonst tut sich der Boden wirklich unter dir auf."

Zur Hölle mit ihnen!

Allerdings war dieses Wunschdenken von vornerein zum Scheitern verurteilt, denn garantiert würde Satan höchstpersönlich sie vor die Tore seiner Behausung werfen. Oder auch nicht! Wahrscheinlicher war, dass er flüchtete und die Master of Desaster das Fegefeuer in eine Röstanlage für renitente Subbies verwandelte.

Sie hatte wirklich ein paar äußerst schwierige Minuten, nicht vor Lachen loszukreischen.

„Möchtest du deine Gedanken mit mir teilen, Schiava?"

„Nicht freiwillig."

„Dann soll es eben unfreiwillig sein."

Sienna, Viola, Kim, Olivia und Hazel hatten eine der Sitzgruppen in Beschlag genommen. Alexander lief direkt darauf zu.

„Sienna!"

Sie erstarrte sichtlich und verschluckte sich beinahe an dem Stück Quiche, in das sie gerade hineingebissen hatte.

„Du bist persönlich dafür verantwortlich, dass Moira keinen Alkohol trinkt, während ich uns etwas zu essen hole."

„Alexander, das …" Moira verstummte unter seinem Blick.

Und schon schritt er Richtung Büfett, ganz der Eroberer, der er war, der sicherlich keine Gefangenen machte, und falls doch, dann nur, um sie zu quälen.

„Ist alles in Ordnung?", fragte Viola. „Du siehst ziemlich zerrupft aus."

Verlangend betrachtete Moira die Gläser mit dem Sekt, die auf dem Tisch standen. Am liebsten würde sie fünf Gläser hintereinander trinken, damit sie nicht mehr darüber nachdenken musste, was sie gerade getan hatte.

„Vergiss es, Schnucki", sagte Sienna. „Wenn du an den Sekt willst, musst du mich vorher aus dem Weg räumen."

„Alexander hat doch nur Spaß gemacht. Oder?"

Die Frauen schnaubten einvernehmlich.

„Ich kenne diesen Tonfall und Gesichtsausdruck von Dean. Das war kein Scherz." Kim seufzte theatralisch und steckte sich eine kleine Falafelkugel in den Mund.

„Nun spuck schon aus, was Alexander mit dir gemacht hat. Wir sind deine Verbündeten." Viola lächelte sie zuversichtlich an.

Konnte sie wirklich aussprechen, was vorhin geschehen war? Wollte sie darüber reden? Würde das nicht schrecklich peinlich sein?

Wohl kaum beschämender als das, was du gerade erlebt hast. Und schämst du dich nicht hauptsächlich, weil es dich so angemacht hat?

„Ich verstehe." Sally griff nach ihrer Hand und drückte sie. „Wir alle verstehen dich. Am Anfang ist alles, was mit BDSM zu tun hat, einfach überwältigend, so sehr, dass man sich selbst nicht versteht."

Sally hatte ihr Dilemma auf den Punkt gebracht. „Hat Alexander irgendwas getan, dass du nicht wolltest?"

„Nein, natürlich nicht."

„Wolltest du, dass er damit aufhört?"

„Ein Prozent von mir, obwohl ich mir nicht einmal darüber sicher bin."

„Das wird er des Öfteren mit dir anstellen. Dieser Zweifel in dir, und sei er noch so winzig, wird ständig an dir nagen, bis du völlig akzeptierst, was du bist. Doch das braucht Zeit und ist ein langer, beschwerlicher Weg."

„Du hast schmerzhaft vergessen", warf Sienna ein.

„Und Augen öffnend", sagte Kim. „Man lernt Dinge über sich selbst, an die man vorher nie gedacht hätte. Niemals."

„Du kannst uns über alles ausquetschen, uns jede Frage stellen, wann immer du möchtest. Aber du musst nicht. Darüber zu reden braucht Vertrauen, und das hast du natürlich uns gegenüber nicht. Noch nicht. Wir verstehen dich völlig, denn jede von uns steckte in einer ähnlichen Situation wie du. Uns allen ist es schwergefallen, devot nicht nur für uns zu sein, sondern das Selbstbewusstsein bis nach außen zu tragen. Manchmal ist alles anders, als es auf den ersten Blick erscheint." Sienna stieß einen Atemzug aus. „Da gibt es doch diese Geschichte mit Alexander und der Kerze. Aber wie so oft steckt viel mehr dahinter. Alec und er haben mir erlaubt, sie dir zu erzählen, und natürlich hat auch Georgia zugestimmt."

Georgia, die Rezeptionistin? Was hatte sie damit zu tun? War sie etwa diejenige, die Alexander auf diese Weise bestraft hatte? Ein Schwall von Eifersucht raubte ihr für einen Moment den Atem. Dennoch wollte Moira die Geschichte hören. Sie ahnte, dass sie bedeutungsvoll war.

„Georgias Verlobter hat sich an die Insel gewandt, weil sie damals unter Lipödem gelitten hat, was aber niemand zu der Zeit wusste. Das ist eine krankhafte Veränderung der Fettzellen und bei ihr ist das in den Beinen geschehen. Sie war so gehemmt, hat gedacht, dass sie selbst schuld wäre, dass sie so aussieht, und hat sich immer mehr aus dem Leben zurückgezogen. Sex, Sessions, alles hat sie abgelehnt, da sie sich so schrecklich für ihren Körper geschämt hat. Ihr Mann durfte sie nicht einmal mehr nackt ansehen und schon gar nicht berühren. Alec und Alexander haben wochenlang mit ihr gearbeitet, damit sie wenigstens ein bisschen Selbstbewusstsein aufbaut." Sienna fing Moiras Blick auf und lächelte sie zuversichtlich an. „Aber wo es einen zerrupften Schmetterling gibt, gibt es natürlich auch die Bitch, die ihr die Flügel erneut zerreißt. Die Bitch in unserer Geschichte heißt Josy, und ihr Äußeres ist genauso süß, wie es der Name verspricht. Sie ist klein, zierlich und weckt den Beschützerinstinkt von fast jedem Kerl. Das Innere allerdings ist einfach nur widerlich. Georgia hatte sich an dem Abend endlich getraut, sich nackt zu zeigen. Josy ist ihr danach in den Duschbereich gefolgt und hat mit zwei Sätzen alles wieder zerstört. ‚Georgia wäre doch so mutig, sich mit einem derartig abstoßenden Körper zur Schau zu stellen. Wenn sie auch nur annähernd so aussehen würde, hätte sie das niemals gewagt.' Josy war an Alexander interessiert und er hat sie damals abblitzen lassen und Josy war rasend vor Neid. Deswegen war sie so gemein. Zu ihrem Pech hat sie nicht mitbekommen, dass Alec hereingekommen ist, um Georgia einen Morgenmantel zu bringen. Er hat alles gehört. Und dann haben sie Josy bestraft, die schon vorher mit ihrem Lästermaul aufgefallen und auch abgemahnt worden ist." Sienna griff nach einem Glas und trank es leer.

Moiras Eifersucht verflog genauso schnell, wie sie aufgetreten war. Bisher hatte sie nicht viel über Alexanders Vergangenheit nachgedacht. Doch ihr hätte klar sein müssen, dass er natürlich kein unbeschriebenes Blatt war, sondern vielmehr ein richtiger Bücherschinken.

„Jetzt spann uns nicht auf die Folter. Ich vermute, dass Alec ähnlich wie Sean gestrickt ist. Alec wirkt auch schrecklich unnahbar und hart, aber ich durchschaue ihn. Er hat das Herz am rechten Fleck und geht für seine Zöglinge durchs Feuer. Genau wie Sean." Hazel tauschte mit Sienna einen Blick aus.

„Josy liebt Schmerz, mag es, ihren makellosen Körper zur Schau zu stellen, also war es den Mastern klar, dass es mit einem Arschversohlen nicht getan ist. Stattdessen haben sie ihr einen Einlauf verpasst, was nicht das Schlimmste war. Sie durfte nicht auf die Toilette, um ihn wieder herauszubekommen, sondern musste einen Eimer benutzen, der in einer Zelle im Dungeon stand. Und sie hatte Zuschauer. Das war das Topping. Dass mit der Kerze war der finale Zuckerstreusel."

Angesichts einer derartigen Demütigung lief es Moira eiskalt über den Rücken, andererseits fühlte sie Stolz und eine starke Solidarität mit Georgia. Josy hatte nur bekommen, was sie verdiente. Die Master hatten Georgia nicht im Stich gelassen. Und sie würden auch sie niemals sich selbst überlassen. Alexander hatte gewollt, dass sie diese Tatsache verinnerlichte. Deswegen hatte er Sienna beauftragt diese Geschichte zu erzählen. Gerüchte waren eben nur Gerüchte und man sollte sie stets hinterfragen.

„Aber Georgia ist doch schlank", warf Viola ein.

„Die Gäste der *Insel* haben letztes Jahr für sie gesammelt, damit sie genug Geld hatte, um eine Operation zu bezahlen, bei der alle Fettzellen entfernt wurden. Das war kurz nach der Diagnose. Sie ist jetzt ein komplett neuer Mensch, und das nicht nur äußerlich. Ihre Heilung fing jedoch bereits vorher an."

„Wir alle bekommen im Laufe unseres Lebens Narben." Sally schluckte hart, als würden schreckliche Erinnerungen sie auf einmal heimsuchen. „Niemand ist perfekt, unbefleckt und macht alles richtig. Allerdings wächst man mit jeder Aufgabe und mit jedem Fehler. Ohne meine Vergangenheit hätte ich Miles wahrscheinlich nie kennengelernt und wäre nicht die Frau, die ich jetzt bin. Für jedes Problem findet sich schlussendlich eine Lösung. Man darf nie die Hoffnung aufgeben." Dabei sah Sally Moira an.

Wenn es nur so einfach wäre!

Moira wusste eigentlich wenig über Alexander, und doch fühlte sie zu ihm eine Verbundenheit, die nicht näher sein könnte. Sie schluckte die Tränen hinunter und lächelte stattdessen Alexander an, der gerade auf sie zulief. Das etwas gezwungene Lächeln verwandelte sich in ein echtes, als sie bemerkte, wie die Frauen ihn anstarrten, allen voran Viola. Sobald Alexander Moira einen gefüllten Teller reichte, wäre sie am liebsten aufgesprungen, um ihm zu sagen, dass sie sich Hals über Kopf in ihn verliebt hatte. Doch das wäre mehr als unpassend.

Sienna schaute Alexander verstohlen an, und er wusste, dass sie getan hatte, worum er sie gebeten hatte, falls sich ein passender Moment ergeben hätte. Er kannte die Gerüchte, die sich um Josys Bestrafung rankten, und wollte, dass Moira verstand, dass man auf der *Insel* auf sie aufpasste. Und zwar nicht nur er. Sie war mit ihren Ängsten nicht allein und niemand würde sich ungestraft über ihre Ängste lustig machen. Er setzte sich neben Moira, die gerade versuchte, ins Sofapolster zu kriechen. Besonders erfolgreich war sie allerdings nicht. Die Sullivanbrüder näherten sich und John hatte Gläser mit Saftcocktails in den Händen. Er gab Moira eins, die ein Danke stammelte und anschließend zu einem Stein wurde, weil Dean es sich nicht nehmen ließ, sich auf ihre andere Seite zu setzen. Arme Irish!

„Soll ich dich füttern? Du scheinst mir etwas zittrig zu sein." Alexander sah sie durchdringend an.

„Ich kann das auch übernehmen." Dean drehte sich Moira zu.

Und in diesem Moment stopfte sie dem jüngeren Sullivanbruder ein gefülltes Weinblatt in den Mund. Einfach so. Dean nahm es nicht nur mit Humor, sondern es gefiel ihm. Auch ihm lag viel daran, dass sie aus sich herauskam.

„Ah, kleine Schiava, so gefällst du mir viel besser. Ich freue mich schon darauf, wenn Iris dich wegen anstehender Steuerangelegenheiten vorbeischickt. Denn das wird sie und du wirst dann nicht mehr so leicht entkommen können." John beherrschte seine Stimme auf die Nuance genau.

Da Moira anscheinend nicht wusste, was sie darauf antworten sollte, biss sie in eine der Minipizzen.

Während sie aßen und herumflachsten, bemerkte Alexander Moiras steigende Ungeduld. Sie versuchte sich zwar auf die Gespräche zu konzentrieren, jedoch gelang ihr das nur unzureichend. Sie war bereits jetzt mit den Gedanken ganz bei ihm und mit dem beschäftigt, was sie später erwartete. Der Alkohol hatte inzwischen seine Wirkung verloren und eigentlich könnte er sie auf der Stelle aus ihrer Misere erlösen. Allerdings gefiel ihm ihr nervöses Herumrutschen sowie die deutlichen Anzeichen, dass sie ihn am liebsten anflehen würde, endlich zu beginnen.

„Möchtest du noch Nachtisch?"

Moira warf ihm einen entrüsteten Blick zu, wobei sie die Lippen zusammenpresste.

„Schwierigkeiten, dich zu beherrschen, Irish?"

Sie neigte sich zu ihm, bis ihre verführerischen Lippen direkt neben seinem Ohr waren. „Als ich hierhergekommen bin, habe ich mich nach einem Koalabären gesehnt, bekommen habe ich einen Panther. Kannst du es mir verübeln, dass ich mich danach verzehre, dass du deine Zähne in meinem Nacken schlägst, während du mich hart nimmst?

Doch zunächst musst du mich jagen, mich belauern und mich fangen. Oder steht dir mehr der Sinn danach, dich auf dem nächstbesten Eukalyptusbaum schlafen zu legen?"

So ein freches Biest!

„An deiner Stelle würde ich jetzt losrennen. Falls du meinen Bungalow vor mir erreichst, werde ich das Spanking beenden, sobald du anfängst zu heulen. Falls nicht …", er grinste ihr mitten ins Gesicht, „… werden nicht nur ein paar niedliche Tränchen fließen. Ich gebe dir zwei Minuten Vorsprung."

Alexander hatte die Security vorab per Rundnachricht darüber informiert, dass er mit Moira ein Rapegame plante. Es gab nichts Schlimmeres, als wenn ein Spiel zerstört wurde, weil jemand eingriff, da er dachte, dass es erforderlich wäre.

„Wir sehen uns beim Frühstück." Moira nickte allen zu, sprang auf und eilte, so schnell es ihre Schuhe und der Rock erlaubten, Richtung Ausgang. Und so, wie es aussah, verschwendete sie keinen Gedanken daran, was ihre neuen Freunde über sie dachten.

„Elf Uhr geht es morgen los. Ich habe in der Küche Bescheid gesagt. Sie bereiten uns Lunchpakete zu." Sie wollten eine gemeinsame Wanderung unternehmen. Es hatte Spaß gemacht, mit den Engländern zu reden, doch jetzt gab es eine freche Sub, die seine Aufmerksamkeit benötigte. Alexander stand auf, und er musste sich wirklich beherrschen, um nicht zu rennen. Sogar ein Master konnte stechende Blicke in seinem Rücken spüren.

Falls er Moira schlecht behandelte, würde er sich einem Rudel Wölfinnen stellen müssen, sowohl in

England als auch in den USA. Sobald er nach draußen trat, schlug ihm kühle Nachtluft entgegen.

Joe grinste ihn an. „Moira ist gerade an mir vorbeigestürmt. Viel Spaß beim Überwältigen deiner süßen und hochgradig aufgeregten Beute."

Nach wenigen Metern fiel Alexander in einen schnellen Trab. Im Gegensatz zu ihr blieb er nicht auf den Wegen, sondern rannte querfeldein. Sie hatte gar keine Chance, gegen ihn zu gewinnen. Aber er hatte auch von der ersten Sekunde keine Chance gehabt, als ihr zu verfallen. Daher war es nur fair!

Seine Schuhe drückten bei jedem Schritt, und er widerstand der Versuchung, die Fliege zu lockern. Manchmal musste man sich für ein höheres Ziel beherrschen! Zweifellos würde Moira mehr opfern als er. Das würde er sicherstellen. Zum Glück war Vollmond, sodass er auch abseits der Fackeln genug sehen konnte, um nicht über die nächstbeste Wurzel zu stolpern. Er erhaschte den ersten Blick auf Moira. Alexander trat auf den Weg und pfiff die Melodie von *Kill Bill*, zwar etwas schief, dennoch Furcht einflößend, wenn er ihr kurzes Erstarren in Betracht zog. Er holte sie nicht sofort ein, obwohl er das spielend gekonnt hätte. Allerdings näherte er sich ihr unaufhaltsam und labte sich an ihrer Angst.

Anscheinend hatte sie genug von diesem Schachzug, denn sie stoppte abrupt in der Bewegung und schnellte herum. „Was willst du von mir, du Arschloch?"

In der Hand hielt sie ihre Schuhe und schwang sie hin und her. Er trat dichter an sie heran, ließ aber noch ausreichend Platz, den er erst gleich für sich beanspruchen würde.

„Was ich von dir will? Das habe ich bisher nicht entschieden. Es kommt drauf an, wie brav du bist." Obwohl er sie weiter bedrängte, rührte sie sich nicht vom Fleck. Eine kleine mutige, allerdings ziemlich leichtsinnige Beute. Falls er an ihrer Stelle wäre, würde er rennen, so schnell ihn seine Beine trugen. Zwei weitere Schritte brachten ihn so dicht an sie heran, dass er nur den Arm ausstrecken musste, um sie zu packen.

Verfluchter Mist!

Du hast sie unterschätzt!

Die Erkenntnis, wie sie ihm gegenüberstand, mit einem genau ausbalancierten Gewicht, dass sie offensichtlich ihren Rock zerrissen hatte, um ausreichend Bewegungsfreiheit zu haben, kam einen Sekundenbruchteil zu spät. In dem Moment, als er ihren Arm fassen wollte, um sie gegen seinen Körper zu ziehen, hatte sie die Schuhe gegen seinen Kopf geschlagen, sie fallen gelassen, seine Hand gefasst, den Daumen schmerzhaft nach oben gebogen, sich gekonnt gedreht und brachte ihn auf die Knie.

Hätte er vorher gewusst, dass sie Selbstverteidigung nicht nur theoretisch studiert hatte, wäre ihr das nie gelungen. Doch sie hatte das Überraschungsmoment weit auf ihrer Seite. Sie beugte sich zu ihm herab, und dieses äußerst triumphierende Grinsen auf ihrem Gesicht war ein Attribut, mit dem er arbeiten konnte, und er gedachte es auch ausgiebig zu tun. Sie wog gut dreißig Kilogramm weniger als er, und dennoch war sie es, die ihn im wahrsten Sinne des Wortes in der Hand hatte.

„Ich hatte vergessen zu erwähnen, dass ich regelmäßig Selbstverteidigungskurse für Frauen besuche. Und zwar die mit richtigen Männern als Kursleiter, die mir über die Jahre beigebracht haben, wie ich so eine Ratte wie dich bestmöglich außer Gefecht setzen kann."

Ratte?!

Irish nahm ihre Rolle mehr als ernst. Doch sie machte den Fehler, sich zu sehr in ihrem Erfolg zu suhlen. Bis zu einem gewissen Grad verstand er ihre Genugtuung. Wenn er ein normaler Angreifer wäre, hätte sie ihm jetzt vermutlich in die Fresse oder Eier getreten, um sich eine gelungene Flucht zu ermöglichen. Stattdessen hielt sie ein Schwätzchen mit ihm und ließ dabei völlig außer Acht, dass er regelmäßig mit Joe, David und Alec trainierte. Niemals war ihr Coach genauso skrupellos wie Joe. Gerade noch griente Moira ihn an, und in der nächsten Sekunde kreischte sie auf, weil er es dieses Mal war, der ihren Arm packte, ihren Griff mit Leichtigkeit durchbrach, sie aus dem Gleichgewicht und daher zu Fall brachte, sodass sie flach auf dem Rücken lag.

„Du kleine großmäulige Bitch." Er setzte sich rittlings über ihre Hüften und presste ihre Handgelenke über ihrem Kopf auf den Boden.

Sie trat sich bestimmt gerade selbst in den Arsch für den Riesenfehler, den sie gemacht hatte, da war Alexander sich sicher. Jetzt war er es, der sich ein Grinsen erlaubte, das ihren Zorn um einige Oktaven steigerte. Vergeblich versuchte sie, sich aufzubäumen, seine Macht über sie irgendwie zu durchbrechen. Pech für sie, dass das bloß eine Verschwendung von Ressourcen darstellte, die ihr lediglich begrenzt zur Verfügung standen. Er wartete, bis sie völlig still lag, ehe er das Schnappmesser aus seiner Hosentasche zog. Ihr erneutes Strampeln erstarb auf der Stelle, sobald er ihr die Klinge an den Hals hielt.

„Nicht nur du hast ein paar Überraschungen auf Lager. Du stehst ganz vorsichtig auf. Es sei denn, du möchtest bluten. Es wäre ein Jammer, eine so schöne Haut zu verletzen. Findest du nicht?"

Moira wusste nicht, dass die Schneide stumpf war, sie nur ein Utensil darstellte, um sie zu erschrecken und somit ihre Kooperation zu erzwingen. Er hatte sie sich vorhin aus dem Dungeon geholt.

„Hast du das verstanden?"

„Ja", wisperte sie mit einem Zittern in der Stimme, das seinen Schwanz weiter anschwellen ließ. Ob sie ebenso erregt war wie er? Es gab nur ein Mittel, um es festzustellen. Doch das würde er erst in seinem Bungalow einsetzen. Allerdings glitzerte auch Gier in ihrem Blick, sodass die Antwort keine Überraschung darstellen würde.

Schließlich war das hier kein realer Überfall, sondern nach wie vor ein Spiel der härteren Sorte. Dennoch war es ein schmaler Grat zwischen Vergnügen und einem grauenvollen Erlebnis für sie. Er musste genau auf die Zwischentöne achten und sofort zurückrudern, sollte sie nicht mit Lust reagieren.

„Du miese Sau."

Miese Sau?!

„Nicht doch, Schätzchen." Er fuhr mit dem Messer an ihrer Wange entlang, wobei er sie so gerade eben berührte. „Ich bin mir sicher, dass du bald etwas völlig anderes sagen oder stammeln wirst. Und. Jetzt. Steh. Auf."

Alexander ging neben ihr in die Hocke und erhob sich gemeinsam mit ihr. Er schlang einen Arm um ihren Oberkörper, wobei er das Messer an ihrem Hals ließ. Auf diese Weise legten sie die letzten Meter bis zu seinem Bungalow zurück.

„Mach die Tür auf", wisperte er mit einer sehr gelungenen heiseren Stimme, wie er fand.

Moira gehorchte und er schubste sie hinein. Im Gegensatz zu den Gästeunterkünften verfügte sein Haus über einen Schlüssel, den er auch sogleich umdrehte und in seine Hosentasche steckte.

Empört drehte sie sich ihm zu.

„Bevor wir richtig loslegen, habe ich eine Frage an dich: Warum hast du mich nicht beim ersten Mal angegriffen? Du hättest es gekonnt und ich wäre unvorbereitet gewesen."

Moira starrte ihn an, und für einen Moment entspannte sie sich, da er ihr eine Verschnaufpause gewährte. „Weil ich insgeheim gewollt habe, dass du mich überwältigst. Ich hätte dir sehr wehtun müssen, um dich loszuwerden. Und dazu gab es keinen Grund, obwohl ich mich wie eine dumme Zicke aufgeführt habe. Ich hätte dich überrumpeln können und dann wäre es richtig fies geworden. Wenn ich zuschlage, niemals halbherzig."

„Dir ist jedoch klar, dass du kein weiteres Überraschungsmoment zur Verfügung hast? Da sich der Level des Spiels erhöht hat, lege ich ein paar zusätzliche Regeln fest. Keine Schläge ins Gesicht, kein Kratzen oder Beißen, das die Haut durchbricht, und keine Tritte in den Unterleib. Sind wir uns einig?"

„Ja, Alexander."

Er hob die Augenbrauen.

Sie stieß einen langen Atemzug aus. „Ja, Master."

„Ich nehme dich beim Wort. Ein Abweichen von den Regeln zieht Konsequenzen nach sich. Weiß Iris eigentlich von deinen Verteidigungsfertigkeiten?"

Sie brauchte nicht zu antworten, denn ihre Mimik sagte ihm alles, was er wissen wollte. So ein kleines Biest! Morgen würde er darüber ein paar Worte mit John wechseln, der diese Information sicherlich an Tom weitergab, der dann geeignete Maßnahmen treffen konnte, die dem Vergehen entsprachen. Moira runzelte die Stirn, da sie offensichtlich ahnte, dass hierüber noch nicht das letzte Wort gesprochen war.

„Bist du etwa eine Petze?"

Alexander sparte sich eine Erwiderung und ging stattdessen zum Angriff über. Er stürzte sich auf sie und brachte sie so schnell zu Fall, dass sie erst aufschrie, als sie bereits auf dem Boden lag. Eigentlich war es eher ein hysterisches Kreischen. Sie hatte keine Chance mehr gegen ihn, und das wurde ihr in diesem Augenblick bewusst. Er hatte noch weitere Überraschungen für sie in seiner Hosentasche. Ruckzuck drehte er sie auf den Bauch und setzte sich kurzerhand rittlings auf ihren Arsch. Dann zog er den Kabelbinder hervor. Er musste ziemlich viel Kraft einsetzen, um ihre Hände auf ihrem Rücken zu fixieren. Doch schlussendlich gelang es ihm.

Das war schon viel besser.

„Dein Sensei hat dich bestimmt davor gewarnt, dass du verloren hast, sobald du gefesselt bist. Ich stimme ihm zu. Jetzt kann ich dich überall berühren, dich ficken, dich lecken, dich stimulieren, ganz wie es mir beliebt."

„Fass mich nicht an, du … du Sau."

„Sau? Du bist nicht besonders einfallsreich. Dennoch wirst du deine Beleidigungen bitter bereuen. Das verspreche ich dir." Er rutschte tiefer, bis er auf ihren Oberschenkeln saß, und zerrte ihr den Rock über die Hüften. So ein nackter Popo hörte niemals auf, reizvoll zu sein. Und er hatte die Absicht, sich sehr ausgiebig mit diesem Körperteil zu beschäftigen, gründlicher, als es dem Miststück lieb sein konnte. Er musste schließlich in seiner Rolle bleiben.

„Na sieh mal einer an. Du Schlampe trägst gar kein Höschen."

Sie stieß ein wütendes Zischen aus, das jedoch vor Frustration nur so triefte.

„Was für ein schöner fetter Hintern. Vielleicht sollte ich deine Pussy vernachlässigen und mich lieber hier vergnügen. Was meinst du?"

Da sie ihm eine Reaktion verweigerte, holte Alexander aus und schlug ihr wirklich hart auf die rechte Arschbacke. Das Gefühl des nachgiebigen Fleisches unter seiner Handfläche war einfach nur geil. Es brannte, doch das war nichts gegen die flammende Invasion, die sie zweifelsohne spürte. Für eine Sekunde bewunderte er den hübschen roten Abdruck auf ihrer ehemals weißen Haut. Ihr Wutschrei war Balsam in seinen Ohren.

„Was war das?" Ein weiterer Hieb, den er nicht flach aufsetzte, stattdessen seitlich platzierte. Das war noch schmerzhafter und reichte für jetzt. Er holte sich nur Appetit, und wenn er seinen Ständer berücksichtigte, hatte er die Vorspeise schon verschlungen. Später würde er sie richtig übers Knie legen. Alexander erinnerte sich daran, dass sie sich das überaus wünschte. Er packte in ihr wundervolles Haar, und auch hier setzte er gerade so viel Druck ein, dass sie es sehr nachhaltig spürte.

„Soll ich dich in den Arsch ficken? Oder flehst du mich an, es nicht zu tun? Du solltest dich lieber beeilen und mir deine Wünsche mitteilen, ehe ich mir einfach nehme, was ich will."

Er riss ihren Kopf in den Nacken und umfasste mit der anderen Hand ihre Kehle. Unter seinen Fingern raste ihr Puls. Alexander wusste, dass sie nicht betteln wollte, dass sie eigentlich zu stolz war, um es zu tun. Sogar in ihrer momentanen Situation.

Er ließ ihren Hals los und steckte sich einen Finger in den Mund, den er anschließend an ihren Anus führte, um mit der Spitze einzudringen.

Diesmal stieß sie ein erschrockenes Quietschen aus, ehe sie verstummte. Stocksteif lag sie dort, überrascht von dem unerwarteten Gefühl.

„Du kleines unanständiges Flittchen. Das gefällt dir. Also wirklich, Irish." Er konnte nicht anders, als das Spiel kurz zu verlassen, und küsste sie zwischen die Schulterblätter. Und dann drang er tiefer in diese enge Stelle vor und entriss ihr ein wahrhaft animalisches Stöhnen. Das war alles viel zu einfach, denn sie war bereits dabei, sich ihm hinzugeben. Ihrem gestammelten „du Schwein" fehlte es schlichtweg an Überzeugungskraft, sogar wenn er es wohlwollend auslegte. Anscheinend wurde ihr auch gerade bewusst, dass sie ihn eigentlich bekämpfen sollte, denn sie erneuerte ihre Bemühungen, um ihn abzuschütteln.

„So gefällt mir das schon besser, es ist aber längst nicht ausreichend." Alexander zog seinen Finger raus, ließ sie los und stellte sich hin. In aller Seelenruhe lief er in den Küchenbereich, um sich die Hände zu waschen. Moira nutzte die Zeit, um sich auf die Füße zu rappeln. Doch es gab weder einen Fluchtweg für sie, noch konnte sie ihn angreifen.

Um sie zu ärgern, schenkte er ihr ein breites Lächeln und lehnte sich mit der Hüfte gegen die Spüle, ehe er ihrem zerzausten erhitzten Anblick die nötige Aufmerksamkeit widmete. Er musterte sie von oben bis unten und wieder zurück, bis er ihr in die Augen starrte.

„Ich glaube, ich lasse dich für deinen Orgasmus betteln. So eine wie du kann bestimmt vollendet um Gnade flehen."

„Das hättest du wohl gerne. Lieber ersticke ich."

„Wir beide wissen, dass ich bekommen werde, was ich will. Da nutzt dir auch dein großes Mundwerk nichts. Vielleicht sollte ich es dir mit meinem Schwanz stopfen."

„Wenn du dich traust." Ihre Mundwinkel hoben sich zu einem angedeuteten Lächeln, das ganz und gar verächtlich wirkte. „Aber so einer wie du, muss anscheinend eine Frau fesseln, da er ansonsten keine abbekommt." Ihr entwich ein Prusten. „Verflucht, Alexander. Wenn du mich so anfunkelst, kann ich nicht ernst bleiben."

„Für diese Entgleisung bekommst du drei Gerten-schläge, nachdem ich dir mit der Hand den Arsch versohlt habe." Er stürzte mit einem Messer auf sie zu, und dieses Mal war es eines mit einer scharfen Klinge.

Das Blut wich ihr aus dem Gesicht.

„Halt still, ich will dir nur die Fesseln durchschnei-den, bevor ich dich ficke."

Moiras Herz schlug ihr bis in den Kehlkopf hinein, als Alexander mit dem Messer vor ihr stehen blieb. Es war äußerst schwer, diese Rolle zu spielen, doch seine Drohung weckte ihren Ehrgeiz. Drei zusätzli-che Hiebe hörten sich gar nicht so schlimm an, al-lerdings würde sie nachher bestimmt das Gegenteil denken und erst recht empfinden. Sie traute sich nicht einmal, zu atmen, als er den Kabelbinder zer-trennte, ganz die hilflose Beute, die sie sein sollte. Er legte das Messer auf die Kücheninsel und gab ihr keine Gelegenheit, ihn anzugreifen. Der Mistkerl hatte anscheinend noch bessere Selbstverteidi-gungskurse als sie besucht und war auf eine Attacke ihrerseits vorbereitet. Er packte ihren Arm und drehte ihn auf ihren Rücken, schmerzhaft genug, um sie aufkeuchen zu lassen.

„Im Bett ist es gemütlicher. Du stimmst mir si-cherlich zu." Er schob sie in sein Schlafzimmer und warf sie ohne Umschweife auf die Matratze.

Moira drehte sich blitzschnell auf den Rücken und trat nach ihm. Sie erwischte seinen linken Ober-schenkel mit ausreichend Wucht, dass er es war, der dieses Mal keuchte. Doch leider bekam er ihren Knöchel zu fassen. Ihr Sensei wäre sehr enttäuscht von ihr, denn sie missachtete alles, was er ihr beigebracht hatte. Aber sie konnte Alexander kaum zwischen die Beine treten oder ins Gesicht. Sie wollte ihm nicht richtig wehtun, er ihr allerdings schon, wenn sie seine Mimik in Betracht zog. Sie würde noch heute Nacht den glühenden Po von ihm bekommen, von dem sie seit Jahren fantasierte. Er drängte sich zwischen ihre Beine und griff nach ihrer Jacke. Wahrscheinlich würde sie das gleiche Schicksal erleiden wie ihr zerrissener Rock.

Ein fester Ruck und die Knöpfe sprangen in alle Richtungen. Hitze raste über ihren Körper, die jedoch nicht mit der in seinem Blick mithalten konnte. Mit einer Hand fasste er in ihr Haar, mit der anderen zog er den BH so weit nach unten, bis ihre Nippel frei lagen. Sie schlug nach ihm, doch ehe sie seinen Oberarm erreichte, umfasste er mit stählernen Fingern erst ihr rechtes Handgelenk, anschließend das linke. Wenn er nackt wäre, könnte er sie jetzt vögeln. Einfach so. Und er würde mit einem geschmeidigen Stoß in sie eindringen können, weil sie jenseits von erregt war.

Sein Vorgehen machte sie unfassbar scharf. Anstatt Angst vor seiner mentalen und körperlichen Überlegenheit zu haben, fühlte sie sich bei ihm geborgen. Es hielt sie zwar mit Gewalt fest, doch diese war unglaublich zärtlich, weil es eben keine richtige Gewalt war. Er ging rau mit ihr um und trotzdem war sie die ganze Zeit in Sicherheit. Sie würde immer bei ihm in Sicherheit sein und war es von der ersten Sekunde an gewesen. Alexander presste ihre Arme neben ihren Hüften aufs Bett. Und dann beugte er sich zu ihr runter und sein warmer feuchter Mund saugte fest an ihrer Brustwarze. Wie ein Blitz jagte die Empfindung durch ihren Körper, wobei der Schmerz die Lust beinahe überwog, aber nur beinahe.

Das, was sie empfand, konnte treffend mit animalischer Gier beschrieben werden. Es gab keine Restriktionen, die den Trieb eindämmen konnten. Moira kämpfte zwar gegen ihn an, doch nur, weil es sowohl ihn als auch sie noch heißer machte. Jedes Mal, wenn sein Blick über ihr Gesicht schweifte, dieses flüssige Silber seiner Augen in sie sickerte, streichelte er ihre Seele und triggerte zur selben Zeit Regionen in ihrem Körper, die sich wie verrückt gebärdeten. Sämtliche ihrer Bauchmuskeln schienen zu vibrieren, ihr Herzschlag beruhigte sich nicht und ihre Brustwarzen pochten, ebenso wie es ihre Klit tat, obwohl er diese noch nicht berührt hatte. Aber all das stellte ihre emotionale Gier in den Schatten. Niemals zuvor hatte sie ein derartiges Verlangen überwältigt, das so stark war, dass sie einfach alles tun würde, nur damit er sie fickte, und zwar genauso hart, wie es seine Mimik versprach.

Doch anscheinend hatte er gerade erst mit seiner wilden Verführung begonnen. Er widmete sich ihren Nippeln mit einer frustrierenden Aufmerksamkeit, zwickte sie mit seinen Zähnen, lutschte sie schmerzhaft und beruhigte die stechende Pein mit sanfter Zunge – immer und immer wieder.

Das Flehen kam impulsiv und inbrünstig aus ihrer Kehle, sodass er kurz von ihr abließ und sie dermaßen arrogant ansah, dass sie ihn am liebsten in den Arsch gebissen hätte.

„Ah, Irish, deine Kooperation erfreut mich sehr. Leider ist sie vergebens. Du beeinflusst nicht, was ich mit dir anstelle, wie ich dabei vorgehe und wie viel Zeit ich mir lasse. Ich weiß, dass du noch besser betteln kannst." Er grinste ihr mitten ins Gesicht. „Bedeutend besser. Das verspreche ich dir."

„Du kannst dir deine miesen Versprechen in die Haare schmieren."

„Das bezweifle ich sehr. Du weißt das ebenso wie ich. Da nutzen dir auch deine stümperhaften verbalen Ausrutscher überhaupt nichts. Für uns ist es kein Geheimnis, wie es wirklich um dich bestellt ist."

Mit erschreckender Kraft zwang er ihre Arme über ihren Kopf und schaffte es anschließend mühelos, ihre Handgelenke mit einer Hand festzuhalten. Mit der anderen griff er in ihr Haar, und zwar so fest, dass sie vor Schreck und Schmerz aufschrie.

„Halt still. Und wehr dich nicht gegen den Kuss. Demonstrier mir, wie brav du bist."

Er lockerte die Finger ein wenig, sodass die Pein zu einem erträglichen Brennen abschwächte. Sein Atem streichelte über ihren Mund, ehe seine Lippen auf ihre krachten.

Verflucht!

Automatisch erwiderte sie den Kuss, ließ seine Zunge eindringen, und das zerbrach den porösen Damm endgültig. Er schmeckte so gut, roch noch besser und fühlte sich fantastisch an. Diese stählernen Muskeln, die seinen Intentionen nicht nachstanden, verwandelten sie in ein willenloses Geschöpf, das nur existierte, um Erlösung durch ihn zu finden.

Er ließ von ihr ab und drehte sie auf den Bauch, riss ihr anschließend die Jacke vom Körper und hatte bereits den Verschluss des BHs geöffnet, ehe ihr bewusst wurde, dass sie ihre Gegenwehr total vergessen hatte. Zwei Sekunden später war sie nackt und er war noch völlig bekleidet. Nur die Schuhe und die Jacke hatte er vorhin ausgezogen. Das war inakzeptabel.

Erneut drehte er ihr den Arm auf den Rücken, hielt sie unerbittlich fest, damit er weiterhin mit ihr tun konnte, was auch immer er wollte.

„Die Beine auseinander", knurrte er mehr, als dass er sprach. Da sie nicht augenblicklich gehorchte, zog er ihr Handgelenk ein wenig nach oben. Ihr Körper reagierte, ehe ihr Verstand akzeptierte. Alexander kniete neben ihr auf dem Bett und hatte sie vollständig unter seiner Kontrolle. Es gab nichts, was sie dagegen tun konnte, als er ihr zwischen die Schenkel griff und zunächst seine Handfläche gegen ihren Venushügel presste, jedoch ohne ihre Klit zu berühren. Moira bekämpfte den Reiz, sich an ihm zu reiben, mit einer Willensstärke, von der sie nicht gewusst hatte, dass ihr diese noch zur Verfügung stand.

„Willig beschreibt den Zustand deiner Geilheit nicht. Ist dem nicht so?"

Sie wollte jetzt nicht reden, weigerte sich für ein paar lächerliche Sekunden, ihm eine Erwiderung entgegenzustammeln, die er bereits zur Gänze kannte. Doch Alexander hatte keine Skrupel, sie dennoch dazu zu zwingen. Er kniff ihr zunächst so fest in den Po, anschließend in die Innenseiten ihrer

Oberschenkel, dass Tränen in ihren Augen brannten.

„Ja! Du selbstgefälliger Bastard."

„Unhöflich sind wir also?"

Sie hätte gern weitere Beleidigungen gekreischt, stattdessen galt das Kreischen ausschließlich seinen Zähnen, die sich in die rechte Seite ihres Hinterns schlugen und zubissen. Der Schmerz wütete noch frisch in ihrem Fleisch, als seine Hand zielgerichtet zwischen ihre Schenkel schlüpfte und seine Finger dieses Mal genau auf dem Punkt landeten, der ihren Schrei in ein Stöhnen verwandelte.

Der Reiz traf sie völlig überraschend in seiner Heftigkeit. Ihr Körper gab einfach nach, gefolgt von ihrer Seele, als er mit zwei Fingern ihre Lustperle in kreisenden Bewegungen stimulierte. Moira spürte das Pulsieren bis tief in ihr Geschlecht und sie wollte nur eins: Dass er sie mit seinem Schwanz ausfüllte, um das Vergnügen noch zu steigern.

„Bettle mich an. Sonst lasse ich dich nicht kommen."

War sie wirklich irgendwann einmal von Stolz, Hemmungen, Selbstdisziplin und Angst vor der eigenen Lust beherrscht worden? All diese Empfindungen ließen sich nicht mehr abrufen, gehorchten ihr nicht, weigerten sich standhaft, ihre Gier zu beeinträchtigen. Stattdessen formte ihre Lust, ihre devote Natur, ein teuflisches Bündnis mit dem Eroberer.

„Bitte, Master. Bitte …" Sie konnte nicht sagen, wie oft sie es stammelte, während er ihren Körper ebenso dominierte wie ihre Seele und ihr Herz. Erst als er ihre Kehle umfasste, merkte sie, dass er ihren

Arm längst losgelassen hatte. Er hatte sie jeglicher Gegenwehr beraubt, und das ganz ohne Fesseln. Sie würde einfach alles tun, alles sagen, nur damit das Sehnen in ihr endlich ein Ende fand. Mehrere Male brachte er sie bis kurz vor einen Orgasmus, nur um ihr die Erfüllung genauso oft zu versagen.

Sadistisches Monster!

Irgendwas passierte zwischendurch mit ihr, was sie in einen rauschähnlichen Zustand versetzte. Endorphine fluteten ihren Organismus. Alexander beanspruchte alles, was sie ihm geben konnte, und darüber hinaus.

Er befreite sie von dem Staub, der sie meterhoch bedeckt hatte, entriss ihr die Erinnerungen, die so schrecklich gewesen waren, dass sie ihr alles genommen hatten. Er stellte sicher, dass es nur Erinnerungen waren. Geister aus der Vergangenheit, die weder etwas in der Gegenwart noch in der Zukunft verloren hatten.

„Auf die Knie mit dir."

Endlich.

Alexander zog sich nicht aus, sondern öffnete lediglich seine Hose und zerrte sie samt Shorts so weit herunter, dass er sie ficken konnte. Und das war genau das, was er tat.

Als der heiße pralle Schwanz in sie eindrang, presste sie sich ihm entgegen. Dermaßen erregt zu sein, sollte eigentlich unmöglich sein, doch sie spürte ihn in sich drin und es fühlte sich einfach nur gut an. Ein vaginaler Orgasmus erschien auf einmal in Greifweite. Aber anscheinend würde sie das jetzt nicht herausfinden, weil er mit einem Arm ihren

Oberkörper umschlang und sie hochzog. Sie zuckte zusammen, als er erneut ihren Kitzler berührte.

„Du bist so verflucht wunderschön in deiner Hingabe, Irish. Ich wusste von der ersten Sekunde an, dass das in dir steckt, und ich habe immer recht."

Arrogant bis zum Anschlag! Jedoch passte dieser Charakterzug zu ihm, erhöhte seine Anziehungskraft auf sie, weil er keinen Raum für Zweifel zuließ. Das war nur eines: beruhigend. Wenn er sie noch länger quälte, würde sie dieses Mal ganz bestimmt sterben. Das konnte niemand aushalten. Was für eine herrliche Folter das doch war!

Pure ursprüngliche Glut raste durch ihre Venen, steigerte die Gier in ihr, bis sie glaubte, zu zerspringen. Aber das war längst nicht alles, was er ihr antat. Ihre wunden Nippel wurden erneut Opfer seiner viel zu kundigen Finger. Hart knetete er ihre Brüste und zwirbelte ihre geschwollenen Spitzen, bis an den Rand des Erträglichen. Doch nicht nur Pein wütete in ihrem Leib. Die Lust tanzte mit ihr einen wilden Tanz, und Alexander war es, der jeden Schritt bis zur Vollendung choreografierte.

Man konnte tatsächlich vor Leidenschaft explodieren, denn genauso fühlte es sich an, als ihr Master endlich Gnade zeigte. Alles löste sich auf, bis nur das Glücksgefühl verblieb, eine Euphorie, die sie unbarmherzig mitriss, sodass das herrliche Zucken ihres Kitzlers für eine unmöglich lang erscheinende Zeit bis tief in ihrer Vagina zu spüren war.

Alles schien für einen Moment stillzustehen, bis der Orgasmus nachließ.

„Das war ein Höhepunkt, der den Namen auch verdient. Runter mit dir und stütz dich auf eine

Schulter ab." Er untermalte seine Worte mit zärtlichen Lippen, die ihren Nacken küssten, so gegensätzlich zu dem Stahl in seiner Stimme und seinen Armen.

Alexander nahm mehrere Atemzüge, ehe er es wagte, sich zu bewegen. Er musste ein hohes Maß an Kontrolle beweisen, denn noch war das Spiel längst nicht vorbei. Seine Erfüllung musste warten, bis er seinen Sadismus an Moira gesättigt hatte, obwohl er sie natürlich am liebsten bis zum Höhepunkt ficken wollte. Langsam bewegte er seine Hüften. Er merkte, dass er noch immer lächelte, so wunderschön war es gewesen, sie beim völligen Loslassen zu erleben. Sie schwebte auch jetzt auf einer rosaroten Wolke, die er allerdings in ein paar Minuten durch eine schwarze ersetzen würde. Eine tiefschwarze, um es auf den Punkt zu bringen, die keinen Raum für verwaschenes Grau ließ.

Sie hatte sich schließlich ein standesgemäßes Spanking ebenso verdient wie er. Er wusste, dass Moira bis in die Knochen glücklich und erschöpft war, sie sich am liebsten gleich an ihn kuscheln würde, um selig zu schlafen. Eins war bereits in diesem Augenblick sicher: Auf dem Rücken würde sie sicherlich nicht in der heutigen Nacht schlummern. Morgen und übermorgen sehr wahrscheinlich auch nicht.

Hör auf, daran zu denken! Du bist schon ohne diesen Mindfuck so geil, wie du nur sein kannst.

Alexander zwang sich dazu, die tiefen, bedächtigen Stöße beizubehalten, das Pochen in seinen Hoden zu ignorieren und das Hochgefühl zurückzudrängen, das unbedingt an die Oberfläche blubbern wollte wie ein verfluchter Vulkan.

Dennoch hätte er beinahe den Kampf gegen die Gier verloren. In letzter Sekunde hielt er sich zurück, und das war schmerzhaft in mehr als nur einer Hinsicht. Mit Mühe packte er alles wieder ein und stellte sich ans Bett. „Steh auf, knie dich neben den Sessel und sieh mich an."

„Aber …"

Sein Blick musste wahrhaft bedrohlich sein, denn sie verstummte augenblicklich, schluckte alles herunter, was sie sagen wollte, und benahm sich wie eine brave Sub, die allerdings noch nicht ahnte, was er vorhatte. Das würde sich gleich sicherlich ändern. Ihre geröteten Wangen, das zerzauste Haar, ihr völlig willenloser Zustand waren über alle Maßen ein Fest für seine Augen.

Lecker!

Sie sank etwas ungelenk auf das Parkett und sah ihn fragend an.

„Du hast Glück, Schiava. Heute ist der Abend der Klischees. Obwohl jede Sub unterschiedlich ist, gibt es ein paar Dinge, die sie allesamt mögen. Du stellst sicherlich keine Ausnahme in dieser Hinsicht dar."

Er löste die scheiß Fliege um seinen Hals, warf sie anschließend achtlos zu Boden und öffnete die drei obersten Knöpfe des weißen Hemdes. Verstehen sickerte langsam in ihren überforderten Verstand, das war deutlich in ihren geweiteten Augen wahrnehmbar. Dazu brauchte man kein Meister in der Deutung von Körpersprache zu sein. Um das zu erkennen, reichte ein Grundkurs. Bedächtig löste er die Manschettenknöpfe, die ein Geschenk von Olivia waren, und legte sie aufs Sideboard. Moira schluckte höchst entzückend, während ihre Fantasien sie endgültig einholten. Ihre Lippen zitterten ebenso leicht, wie es ihre Finger taten.

Und wie sie atmete!

Das starke Heben und Senken ihres Brustkorbs war eine Zutat, die ihm überaus fantastisch schmeckte.

Doch noch war er nicht fertig. Er krempelte sich die Ärmel hoch, langsam und überlegt, wissend, dass jede seiner Handlungen sie ebenso erregte wie erschreckte. Natürlich wusste sie, was er von ihr erwartete. Sie würde ihm ihr Vertrauen und ihre Unterwerfung beweisen müssen, indem sie sich freiwillig über seine Knie legte. Obwohl sie jahrelang von genau diesem Szenario geträumt hatte, war die Realität unkalkulierbar für Moira, da ihre Gefühle sich nicht bezwingen ließen. Schon gar nicht von ihr. Sie war unfähig, irgendwas an der Richtung zu ändern, die ihre Reise jetzt nahm. Er würde sie nicht lassen, sollte sie es versuchen.

Er sagte ihr nicht, dass er von ihr erwartete, an Ort und Stelle zu bleiben. Das war überflüssig. Moira konnte sich bei Missachtung nicht damit herausreden, dass sie keine Gedanken lesen konnte. Alexander ging in den Hauptraum, schnappte sich den Krug mit dem Wasser aus dem Kühlschrank sowie ein Glas aus der Vitrine und kehrte zu ihr zurück. Er gab ihr zu trinken, nicht zu viel, denn das wäre nicht ratsam bei dem, was sie gleich erleiden würde. Er selbst leerte anschließend ein ganzes Glas.

Er stellte beides ziemlich lautstark aufs Sideboard. Sie belohnte ihn mit einem Zusammenzucken.

Wie er das liebte!

In Perfektion seufzend, machte er es sich auf dem Sessel bequem, der natürlich keine störenden Armlehnen hatte.

„Komm her, Irish."

Sie rappelte sich auf die Füße und blieb zunächst an seiner Seite stehen. Wahrscheinlich rasten so viele Gedankenfetzen durch ihren Kopf, dass sie keinen einzigen davon begriff. Ihr Körper übernahm das Denken für sie, handelte für sie, und er war es auch, der den Schmerz zuerst spüren würde, ehe ihr Verstand ihn in Lust oder Zufriedenheit umwandeln konnte. Heute musste sie sich mit einem ausgeglichenen Zustand zufriedengeben. Doch das würde sie erst später verstehen, sobald die feurige Invasion zu einem erträglichen Glühen abgeklungen war.

Moira fiel nach vorn und lag über seinen Knien, ihr Arsch verwundbar, prächtig und unversehrt. Die beiden Schläge von vorhin waren längst verblasst, die nächsten würden nicht so gnädig zu ihr sein. Sie war unfassbar warm, und doch zitterte sie so stark, als ob sie nackt im Schnee liegen würde.

„Was für einen wunderbaren Popo du hast. Ich gebe dir vorab allerdings ein paar Ratschläge mit auf den Weg, die du befolgen solltest. Verkrampf dich nicht, atme ruhig ein und aus und lass deinen Schreien freien Lauf. Von Beleidigungen solltest du jedoch Abstand nehmen, es sein denn, du willst das hier unnötig in die Länge ziehen. Ich erinnere mich übrigens an jede, die du bis jetzt so unbedarft von dir gegeben hast. In dieser Hinsicht wäre ein Vergleich mit einem Elefanten durchaus angebracht."

Manchmal machte es ihm wirklich Spaß, wie ein Wasserfall zu plappern. Besonders da Moira jedes Wort verfluchte, ihn verfluchte und ihre Lage verfluchte. Das erkannte er deutlich an ihrem Leib, der sehr an einen gespannten Bogen erinnerte. Nun war es an der Zeit, einige Pfeile abzuschießen. Jedoch war nicht sie der Schütze, sondern er.

Bedauerlich für sie!

Er hakte ein Bein über ihren rechten Unterschenkel, während er mit einer Hand in ihr Haar griff. Ein paar Vorsichtsmaßnahmen musste er treffen, denn ihre anfängliche Kooperation würde nicht allzu lange anhalten.

„Wehr dich nicht dagegen. Lass zu, dass ich dir gebe, was du brauchst, um glücklich zu sein. Zwischendurch wirst du es bezweifeln, aber ich versichere dir, dass du schlussendlich begreifen wirst, worum es hier geht. Unwiderruflich, eindringlich und tiefgehend."

„Dann fang doch endlich an!", stieß sie inbrünstig hervor.

„Wenn du es unbedingt willst." Schade, dass sie sein Gesicht nicht sehen konnte, das würde ihren Anflug von Trotz sicherlich augenblicklich ins Nirwana verbannen. Fürs Erste streichelte er über ihren Po, wissend, dass sie die Berührung kaum ertragen konnte, sie sich insgeheim nur danach sehnte, dass sie es schon hinter sich hätte.

Er rieb etwas fester, um die Haut ein wenig zu erwärmen. Das war eigentlich unnötig, denn er würde ihr Fleisch zunächst mit leichten Schlägen erhitzen, bis es ausreichend durchblutet war, um festere Treffer zu verarbeiten. Er machte das ausschließlich zu seinem Vergnügen. Bei einem erotischen Spanking, und wenn sie erfahrener wäre, würde sie seine Bemühungen durchaus genießen. Jetzt allerdings waren sie ihr nur eins: lästig.

„Da ich mich heute so poetisch fühle, werde ich dich über meine Pläne informieren."

Frustration strömte aus jeder ihrer Poren und machte sich durch ein hörbares Schnauben bemerkbar. Mit den Fingerspitzen streichelte er über ihre Wirbelsäule. Auf der Stelle bekam sie eine Gänsehaut.

„Zuerst werden meine Schläge leicht wie ein Frühlingsregen sein. Du wirst sie dankbar absorbieren und sie als angenehm empfinden. Anschließend kommt der Sommer mit Platzregen, gefolgt vom Herbst mit starken Stürmen, und der Winter ist dann das i-Tüpfelchen mit Niederschlägen aus Hagel und Eis. Was hältst du davon?"

„Für Shakespeare reicht es nicht ganz … Master."

„Ah, leichtsinnige Moira. Schmerzhaft oder nicht schmerzhaft, ist hier keine Frage."

„Sehr witzig!"

Und dann fing er an. Leicht landete seine Handfläche auf den Rundungen, niemals zwei Mal hintereinander auf dieselbe Stelle. Doch das würde sich bald ändern. Für ein ausgiebiges Spanking musste man sich Zeit nehmen und geduldig sein. Einerseits musste er ihr genügend Raum lassen, um mit dem immer stärker werdenden Brennen fertigzuwerden, andererseits durfte er sie weder über- noch unterfordern. Stille machte sich in ihm breit, während nichts zu hören war außer seiner Handfläche, die auf ihren Po patschte. Er liebte das wirklich.

Unter seinen zarten Zuwendungen entspannte Moira sich sichtlich. Sie konnte die Anspannung einfach nicht so lange aufrechthalten. Er wartete ab, bis sie zufrieden über seinem Schoß lag. Möglicherweise war sie der Illusion erlegen, dass er es dabei belassen würde, er sie nur erschrecken wollte. Manchmal arbeitete er gerne mit diesem Mittel. Allerdings nicht heute.

Das Geräusch des Aufklatschens auf nackter samtener Haut wurde graduell schärfer. Das leichte Rot verwandelte sich nach und nach in eine kräftige Farbe. Wie hatte das nur passieren können, dass er sich so sehr in sie verliebt hatte? Was war anders an ihr? Er schüttelte über sich selbst den Kopf. Liebe konnte man nicht erklären und auch nicht erzwingen. Sie geschah einfach.

Die Steifheit ihres Körpers kehrte mit dem steigenden Schmerz zurück und mittlerweile vermischte sich das Aufschlagen mit ihrem Stöhnen, Flehen und Schreien. Sie machte das wirklich hervorragend, weil sie nicht anders konnte und ihre Reaktionen nicht gespielt waren! Er ließ seine Handfläche auf die Unterseite ihrer rechten Pobacke schnellen, sodass das Fleisch schön wackelte.

„Du widerliches, sadistisches … Atme ruhig ein und aus! Du hast sie doch nicht mehr alle!" Begleitet wurde jedes Wort von abgehacktem Schluchzen sowie hektischem Strampeln. Er erhöhte sowohl den Zug an ihrem Haar als auch die Intensität, mit der er genau diese Stelle noch drei Mal in rapider Reihenfolge hintereinander traf.

Sie hatte das hier gewollt, aber mittlerweile hasste sie ihn und sich selbst für diesen Wunsch. Nun bekam sie, was sie brauchte.

Das war nicht immer angenehm!

Ganz und gar nicht angenehm!

Für sie! Für ihn schon!

Mit jeder Feuerzunge erhöhte sich seine Gier auf sie. Dazu das Herumrutschen von ihr, ihr Widerstand, ihr Flehen und die Tränen.

„Hör auf, dich dagegen zu wehren. Das hat keinen Sinn. Ich höre auf, sobald du wirklich nachgibst."

„Was zum Teufel meinst du denn damit?"

„Das kann ich dir nicht erklären, weil du es selbst spüren musst. Du wirst es verstehen, wenn es geschieht."

Mit der flachen Hand streichelte er über die furchtbar heiße Haut, ehe er sein Werk fortsetzte. Es dauerte noch eine Weile, bis sie nachgab, einfach, weil sie zu ausgelaugt war, um sich ihm länger zu widersetzen. Schmerz schaffte das immer, sofern man ihn brauchte, um vollkommen zu sein. Inzwischen brannte seine Hand nicht unerheblich. Ihre Schreie erstarben, ihr wunderschöner Körper wurde ganz nachgiebig, und nur das beschleunigte Atmen zeigte ihm, wie aufgewühlt sie war.

„So ist es gut." Er hatte sie längst losgelassen, und das war ihr nicht bewusst. Alexander streichelte über ihren Rücken, ihren Nacken und presste eine Hand an ihre tränennasse Wange. Sie schmiegte sich an ihn, suchte bei ihm Trost, Wärme und Liebe. Alexander stand auf und nahm sie bei der Bewegung mit. Er brachte sie zum Bett, und noch war sie zu ergriffen und durcheinander, um dagegen zu protestieren, dass er sie auf den Rücken legte, den Kopf auf ein Kissen gebettet.

Er küsste ihren Bauch, ihren Hals und ihre Brüste. Sie starrte ihn an, so unfassbar verletzlich und bezaubernd. Mit beiden Händen umfasste er ihr Gesicht, um ihre Lippen mit seinen zu berühren. Sie gab ihm das schönste Geschenk, das sich ein Master nur wünschen konnte: absolutes Vertrauen. Sein Herz schien vor Freude zu zerbersten. Er löste sich von ihr und erhob sich. Alexander reichte ihr ein Glas Wasser, welches sie gierig trank und anschließend auf den Tisch neben dem Bett stellte. In der Zwischenzeit zog er sich aus. Ihr Blick streichelte ihn, als er sich zu ihr kniete. Sie spreizte die Beine und lud ihn ein, sie zu nehmen.

Genau das tat er. Er fickte sie nicht, sondern liebte sie, genauso wie sie das jetzt brauchte. Alexander drang langsam in sie ein, während er ihr in die Augen sah. Ein Strudel von Emotionen schlug ihm entgegen, doch von ihrem einstigen starren, einsamen Zustand war nichts mehr zu erkennen. Ihre vollkommene Heilung war ein wunderbares Ziel und irgendwann würde sie es erreichen.

Hoffentlich gemeinsam mit ihm.

Er küsste sie sanft, als er seine Hüften bedächtig bewegte. Und genau das tat er, bis zum Schluss. Er hielt den Höhepunkt nicht zurück, unterwarf sich seinem pochenden Schwanz, der eine köstliche Erlösung fand. Ungewohnt zärtlich, aber nicht weniger erfüllend. Der Rausch überwältigte ihn und das Glücksgefühl überschwemmte ihn, trug ihn fort und dann geradewegs zurück zu ihr.

Vielleicht sollte er ihr doch …

Nein! Er durfte sie nicht überfordern, und sie brauchte die Zeit ohne ihn, um sich über ihre wahren Gefühle klar zu werden. Das galt auch für ihn. Alexander war bewusst, dass sie zu Hause und mit Abstand zu ihm ganz anders über ihn denken könnte, als sie es zurzeit tat. Ein dominanter Mann war nicht für jede Frau geeignet und auf Dauer erträglich. Man musste schon zusammenpassen, und das in mehr als einer Hinsicht.

Er blieb in ihr drin, bis sein Glied erschlaffte, und legte sich dann neben sie. Die kleine Sub brauchte eine Dusche, Salbe und etwas Zuckerhaltiges. Zum Glück war er auf alles vorbereitet.

„Wie fühlst du dich?"

„Ich fühle mich frei, gesättigt, durcheinander und erschöpft, jedoch zur selben Zeit aufgedreht. Aber auch ängstlich."

„Ängstlich?"

„Ja. Meine Emotionen sind so gewaltig, dass mein Herz zu zerspringen droht. Ich lebe endlich wieder. Und das ist dein Verdienst. Es ist, als wenn ich blind gewesen wäre und plötzlich erstrahlt die Welt um mich herum in den brillantesten Farben. So verflucht berauschend. Du bist berauschend."

Das alles konnte er nachvollziehen. Ihm ging es ähnlich. Auch er war in einem Loch gefangen gewesen, zwar auf eine ganz andere Weise als sie, aber dennoch war ihm kalt gewesen. Sie war Licht und Wärme für ihn.

Er freute sich sehr darüber, dass sie zuerst über ihre Emotionen gesprochen hatte, obwohl ihr entzückender Popo sicherlich wie ein Fegefeuer brannte. „Wie geht es dir körperlich?"

„Ich kann mich noch nicht entscheiden, ob der Schmerz toll oder grauenvoll ist." Sie lächelte schief. „Vielleicht eine Mischung aus beidem. So habe ich mir das nicht vorgestellt. In meiner Fantasie war die Pein immer sauber und einschätzbar. Was du mit mir gemacht hast, war dreckig und überraschend. Du hast mich gezwungen, in die hinterste Ecke meiner Seele zu blicken, damit ich mich dort finde. Und das habe ich. Zuerst war es eine kauernde Gestalt, die sich eigenartigerweise mit jedem Feuerkuss weiter aufgerichtet hat.

Du hattest Recht damit, dass ich es begreife, wenn es geschieht. Das ist mir jetzt klar. Durch den Schmerz musste ich über mich selbst hinauswachsen. Sobald ich das getan hatte, war die Erlösung wie ein Rausch." Sie leckte sich über die Lippen. „Die wirklich fiesen Schläge waren schrecklich und zugleich herrlich. Ich kann mich noch nicht entscheiden, ob ich das jemals wiederholen möchte. Außerdem hast du mich für jeden anderen Mann verdorben, Alexander Waters." Anklagend schaute sie ihn an.

Wenn es nach ihm ging, würde es keine anderen Männer in ihrem Leben geben. Niemals! Weder morgen, nächste Woche, nächsten Monat noch in einem Jahrzehnt. Doch das waren Zukunftsgedanken, die in der Gegenwart nichts verloren hatten. Noch nicht!

Alexander zog die Schublade unter dem Tisch auf und fischte einen Riegel heraus. „Magst du Karamell?"

Falls sie darüber enttäuscht war, dass er ihre Worte unkommentiert ließ, verbarg sie es gut. Erneut wäre er beinahe der Versuchung erlegen, loszublubbern. Pläne hörten sich in der Theorie meistens großartig an, doch in der Praxis verlangten sie oft mehr, als man zu geben imstande war. Er riss die Verpackung auf und steckte ihr die Leckerei in den Mund.

„Ich habe noch eine Flasche Sekt und Sirup im Kühlschrank. Den darfst du nach der Dusche trinken."

„Was immer du auch befiehlst, großer Meister. Ich bin sowieso viel zu fertig, um mich dir zu widersetzen."

Eine Stunde später trug er sie zurück ins Bett. Sie war auf der Schaukel eingeschlafen.

„Ich liebe dich, Irish", flüsterte er, von ihr ungehört. „Mehr, als ich es vor dir für möglich gehalten hätte."

Kapitel 10

Zwei schreckliche Wochen später

"Ich rufe dich an, Irish", hatte Alexander am Airport zu ihr gesagt. Ihr war bereits dort das Herz zerrissen. Sie spürte seine zärtlichen Lippen noch immer auf ihren, obwohl das natürlich unmöglich war. Wie er sie angesehen hatte! Sie war in Tränen ausgebrochen, die an ihrer Seele gezerrt hatten, und das Gefühl wurde mit jeder Meile schlimmer, die das Flugzeug zurücklegte. Irgendwann war sie vor Erschöpfung eingeschlafen. Die Frau neben ihr hatte ihr ständig mitleidige Blicke zugeworfen. Da sie jedoch Französin war, brauchte Moira wenigstens keine Fragen zu beantworten. Jedes Wort hätte einen neuen Heulkrampf zur Folge gehabt.

Sie hatte nicht gewusst, dass es so schmerzhaft sein könnte, einen Menschen zu verlieren, noch ehe er wirklich ihr gehört hatte. Moira wusste bereits jetzt, dass sie die Minuten zählen würde, bis der Anruf kam. Und dann?

Er hatte sie nicht gefragt, ob sie bei ihm bleiben wollte. Und sie hatte ihn nicht gefragt, ob er sie begleiten wollte. Natürlich hatte sie mit der verführerischen Idee gespielt, doch er hatte ein großes Projekt vor der Brust und konnte sich nicht einfach davonmachen. Er hatte Verpflichtungen, Freunde, Familie und ein Leben in Pasadena.

Sie versuchte, ihre Gedanken auf ihre Freunde zu lenken. Die Ausstellung war ein voller Erfolg gewesen. Viola hatte über die Hälfte der Bilder verkauft und die anderen würden sicherlich im Laufe der Zeit noch Käufer finden. Sehr viele waren bereits reserviert.

Iris wollte Moira vom Flughafen abholen. Das würde sie davon abhalten, auf der Stelle an Kummer zu sterben. John, Miles, Dean und sogar Sean hatten sich vor ihrer Abreise herzlich von Moira verabschiedet und ihr versichert, dass sie jederzeit auf sie zählen konnte.

Das Gleiche galt für Viola, Kim, Sally und Hazel. Sie brauchte nicht mehr allein zu kämpfen, außer, sie verwandelte sich in den emotionslosen Eremiten zurück. Doch das erschien unmöglich, nicht nachdem sie eindringlich erfahren hatte, wie wunderschön Gefühle waren, sowohl die körperlichen als auch die emotionalen.

Nein, sie konnte nicht mehr zu dem einsamen Planeten zurückkehren, auf dem sie einst vegetiert hatte.

David hatte sie beim Abschied in die Arme gezogen und ihr gesagt, dass sie keine Angst vor der Zukunft haben brauche. Alles würde sich finden.

Wenn es nur so einfach wäre!

Wenn … wenn … wenn!

Das Flugzeug setzte gerade auf. Dieses Mal hatte sie sich nicht die Mühe gemacht, ihre Erscheinung in Ordnung zu bringen. Iris konnte ruhig sehen, wie sie sich fühlte. Es gab keinen Grund mehr, jemand zu sein, der sie nicht war.

Doch wer war sie jetzt? Das würde sich erst mit der Zeit zeigen. Moira brauchte Ruhe, um gründlich über alles nachzudenken, was ihr seit ihrer Kündigung widerfahren war. Nicht nur, dass sie sich Alexander offenbart hatte, sie hatte weitere Verbündete. Und niemand verurteilte sie, weil sie damals ein naives Dummchen gewesen war. Damit hätte sie nie gerechnet. Allerdings war ihr bewusst, dass andere Menschen genauso reagieren könnten, wie sie es immer befürchtet hatte. Falls Alexander wirklich etwas über die Ratten herausfand, musste sie sich dem Schrecken erneut stellen. Ein kleiner Teil von ihr hoffte daher, dass Alexanders Kontakte nichts an die Oberfläche zerrten. Vielleicht war das besser so. Oder auch nicht.

Das lag jedoch nicht in ihrer Hand.

Eine halbe Stunde später entdeckte sie Iris, die wie die schönste Blume überhaupt inmitten der Wartenden stand. Drei Wochen war es her, dass sie die Freundin zuletzt gesehen hatte, und es kam ihr wie eine Ewigkeit vor, schließlich war sie nicht mehr die Moira, die sie bei ihrer Abreise gewesen war. Sie war braun gebrannt, überall. Denn schlussendlich hatte sie sich getraut, sich hüllenlos zu sonnen, zusammen mit Viola, Kim, Sally und Hazel.

Sie hatten tolle Trekkingtouren gemacht und inzwischen hatte sie auch die Sullivanbrüder in ihr Herz geschlossen. Und sogar Sean. Ausgerechnet er hatte gemeinsam mit Alexander ein sehr aufwühlendes Gespräch mit ihr geführt. Das war nicht geplant gewesen, doch es war während einer Wanderung geschehen. Sie hatte Alexander beim ersten Mal nicht alles gesagt, sondern ihm die Tätowierung verschwiegen, die die Schweine ihr in die Haut gestochen hatten.

Schlampe, war ihr Statement gewesen. Ginger hatte die gelaserte Stelle mit den Rosen bedeckt. Sie hatte sowohl in Seans Armen als auch in Alexanders geweint. Überhaupt hatte sie in den drei Wochen so viel geheult wie seit Jahren nicht mehr, und das aus ganz unterschiedlichen Gründen.

Iris fiel ihr um den Hals und dann ging es schon wieder los.

„Moira, komm. Du schläfst heute bei uns. Tom ist mit den Sullivans über Nacht auf einer Baustelle und wir haben eine Menge zu bereden. Okay?" Eindringlich musterte Iris sie, hielt allerdings ihre Fragen zurück.

Einige Minuten später saßen sie in Iris' Wagen und auch auf der Fahrt sagte die Freundin nicht viel. Sie fasste aber ein paarmal nach Moiras Hand, um sie zu drücken.

Endlich kam das Haus in Sicht, das Iris und Tom bewohnten. Es war eines der Renovierungsobjekte von *In Love with Vintage*. So hieß die Firma der Brüder.

Das Backsteinhaus mit den weißen Fensterläden war ein Traum, und Moira hätte nichts dagegen, ebenfalls in so einem wunderschönen Gebäude zu leben.

Mit Alexander!

Verfluchter Mist!

Iris hielt vorm Haus an und schaltete den Motor aus. „Keine Sorge, Sweety, alles kommt in Ordnung. Das verspreche ich dir. Du wirst schon sehen. Lass uns reingehen, dann machst du dich frisch und ich schiebe in der Zwischenzeit den Nudelauflauf in den Backofen, mische den Salat und versuche, dem Nachtisch zu widerstehen. Ich habe dir einen Pyjama aufs Bett gelegt. Den ziehst du am besten an, denn ich werfe mich auf jeden Fall in einen. Okay?"

„Das alles hört sich fantastisch an." Jetzt war sie es, die nach Iris' Hand griff. „Es tut mir leid, dass ich so eine schreckliche Freundin gewesen bin."

„Wenn du so weitermachst, breche ich auf der Stelle in Tränen aus. Das ist so schlimm, seitdem ich schwanger bin. Komm, lass uns reingehen."

Eine halbe Stunde später saßen sie mit hochgezogenen Beinen auf der Couch und verschlangen das Essen. Moira hatte nach dem Abschied von Alexander geglaubt, dass sie nie wieder Hunger haben würde, doch das Gegenteil war der Fall. Das Trifle mit Erdbeeren und Schokolade war der finale Balsam auf ihrer verwundeten Seele.

„Ich möchte dir alles erzählen", sagte Moira, nachdem sie den letzten Bissen heruntergeschluckt hatte. „Aber nur, wenn du es auch hören möchtest. Ich will dir diese Bürde nicht aufladen, falls …"

„Manchmal sollte man dich wirklich schütteln, Moira McGallagher. Ich bin für dich da. Immer."

Und dann erzählte sie der Freundin alles. Ausnahmslos. Angefangen von den Wichsern bis zum letzten Tag auf der *Insel*.

„Ich könnte einen Drink gebrauchen", sagte Iris, nachdem sie beide geweint hatten. Sie griff stattdessen nach dem Glas Saft. „Du glaubst gar nicht, wie oft ich den vergangenen Wochen meinen Plan infrage gestellt habe. Ich hatte befürchtet, dass du mich hassen würdest und mich nie wiedersehen wolltest. Mein Vorgehen hat unsere Freundschaft ganz schön auf die Probe gestellt."

„Im ersten Moment war ich wirklich sauer, doch Alexander hat mir keine Zeit gelassen, mich da reinzusteigern. Sehr schnell habe ich verstanden, dass du nur das Beste für mich wolltest. Und das hat ja auch geklappt. Aber jetzt …”

„… kannst du dir nicht mehr vorstellen, ohne Alexander zu leben. Das hatten weder ich noch David oder die Sullivans vorausgesehen. Wie fühlst du dich ansonsten?”

„Ich begreife erst nach und nach, was es bedeutet, dass ich diesen Schrecken nicht mehr vierundzwanzig Stunden mit mir herumtrage. Und … und es tut so gut, darüber zu reden, nachdem ich es all die Jahre nicht gekonnt habe. Irgendwie geht es mir wie einem todkranken Menschen, der auf dem Sterbebett seine Seele erleichtert. Ich habe mich fünfzehn Jahre schuldig gefühlt und war der felsenfesten Meinung, dass jeder andere das genauso sehen würde.”

„Du hast dich tief in deiner eigenen Welt vergraben. Aus Selbstschutz. Kein vernünftiger Mensch kann dich deswegen verurteilen. Nur egoistische Idioten tun so etwas.” Dann grinste die Freundin spitzbübisch. „Mein Plan ist aufgegangen, und du hast den heißen Arsch bekommen, den du dir schon immer verdient hattest. Richtig?”

„Du bist unmöglich.” Doch sie war froh, dass Iris die dunklen Pfade verließ und ihre Gedanken auf schönere, spannendere und erregendere Dinge lenkte.

„Im *Federzirkel* und im *Sadasia* gibt es viele nicht liierte wirklich heiße Männer. Sie würden dir sicherlich gerne aushelfen.”

„Iris Barber! Das kannst du mal schön vergessen. Erneut tappe ich nicht in deine Falle."

***

Eine Woche später lenkte Moira ihren Mini-SUV über die Einfahrt des *Federzirkels*. Automatisch musste sie an ihre damalige Flucht denken. Doch nun war alles anders, weil sie anders war. Alexander hatte sich nicht gemeldet. Ihr war, als würden in ihrem Herzen Glasscherben stecken. Er hatte ihr seine Nummer nicht gegeben, und sie konnte die Male gar nicht mehr zählen, in denen sie fast in seiner Firma angerufen hätte. Sie musste sich augenscheinlich mit der Tatsache anfreunden, dass es wirklich nur ein Urlaubsflirt gewesen war. Irgendwann, in zwanzig Jahren oder so, würde sie über ihn hinwegkommen. Doch zurzeit war nicht daran zu denken, da die Wunden zu frisch waren und wie verrückt bluteten.

Moira hielt vor dem Haus an, und es war John, der die Haustür öffnete. Insgeheim hatte sie auf Viola gehofft. Leider war weder von der quirligen Honigblonden noch von Kim oder Sally etwas zu sehen. Das war eigentlich nicht verwunderlich, da sie sicherlich in Kims Hotel arbeiteten, und Viola war bestimmt mit Malen beschäftigt.

„Moira. Du siehst fantastisch aus." John umarmte sie.

Was für ein Charmeur! Sie hatte dunkle Ringe unter den Augen und bemühte sich, ein Lächeln auf ihr Gesicht zu zwingen. Sie war unausgeschlafen, gereizt und ernährte sich im Moment hauptsächlich von Eis. Beim Anblick einer Packung Minzeis mit Schokostückchen war sie vorgestern im Supermarkt in Tränen ausgebrochen.

„Die durchzusehenden Unterlagen sind in meinem Arbeitszimmer."

Auf ihrem Weg dorthin kamen sie an dem wunderschönen Folterzimmer vorbei. Sie würde einfach so tun, als ob dieser Raum nicht existierte, denn falls sie auch nur einen Gedanken an ihn verschwendete, würde sie unweigerlich wieder an Alexander denken und was er alles mit ihr gemacht hatte. Sie würde daran denken, wie er roch, sich anfühlte und aussah, als er die schrecklich-schönen Dinge mit ihr gemacht hatte.

John legte den Arm um ihre Schultern und steuerte sie direkt hinein. „Ich habe noch was vergessen. Dahinten liegen ein paar Rechnungen."

Was machten denn hier Rechnungen? Mit einem ominösen Geräusch fiel die Tür ins Schloss. John ließ sie zwar für einen Augenblick los, doch nur, um von hinten ihren Oberkörper mit stahlharten Armen zu umschlingen, während Dean, der anscheinend direkt neben der Tür gestanden hatte, ihre Beine packte.

„Hey! Seid ihr verrückt geworden? Was soll das?"

Noch während sie aus voller Kehle kreischte, schleppten sie Moira zu einem Marterpfahl, von dem lederne Handgelenksmanschetten baumelten, stellten sie dort ab und fesselten sie mit vereinten Kräften. Das Ganze dauerte nur Sekunden. Ihre Versuche, sie zu treten, verliefen ausnahmslos ins Leere.

Ein Ruck und die Kette spannte sich, sodass sie gerade so eben stehen konnte. Ihre Flüche und ihr wildes Kreischen nahm ein abruptes Ende, als sie einen Knebelball in ihren Mund zwangen.

Es war Dean, der die Schnalle zumachte. Das konnte nicht wahr sein! Und dann streiften sie ihr eine Augenmaske über.

„Ziehen wir sie aus!" John hatte es kaum ausgesprochen, da zog er ihr den Rock über die Hüften. Sie würde in Zukunft nur noch Jeans mit einer Knopfleiste tragen, die man ihr nicht mit einem Griff vom Körper reißen konnte. Die Bluse knöpften sie ihr auf.

„Hübsche Unterwäsche. Die sollten wir ihr lassen", sagte Dean.

„Ich stimme dir zu. Das helle Lila passt gut zu ihrer zart gebräunten Haut, die zudem makellos ist. Ich bin mir sicher, dass ihr Arsch gleich ebenso rot ist wie ihre Wangen. Scheint mir ziemlich angepisst zu sein, die Kleine."

Und dann hörte sie, dass sie aus dem Raum liefen. Einfach so. Was sollte das? Wollten die Brüder sie bestrafen? Aber wieso? Da ihr Herzschlag wieder einmal in ihrem Kopf dröhnte, wurde sie sich erst nach einigen Momenten bewusst, dass sie nicht mehr allein war. Das bestätigte sich, als jemand mit den Fingerspitzen über ihre Nippel streichelte. Der dünne Stoff war dabei nicht hilfreich. Sie spürte es bis ins Mark. Natürlich stellten sich die Brustwarzen sofort auf, ein körperlicher Reflex, auf den sie keinen Einfluss hatte.

Und dann nahm sie einen tiefen Atemzug!

Die gespürte Hoffnung und Erleichterung war so heftig, dass Schwindel sie packte. Das konnte nicht sein! Oder doch?

Stahl berührte ihre Haut und zerschnitt anschließend den Steg ihres BHs, zog eine schaurige Linie bis zum Ansatz ihres Höschens. Und wenn sie es sich nur einbildete? Ihr Gehirn ihr aus Angst etwas vormachte? Die Klinge verschwand, und er presste sich dicht an ihren Körper, sein Mund direkt neben ihrem Ohr.

„Irish", wisperte er.

Dieser Schuft! Die verfluchten Sullivans! Und Iris! Sie hatte natürlich davon gewusst. Biest!

Sie würde Alexander so gerne an den Kopf werfen, was sie von ihm hielt. Wie konnte er nur!

Pures Glück surrte durch sie hindurch. Er war hier. Er war bei ihr. Und er liebte sie. Eine andere Erklärung gab es dafür nicht. Zur selben Zeit würde sie ihn am liebsten beißen, so richtig feste, wenn sie an die letzten Tage dachte.

Doch was immer sie für Rachegedanken hegte, diese verschwanden aus ihrem Gehirn, weil er vor ihr anscheinend auf die Knie ging, ihr das Höschen runterzog und sie seine Zunge auf ihrer Klit spürte.

Oh!

Er leckte sie, bis sie beinahe kam, ihr Stammeln und Stöhnen durch den blöden Ball in ihrem Mund verzerrt. Eigentlich sollte sie sich dafür schämen, dass sie so leicht erregbar war. Aber zur Hölle, fühlte sich das gut an. Er riss ihr die Binde vom Kopf und starrte sie mit seinem durchdringenden Blick an, der sie augenblicklich in höchste Alarmbereitschaft versetzte. Lust war nicht alles, was sie hier in diesem Raum erleiden würde. Er fasste um ihren Nacken herum und löste den Knebelball. Speichel lief ihr das Kinn herunter. Das war so schrecklich peinlich.

Mit ihrem Höschen wischte er ihr Kinn trocken. Das war so demütigend, jedoch auch heiß. Wie immer, konnte sie seinem Vorgehen kaum etwas entgegensetzen.

„Wo kommst du auf einmal her?"

„John hat mir einen Job angeboten, als er auf der *Insel* war, der all meine Wünsche erfüllt. Und du stehst auf meiner Wunschliste an oberster Stelle. Ich liebe dich, Irish."

Er gab ihr keine Gelegenheit, auf seinen Liebesschwur zu reagieren, ihr Glück in die Welt hinauszuschreien oder ihn zu erwidern. Stattdessen machte er mit dem weiter, was er gerade angefangen hatte. Sie wusste nicht, woran es lag, dass sie fast auf der Stelle kam, ohne dass er sich besonders anstrengen musste.

Und als er sie ein wenig später umdrehte, sie das Geräusch seines Gürtels hörte, den er aus den Schlaufen seiner Jeans zog, und sobald das Leder ihren Arsch küsste, rückte ihre Welt ins Gleichgewicht, nur um in der nächsten Sekunde aus den Fugen zu geraten, als die nächste Feuerzunge quer auf ihrem Arsch landete.

Prolog

Zwei Monate später

Alexander wischte sich über die Stirn und grinste John an. Das hier war mehr als erfüllend. Er half den Sullivans nicht nur bei den Renovierungsplänen für ihre Projekte, sondern packte auch mit an. Böden abzuschleifen, Wände einzureißen, Badezimmer in Luxustempel zu verwandeln, war genau das, was er anscheinend in der letzten Zeit herbeigesehnt hatte.

„Sean wartet unten auf dich." Johns Blick war ernst.

„Er hat was rausgefunden?"

„Jede Information, die es rauszufinden gab. Er hat es äußerst persönlich genommen und eng mit Joe und Timothy zusammengearbeitet. Doch das wird er dir alles selbst sagen. Ich kenne auch noch nicht die Details. Möchtest du allein …?"

„Nein. Du bist zu einem guten Freund geworden und deine Meinung ist mir wichtig. Sehr wichtig."

Alexander legte den Bohrhammer zur Seite, streifte Handschuhe, Augen- und Atemschutz ab, ehe er John in den zukünftigen Wohnbereich folgte. Das hier würde sein Haus werden, das er gemeinsam mit Moira beziehen würde. Sie arbeiteten an den Wochenenden dran. Die Häuser in England waren massiver gebaut als die Pappkartons in den USA. Er hatte unheimlich viel gelernt in den letzten Wochen.

Sean stand an der Fenstertür, die auf die Veranda hinausführte, und drehte sich bei ihrem Eintreten herum. Nach einer kurzen Begrüßung setzten sie sich auf die Plastikstühle, die um den provisorischen Tisch standen, der aus einer ehemaligen Tür bestand, die auf zwei Holzböcken lag.

Sean vergeudete keine Sekunde mit Small Talk, sondern kam sofort zur Sache.

„Die richtigen Namen der Wichser sind Bart Hollow, Thomas Winkler, Rob Dwayne und Seth Cordon. Bart ist der, der sich mit Stacy vergnügt hat. Er ist auch der Einzige, der noch lebt, falls man das Leben nennen kann." Er warf ein Foto auf den Tisch, das einen Mann im Rollstuhl zeigte, dessen Kopf zur Seite hing und dem Sabber aus dem Mund lief. „Die anderen hatten mehr Glück."

Drei weitere Fotos zeigten Männer, die allesamt mit Kopfschüssen getötet worden waren. Das waren hoffentlich nicht Joe und Sean gewesen?

Sean hob die Hände. „Ich hätte keine Skrupel gehabt, es zu tun, aber die Ehre gebührt nicht mir. Die Wichser haben sich das falsche Mädchen zum Spielen ausgesucht, die Tochter eines MC Presidents. Sie hatte sich mit einer Freundin davongeschlichen, so wie es Teenager leider tun, und wollte eine richtig tolle Party in Las Vegas feiern. Man hat sie am nächsten Morgen blutend, aber zum Glück lebend, in einem Hotelbett eines Casinos gefunden. Das Hotel besaß eine gute Security, und der Leiter hat augenblicklich erkannt, wen er da vorgefunden hat. Sie hat das Clubsymbol in kleiner Form auf der Schulter tätowiert. Er kannte ihren Dad aus Afghanistan und hat ihn sofort verständigt. Es hat keine Woche gedauert, da haben sie die vier aufgestöbert. Bart haben sie zusammengeschlagen, da er die Kleine nicht angefasst hat."

„Moira war nicht das erste ihrer Opfer, aber die Kleine sicherlich ihr letztes?"

„Davon ist auszugehen. Auch das FBI war ihnen bereits auf den Fersen. Sie wurden über die Jahre stetig skrupelloser, haben jedoch fast immer außerhalb der USA zugeschlagen. Las Vegas war ein fataler Ausrutscher für die Wichser. Mexiko, Venezuela und die Dominikanische Republik haben die meisten Opfer zu beklagen. Sofern wir es wissen, war Moira der einzige Fall in Europa. Allerdings haben die wenigsten Mädchen Anzeige erstattet, daher wissen wir es nicht genau."

„Und Stacy?"

„Ich habe sie vor ein paar Tagen gefunden. Sie hatte Glück in der Nacht und hat nur enttäuschenden Sex erlebt. Moira ist ja einfach verschwunden, und als sich Stacy mit Moiras Eltern in Verbindung gesetzt hat, haben sie sie abgewimmelt. Moira hatte ihnen wohl erzählt, dass Stacy ihr den Freund ausgespannt hatte. Man kann Stacy keinen Vorwurf machen, dass sie irgendwann aufgegeben hat. Aber sie würde Moira gern wiedersehen."

„Weiß sie, was mit Moira geschehen ist?"

Sean schüttelte den Kopf. „Ich habe ihr nicht viel gesagt. Doch sie war verständlicherweise ziemlich eingeschüchtert, als ich sie befragt habe. Sie hat Moira nie vergessen und stets geahnt, dass da etwas nicht stimmte."

„Soll ich Moira alles erzählen? Oder es dabei belassen? Sie hat noch immer sehr mit dem Albtraum zu kämpfen, obwohl es ihr schon besser geht."

John fing seinen Blick auf. „Sie wird sicherlich von Vorwürfen geplagt sein, weil sie all die Jahre geschwiegen hat und sich die Frage stellt, ob sie einige Mädchen hätte retten können. Hast du dazu etwas zu sagen, Sean?"

„Es gab nicht besonders viele Anzeigen und bei den meisten wurden die Mädchen an den Pranger gestellt. Schließlich waren sie allesamt auf Sex aus, und ich brauche euch nicht zu erklären, wie das auch in der Gegenwart immer noch gesehen wird. Moiras Anzeige hätte gar nichts geändert."

„Dann werde ich ihr alles sagen."

John nickte. „Nur so kann sie sich völlig von ihren Dämonen lösen. Sie liebt dich inbrünstig, genauso wie du sie. Gemeinsam könnt jede Klippe meistern. Und falls du Hilfe brauchst, egal, bei was, sind wir dir allzeit behilflich." John schüttelte den Kopf. „Ich kann noch immer nicht glauben, dass Moira Dean ein blaues Auge geschlagen hat, als er letztens mit ihr trainiert hat." Er lachte wirklich dreckig, ebenso wie Sean. „Sein Selbstbewusstsein hat einen ganz schönen Dämpfer erlitten. Wollt ihr einen Keks?"

Sean brach in ein beinahe hysterisches Lachen aus, als er nach einem Dean-Keks griff, der einen Ring aus dunkelblauem Zuckerguss um das rechte Auge hatte.

***

Moira erwartete ihn in ihrer kleinen Küche, und ihr Strahlen erstarb, als sie ihm ins Gesicht sah.

„Ist irgendwas passiert? Auf der Baustelle? Du bist doch nicht verletzt?"

„Nein. Setzen wir uns." Er zog sie zur Couch und setzte sich hin, mit ihr auf dem Schoß. „Sean hat bei seinen Recherchen Erfolg gehabt."

Sie sollte entscheiden, ob sie alles wissen wollte. Fragend schaute er sie an, während die Sekunden an ihnen vorbeizogen. Obwohl sie Angst vor der Wahrheit hatte, würde sie sich ihr stellen, das erspähte er in ihren Augen. Ihm fiel ein Stein vom Herzen, denn erst dann würden die Erinnerungen völlig verblassen.

„Erzähl es mir."

Er ließ nichts aus. Die ganze Zeit über wandte sie nicht den Blick ab, suchte offensichtlich Stärke bei ihm und bekam sie auch.

„Puh", sagte sie, sobald er fertig war. „Das ist kein Ende, mit dem ich gerechnet hätte. Ich bin im Moment wirklich unsicher, was ich davon halten soll. Ich habe diese Arschlöcher so lange gehasst und weiß eigentlich überhaupt nicht mehr, wie sie ausgesehen haben. Ich erinnere mich jedoch an alles, was sie getan haben, aber auch das hat deutlich an Schrecken verloren, seitdem du in meinem Leben bist." Sie küsste ihn leicht auf den Mund. „Ich glaube, es ist ein gutes Ende. Schlussendlich haben sie bekommen, was sie verdient haben. Doch jetzt …", sie lächelte ihn an, „… sind sie nicht mehr wichtig. Bist du sehr müde? Ich fühle mich etwas unausgeglichen und hätte nichts gegen eine harte Verführung einzuwenden. Du weißt schon, eine, bei der ich über deinen Knien liege, während du mir mit zärtlicher Gewalt den Arsch versohlst." Sie wackelte mit den Augenbrauen, so verflucht niedlich, so verflucht bezaubernd und so verflucht liebenswert.

„Ich liebe dich, Irish."

Sie grinste breit. „Im Moment liebe ich dich auch. Allerdings ändert sich das vielleicht gleich, abhängig davon, wie hart deine Handfläche auf meinem Po tanzt. Möglicherweise könnte ich dich hassen, aber nur kurzfristig."

„Hassen?"

Sie biss ihm in den Oberarm.

„Dann soll es hassen sein."

Als er ein wenig später ihr Kreischen bewertete, tat sie das gerade inbrünstig.

Perfekt!

Das Leben war perfekt!

Moira war perfekt!

Allerdings war die Farbe auf ihrem Arsch noch nicht ganz perfekt, doch das konnte er zum Glück beheben und tat es auch.

Ende

Autorin

Linda Mignani wurde in Kirkcaldy (Schottland) geboren und lebt glücklich verheiratet im Ruhrgebiet. Schreiben und Malen zählen zu ihren Leidenschaften und beides hat erstaunlich viel gemeinsam. Frauenuntypisch besitzt sie nur eine Handtasche aber unzählige Turnschuhe und noch mehr Wanderschuhe, die einen regen Gebrauch finden.

Sie findet, dass Erotik und Humor einander nicht ausschließen, sondern sich wunderbar ergänzen. In ihren Romanen findet man erotische Welten, in denen eine zärtliche Unterwerfung kein Widerspruch ist.

Ihr Motto: Das Leben ist zu kurz, um sich zu ernst zu nehmen.

Facebook: Linda Mignani – Autorin

Romane von Linda Mignani:

Federzirkel-Reihe:
Bittersüßer Schmerz (Teil 1)
Bittersüße Hingabe (Teil 2)
Verführung und Bestrafung (Teil 3)
Zähmung und Hingabe (Teil 4)
Vertrauen und Unterwerfung (Teil 5)
Feuerperlen (Teil 6)
Feuertango (Teil 7)
Feuernächte (Teil 8)
Bittersüße Verführung, bitterzarte Bestrafung (Teil 9)

Mitternachts-Reihe:
Mitternachtsspuren (Teil 1)
Mitternachtserwachen (Teil 2)

Die Insel:
Touch of Pain (Teil 1)
Touch of Pleasure (Teil 2)
Touch of Trust (Teil 3)

Blood Dragon:
Drachenschwingen (Teil 2; Fortsetzung von Kira Maedas Roman „Blood Dragon 1: Drachennacht")
Drachendämmern (Teil 3)

Weitere Romane:

Dark Tango
Stayaway Falls: Vernascht und verzaubert
Versteigert

Kriegsbeute
Jagdbeute (Sommer 2017)
Schmetterlingserwachen (Herbst 2017)

**Verlagsprogramm, Leseproben & Infos
über unsere Autorinnen:**
www.plaisirdamour.de

Facebook:
www.facebook.com/PlaisirDAmourVerlag

Instagram:
www.instagram.com/plaisirdamourverlag